新 潮 文 庫

シャングリラ病原体

上　　巻

フリーマントル
松 本 剛 史 訳

シャングリラ病原体

上巻

地球温暖化を防ぐにはもはや手遅れであることを、諸々の徴候は示している。

国連環境プログラム、クラウス・トップファー博士

一九九九年九月十五日、ロンドン

著者まえがき

本書『シャングリラ病原体』はフィクションであり、地球温暖化現象にまつわる論争を意図したものではない。小説の展開のうえで中心となる病気は、その一種がごくまれに子供を冒すことはあるものの、成人には起こりえない。

しかし、本書の内容の多くは事実にもとづいたものだ。

北極、南極、グリーンランドの氷冠は、前例のない速さで現在も溶けつづけている。米国地球物理学協会の概算によると、北極の氷床は四十年前にくらべ四十パーセント薄くなっている。またロシアのヤクーツクにある永久凍土層研究所は、五十年足らずのうちにシベリアの各都市は溶けた地面に飲まれて壊滅するだろうと予測している。一九九九年にはハタンガという町の近くで、完全な形で保たれていた二万三千年前のマンモスが地球温暖化の影響でその姿をあらわした。その体に残存するＤＮＡからクローン技術によって生きた個体を創り出すことを、科学者たちは真剣に議論している。また現代の科学や医学では知られていない病原菌やウイルスが、何百万年も氷に閉じこめられていたあとで世界中の海に解き放たれつつある。グリーンランドで掘り出されたコア標本からは十四万年前のウイルスが発見されたが、その時点でもなお植物を感染させる力をもっていた。モンタナ大学の科学チームは、南極東部の氷河におおわれたヴォストーク湖近くの氷床の一万一千フィート下から、プロテオバクテリアと放線菌類につながる五十万年前の微生物を発見している。

米国の科学雑誌『サイエンス』の一九九九年のある号には、海棲の哺乳類や生物が不可解な原因や異種間の感染によって死んだ例がいくつか紹介されている。鳥に媒介されるインフルエンザ――一九一八年に種を飛び越えて伝染し、少なくとも四千万人の命を奪ったもの――が何百頭というアザラシやクジラの死をもたらした。メリーランド州チェサピーク湾のカキ養殖場が未知のウイルスに壊滅させられた。イルカが媒介するウイルスによって、モーリタニア沿岸のチチュウカイモンクアザラシが大量に死亡した。またおなじウイルスの感染で、グレートブリテン島沿岸の北海のハイイロアザラシが命を奪われた。カリブ海の食物連鎖において重要な植食者のウニが、謎の病気によって全滅させられた。南オーストラリアではヘルペス様のウイルスの感染によって何百尾ものマグロが、またシベリアのバイカル湖に住む特異な淡水性のアザラシが犬のジステンパーに似た病気で死んだ。バイカル湖は地球物理学上の驚異であり、その起源は暁新世と新第三紀前期にまでさかのぼることが立証されている。世界最深の湖だが、その底には二千五百万年前のウイルスや微生物のうごめく澱の層が一マイル以上の厚さに堆積していると推定される。ここの水のなかでは湖固有の生物や植物しか生きていられない。外部からやってきた生物はやがて死に、その残骸は——人間の場合は骨や衣服も含めて——微小な固有種のカニに跡形もなく食い尽くされてしまう。きわめて特異なこの湖を研究するために、特別の科学調査研究所がリストヴャンカに常設されている。

そして世界的規模のヒトゲノム・プロジェクトは、いよいよ完了に近づいている。二〇〇二年六月二十六日、合衆国大統領ビル・クリントンと英国首相トニー・ブレアは、衛星リンクによる合同記者会見で——遺伝子学者たちに支援されて——遺伝的な〝人間の書〟が九割がた作成されたと発表した。二〇〇三年には完全に解読される見通しだ。アメリカ大統領はこの研究を、「神が生命を創造された際の言語を学ぶこと」と表現した。この〝書〟とはDNA、つまり人間のすべての細胞にある二十三の染色体内に詰めこまれた、長さ三フィートを越す巨大な螺旋状の分子のことだ。この染色体には、人体のすべての細胞の振る舞いと健康を制御する遺伝子が含まれている。こうした染色体の一部——五番、一六番、一九番——はすでに、部分的に解読されている。人体で最小の二二番染色体は完全に解読ずみである。

グリーンランドで植物を冒すウイルスを発見したのは、ニューヨーク州のシラキュース大学とニューヨーク州立大学の合同調査チームだった。このチームのみならず、モンタナ大学およびオレゴン大学のウイルス学者たちも、久しく凍りついていた未知のウイルスや細菌がいかなるワクチンや抗生物質も効かない伝染病の世界的な流行をひきおこすという危険については、まったく否定していない。
『シャングリラ病原体』はそうした事実にもとづいたフィクションである。

二〇〇二年、ウィンチェスターにて

謝辞

ケンブリッジ医学調査研究所の遺伝医学部長であるマーティン・ボブロー教授に、心からの感謝を申し述べたい。氏はＤＮＡ工学の迷路のなかで迷いそうなわたしを忍耐強く導いてくださったばかりか、その後『シャングリラ病原体』の原稿に目を通し、初心者であるわたしの誤解と無知を正してくださった。また、整形外科にまつわる数多くの質問にやはり忍耐強い回答を寄せてくださったジョン・シアラー教授にも、感謝を申しあげる。そして約束を守ってくれたラクラン・マッキノンにも。

主要登場人物

ジャック・ストッダート……気候学者。アメリカ人
パトリシア・ジェフリーズ…ウイルス学者。アメリカ人
ウォルター・ペラム…………フォートデトリック微生物学研究所所長
ヘンリー・パーティントン…アメリカ合衆国大統領
ディック・モーガン…………大統領首席補佐官
ポール・スペンサー…………　〃　代理
アマンダ・オコネル…………大統領顧問団。科学担当
サイモン・バクストン………英国首相
ピーター・レネル……………英国科学相
ジェラルディン・ロスマン…病理学者。イギリス人
ジェラール・ビュシェマン…フランス科学相
ギー・デュピュイ……………フランス政府の科学顧問
グレゴリー・リャリン………ロシア科学相
ライサ・オルロフ……………ウイルス学者。ロシア人

1

パトリシアが言った。「まさかこんな！　なんてことなの？」

だれも口を開かなかった。最初は開くことができなかった。全員が本能に駆られておのれを守ろうとするように観測所の断熱ドアに背中を押しつけたまま、吐き気をおぼえていた。彼らは公式によって、公式のために——既知の原則と疑われたことのない方程式にもとづいて——動く科学者だが、いま見ているものにはなんの公式も合理的な説明もあてはまらなかったからだ。

プロジェクトの責任者ジャック・ストッダートは、つかのま呆然（ぼうぜん）としながらも、救助隊のリーダーという立場を自覚し、何か言おうとした。が、やはり言えなかった。風の刃（やいば）に切り裂かれ、ブリザードに削られた外の荒地におとらず、自分が凍りついたように感じた。ずっと彼らの到着を阻（はば）んでいた地吹雪はすこしの間やんでいたが、また次第に外の壁を打ちつける音が大きくなり、新たに吹き荒れはじめているのがわかった。

「まさかこんな」ふたたびパトリシアが言った。

観測チームの四人全員が死んでいた。

チームリーダーのハリー・アームストロングは、警告を発しようと試みるうちに力つきたのだろうか、無線機の前のテーブルに力なくつっぷし、関節炎にねじくれた手を同調ダイヤルの下に落としていた。頭から白髪が——観測所の外の硬く圧縮された雪のように白い——おそろしく長く伸び、やはり真っ白なひげと混じり合って幕のようにひろがっている。その下にのぞく顔と手の皮膚には細かなしわが寄り、肝斑がぽつぽつ浮き出ていた。隣り合った寝室の開いたドアの隙間から、寝台の上のジェーン・ホロックスの姿が見えた。やはり真っ白な髪が、切られも梳かれもせずくしゃくしゃにもつれあっているが、頭頂部からはその白い毛がごっそり抜け落ち、地肌が透けて見えていた。顔と手はしなび、爪は切られることなく鉤のように長く伸び、まるで胎児のような姿勢で、骨粗鬆症に縮んだ背中をまるめて横たわっていた。ジョージ・ベダルは、隣り合った部屋から部屋へ移ろうとしかけて倒れたらしかった。ベダルは二十一歳のころから髪が薄くなりかけていたが、いまは完全にはげあがり、深い溝の刻まれたその頭の下の顔にはさらに細かなしわがびっしりと縦横に走っていた。すがるように伸ばした両腕が倒れたはずみに折れたのだろうか、異様にねじれた形で投げ出され、捨てられた子供の人形を思わせる。バックランド・ジェサップはテキサス出身で、以前はロデオ乗りだったと自分で吹聴(ふいちょう)していたことから、バッキーと呼ばれていた。ドアのいちばん近くにいたのは彼で、おそらく全員が最もぞっとしてあとずさったのも彼からだった。まさか本気で神に祈ろうとしたはずはないが——ただ懸命にここから逃れようとして、彼らがいま立っている戸口のほうへ手を伸ばしたにすぎないのだろう——彼は奇妙な形にくずおれ、ひざまずいて祈るような姿勢で両手を固く組み合わせたまま硬直していた。ベダル以外の三人とおなじく、全身おびただしい量の白髪に包まれ、肝斑だらけの顔は犬のダルメシアンを思わせた。何より見る者の胆(きも)を冷やさせたのは、その目だった。パニックと恐怖に飛び出した眼球は、老いのもたらす白内障で白く濁っていた。

やっとまた口を開いたのは、パトリシア・ジェフリーズだった。だがそれは、かすれたささやき声にすぎなかった。「なぜ……みんなどうして、こんなに年をとってしまったの！　まるで八十か……九十……」

ストッダートは言った。「ハリーが最年長だった。四十二だ。彼がこっちへ来る前に、ミュリエルがバースデイパーティを開いた。三カ月前に」

ミンククジラの死骸(しがい)がゆっくりと、血をあとに残しながら、点々と氷におおわれた捕鯨船の低くなった後部ランプにひきあげられ、防水服を着た乗組員たちとうなりをあげて待ちうけるチェーンソーの刃のほうへひきずられていった。

南氷洋での非合法な、国際会議を無視した捕鯨シーズンの幕開けとしては、上々の成果だった。冷凍船倉のなかにはすでにざっと解体されたクジラが四頭おさまり、不要な内臓と骨は船の外に捨てられ、その航跡には海の掃除屋たちが群がってきていた。

この一頭を切り分けてしまえば、もうつぎのクジラをおさめる余地はなくなる。支援の船団も記録的なマグロの大漁に恵まれていた。

そろそろ帰港する頃合だった。

2

ようやく動きだしたのはストッダートだった。この場のリーダーを任じる彼は、おのれに鞭打って観測所の奥へと進んでいった。新たに設営されたこの建物は、厳密には南極点のアムンゼン＝スコット基地に属しており、アムンゼン＝スコット自体はマクマードの南七百マイルに本部をおくアメリカ南極プログラムの観測基地である。ストッダート率いる救助隊がマクマードを出発したあと、アムンゼン基地を包みこんでいた初冬のブリザードをようやく回避できたのは、三週間後のことだった。リーダーのアームストロングが据えつけられたばかりの短波無線機で雑音まじりの救援要請をよこしてから、正確には二十二日が経過していた。

観測所は氷の墓石さながらで、内部の温度は氷点下までさがっていた。発電機が――外の電柱が吹き倒されたあと無線機への電力供給をひきつぐはずだった――動いていないのだ。ストッダートは盲目の祈りを捧げるベダルのそばに立ち、無意識に手を伸ばして硬く凍りついた体に触れたが、そのときチームの四人が戸口に固まったまま身動きできずにいる――みんなまちがいなく望んでもいないのに気づいた。

ストッダートは言った。「早く動こう！　彼らのデータが要る、何もかも……」チップ・バークに視線を向ける。「全員を同時に乗せて飛び立てるか？」マクマードで常時使用されているアメリカ海軍の輸送機ＬＣ－１３０は、後部ランプの油圧システムがうまく作動せず、彼らはあまり使われることのないイギリス製のＤＨＣ－８に乗ってきていた。

これが南極での初勤務になるパイロットが、顔をしかめた。「四人、しかも死荷重ですす。機を押していくことになりますよ」

新たに勢いを増しつつあるブリザードが、高床式の小屋の防護壁にすさまじい勢いで吹きつけ、雪が外側の布地を続けざまに打って、銃弾さながらの音をたてていた。ストッダートは言った。「一往復できると思うか？」

「ここから出ていけるかどうかもあやしいです」とバークは言った。寒さのせいではなく、四つの奇怪な年老いた死体とともに閉じこめられることを考えて、彼はぶるっと身震いした。

バークの思いにうながされでもしたように、パトリシアが言った。「死荷重といってもおそろしく痩せ衰えた四人の老人よ。だれも百ポンド以上にはならないわ。とくにジェーンは……」このふたりの女性は同時期に全米科学財団のプログラムに参加して以来

――パトリシアはウイルス学者、ジェーンは地質学者として――ずっと友人づきあいをしてきた。パトリシアは十八カ月前、花嫁となるジェーンの付き添い役をつとめたのだ。

ドアをはいったばかりの場所で固まりあった四人は、まだだれひとり動こうとしていなかった。「ここから出ていこうとするなら、いますぐやるしかないぞ！」とストッダートは言った。

パトリシアが最初に動きだした。ストッダートと凍りついたジェサップの横を通り過ぎ、隣り合った部屋の寝台に体をまるめて横たわる親友のもとへ行く。ストッダートが声をかけた。「日記類、ノート、役に立ちそうなものはぜんぶ持っていく。テープもだ。何か口述しているかもしれない」この最初の一回ですべて処理しなくてはならない。つぎのチャンスはもうないのだ。戸口を振り返ると、マクマードの越冬隊の医師であるモリス・ニールソン、氷河学者のジェームズ・オルセンのふたりは、あいかわらずパイロットの陰にとどまっていた。「ジム、頼むから早く！　モリスも！」

ようやく動きがあった。ニールソンがストッダートのところまでやってきて、ひざまずいた男の体に手を触れた。医師は言った。「ほぼ完全に凍りついている。もう尽くせる手はない……どのみちありえなかったろうが……」

「死因はやはりそれか？　凍死だろうか？」

ニールソンはかぶりを振った。「なんとも言えない。解剖してみなくては」

アームストロングがつっぷしている無線台のほうから、「これは！」とオルセンが言った。ストッダートの視線に、すぐさま向きなおる。「日誌があった」

「なんだって！」

「手書きだ。三週前の部分は正常で、しっかりしている。最後のほうは老人の字だ。最後の三日間は、よく読みとれない……年をとっている、と書いてある……どんどん年をとっていく……どんどん弱って……」

「ジム、時間がない……！」とストッダートが言いかけ、口をつぐんだ。パトリシアがいきなり隣室に通じる戸口から現われたのだ。

「ジャック！　考えてなかったわ……だれも考えていなかった……きっとウイルスよ。あるいは細菌か。わたしたちにはなんの防御もない……！」

「ちきしょう！」とオルセンが言った。

つかのまストッダートは胃がさかさまになったように感じ、その感覚の強烈さに身をこわばらせ、自分を支えねばならなかった。うかつだった。彼ら全員にたいして、そして自分自身にたいして。恋人になったばかりのパトリシアにたいして。彼の専門分野の科学とは違ったが、その必要もない。あきらかなことだ——ここにはいったときから明々白々、火を見るよりあきらかだった——なのにむざむざみんなをここにとどまらせてしまった、これほど長く……どれだけの間だ？　そして何にさらしたのか？　わからない、でも長すぎた、おそらく取り返しのつかないほど……「酸素だ！」ストッダートは思わず言った。万一不時着したとしても予備の酸素が必要になるほど高い山や台地はどこにもなかったが、マクマードの輸送機は呼吸装置を備えつけておくよう規定で義務づけられていた。

「わたしが行きます！」すかさずバークが、観測所から出ていきたくてたまらないように言いだした。「機の除氷の状態もチェックしなくては。なんとかあっちまでたどり着かないと……」

だれもが周囲の凍りついた死体と同様、まるで動かずにいれば感染の危険が減るとでもいうように、身を硬くしていた。パニックの兆しのうかがえる張りつめた声で、オルセンが言った。「われわれは死ぬ。いずれ死ぬんだ、彼らとおなじに……」

「死にやしない！」ストッダートはわざと大声で否定した。「まっとうな予防措置だ。それだけのことだ」彼はパトリシアを見た。ウイルスの研究を専門とするパトリシアは、硬い、だが表情のない顔で見返した。

「彼らの出したゴミを回収したほうがいい」ニールソンが完全に自制を保ちながら、いま何より必要な冷静さを強調するように言った。「彼らが何を食べていたかが重要になるだろう。消化したものが原因なら、問題はない……われわれにとって問題ではなくなる……」

「そうね」パトリシアが戸口から言ったが、やはり半信半疑の様子だった。「もし食中毒だったのなら……」だが科学的裏づけを口にすることができず、声は徐々に小さくなってとぎれた。

オルセンが言った。「われわれがブリザードに降りこめられた場合、死体といっしょにいるわけにはいかん」

「外に出しておいたら、雪におおわれて見つけられなくなってしまう」とニールソン。

「それこそ好都合だ、ここに埋めていけばいい」

「解剖をしなくては、何が起こったのかつきとめられないわ。原因がなんなのか」とパトリシアが主張した。間をおき、ストッダートに直接話しかける。「ジェーンをここにおいていきたくないの」

「そんなことはしないさ」ストッダートは請け合った。「バークのやつ、いったいどこまで酸素をとりにいってるんだ！

「感染源になるかもしれないんだぞ！」とオルセンが反論する。

「わたしには決定権がある。ここにあるものの回収を続けるんだ」

「この期におよんで権限など関係ない」オルセンがはねつけた。「軍隊とはわけが違う」

ストッダートは聞く耳持たないという姿勢を誇示するべく、ただ無線台に向かって歩いていった。彼が近づくと、オルセンはなんらかの身体的接触を恐れるようにびくりと身をひいた。ストッダートは氷河学者を無視したまま、あたりに散らばった書類をまとめようとしたが、その前に背後で二重ドアが開いた。チップ・バークだった。頭から足まですっぽり雪におおわれ、すでに酸素装置をつけているのがその下からわずかに見てとれた。いくぶん自信をとりもどした態度で——もう安全だと信じているのか——ひとりひとりにマスクとバックパックを配る。ストッダートはマスクをつける前に言った。

「まだ飛び立てるか?」

バークはできるかぎり死体からあとずさり、自分の顔をおおっていたマスクを持ち上げた。「除氷はかろうじて効いているだけで、エンジンをアイドリングさせておくのにバッテリーがぎりぎりの状態です。雪の吹きだまりもひどい。あと三十分もしたら……じっさいスキーと滑走面が凍りつきかけています……いまなら離陸できるでしょう。遺体はブリザードがやんでからまた取りにくればいい。あの人たちにはもう何も起こりようがないし……」

「妥当な意見だ」とオルセンがすぐに言った。「彼らは凍っている……保存されているわけだ……われわれにできることはもう……」

「原因をつきとめなくては! なぜこうなったかを!」とストッダートは主張した。「もしここに限られたことでなくなったらどうする? マクマードには二百五十人のアメリカ人がいるんだ。アムンゼンには三十人いる」

「われわれはどうなる、死ぬんだぞ！」とオルセンが声を荒らげる。

「彼らは連れていく」平板な声で、ストッダートは決定を下した。

「彼らは凍っている」ニールソンがとりなそうとした。「この温度ではどんな病原体も生き延びられないだろう」そして小屋の内部の、天井と壁の継ぎ目についた氷を示す。

「遺体袋がありませんよ」バークが異を唱える。「どうやって運ぶんです！」

「寝袋を使おう」とストッダートは言った。「モリスとわたしとで死体をなんとかする。ジム、きみとパトリシアで一切合財をまとめてくれ……」パイロットのほうを振り向く。

「彼らの出したゴミが必要だ。ビニール袋に入れて、密閉してあるだろう。機にのせるんだ。それから無線でマクマードに連絡できるかやってみてくれ。重大な緊急事態だと。死者が出ているが、詳細はわたしと話せるようになるまで待てと」

　死体を寝袋におさめるのは難題だった。どれも凍りついたままの体勢で入れなくてはならないせいで、ひざまずいた恰好のバックランド・ジェサップはとくにむずかしかった。横幅がありすぎて全身がはいりきらず、やむなくジッパーの上のほうは締めずにおいた。ジョージ・ベダルのねじれた両腕もうまくおさまらなかったが、いきなりニールソンが慣れた手つきでその腕をぽきりと折り、体のわきに垂れさがるようにした。アームストロングも都合のいい形で固まってはおらず、やはり寝袋のジッパーの一部をあけておくしかなかった。パトリシア・ジェフリーズが割り当てぶんの日誌や実験データや記録類を集め終えたあと、ふたりの男がジェーン・ホロックスを寝棚から持ち上げるのを手伝いにきた。ジェーンの体はおそろしく縮んでいたので、彼女がその上になかば横たわっていた寝袋にすっぽり包みこむのはだれよりも容易だった。

「わたしが運ぶわ」とパトリシアがくぐもった声で言い、じじつだれの手も借りずにジェーンの体を持ち上げた。ストッダート、オルセン、ニールソンもやはり難なく、それぞれひとりの死体を運んでいくことができた。

外に出るとブリザードがまともにたたきつけ、オルセンがよろめいたが、まだストッダートが恐れていたホワイトアウトの状態ではなかった。それでも激しく雪が吹き寄せ、ところどころ膝(ひざ)までの深さに積もっていた。一度ニールソンがつまずいて倒れ、ハリー・アームストロングを落とすと、死体はやわらかい雪に大げさでなく数インチ埋まった。冬の南極をつねにおおっている薄暗がりのなかでも、スキーを装着した雪上機は、二十ヤード先にはっきりと見えた。アイドリングの状態は不安定で、ときどき止まりかけているようだった。バークがたえずエンジンをふかしつづけていた。四人が後部に死体を積みこんでいると、バークが言った。「磁気の干渉が強すぎて、マクマードと連絡がとれません」

「ここから離れられるのか？」冷静さを失ったオルセンがきく。

「いますぐ飛び立つのであれば」

「データと記録をとってこなくてはならない」とストッダートは言った。

「それに、観測所を燃やさないと」パトリシアが静かに告げた。

みんな彼女を見た。ふたたび全員が言葉を失っていた。パトリシアは言った。「あの建物は燃やさなくては。それがわたしのプロとしての意見よ」

「われわれが感染してると言うのか！」オルセンがざらついた声を出した。

「いいえ。万一あそこに氷点下の気温にも耐えられる細菌があったと考えて、火で根絶やしにするべきだと言っているの。あそこの空気にさらされたからといって、感染したと決まったわけじゃない……病原体があるかどうかさえも」

「離陸できなかったらどうするんです？」とバークがきいた。「観測所を燃やしてしまったら、この飛行機のなかじゃ生き延びられません……」機内のずっと奥のほうを見つめる。「それに、あそこにはあれが……」

「きみのせいだ」オルセンがストッダートを非難した。ヒステリーの兆しがふつふつとわきあがってきていた。「きみのせいでわれわれは死ぬんだ、もうどうしようも……」

「だれのせいでもない」ニールソンがきびしい声で言った。ストッダートに向かって、「ここでこうしてしゃべっていても、チャンスが減っていくばかりだ」

「わたしが残りのものをとってくる」とストッダートは言った。

風とともに吹きつける白い壁に向かって体を傾けながら進み、飛行機からかなり離れたところで、パトリシアが苦労してあとをついてきているのにはじめて気づいた。話をするのはむりだったが、ストッダートはパトリシアの体に手をまわして進みつづけるのを助け、そのせいで彼女が吹きだまりに落ちたとき、いっしょに引っぱりこまれた。ふたりはたがいに求め合い、相手の体を手探りした。やっと観測所のなかにもどると、つかのまふたりは強く抱き合い、回復するまでたがいを支えにしなくてはならなかった。

パトリシアが言った。「ここは絶対に燃やさなくちゃ、ジャック」

「もし離陸できなかったら？　自分たちの身を守る場所を消すことになる」

「吹雪がやむまでは、まだ飛行機のほうがチャンスがあるわ」

「われわれはやはり感染してるのか？」

「なんとも言えない」

「確率は？」

「ギャンブルをするならヴェガスへ行くわ」

「これ以上危険を冒すわけにいかない。いまあるいちばんましな避難所を燃やすわけにはは」

「飛行機のほうが安全よ。どこかに雪上車があるでしょう。たぶんスノーモービルが。外に出して用意しておいて。吹雪がやんで陸路でアムンゼンにたどり着けるようになったときのために」

新たに銃弾のような突風が外の壁にたたきつけた。「時間がない」「あの人たちが飛び立つのを止めておくわ」パトリシアは書類のはいった鞄をつかみあげると、肩でドアを押しあけ、彼の先に立って吹雪のなかへ出ていった。

ストッダートは右手のほうに倉庫を見つけたが、吹き寄せられた雪に深く埋もれ、ドアがふさがっていた。懸命に、できるだけ大きく手前にひきあける。あったのはキャタピラつきの輸送車で、スノーモービルではなかった。エンジンが回転したものの点火せず、たちまちバッテリーがあがりそうになった。音がほとんど消え入る寸前まで弱まったが、そのときエンジンがかかり、ストッダートは必死に回転を速めて動かしつづけようとした。そして輸送車を勢いよくドアにつっこませ、むりやりこじあけた。木材がばらばらに裂けたはずだが、エンジンとブリザードのたてる音にまぎれて耳には届かなかった。倉庫の外に出たとき、輸送車が急に立ち上がると危険な角度で左に傾いた。一瞬、横転する、外にほうりだされると身を硬くしたが、車体はかろうじてまたもとの体勢にもどった。中心の小屋から十ヤードばかり進み、目印になる電柱を探した。支柱はてっぺんから二ヤードあたりでへし折れ、ケーブルがもつれあっていたが、張り綱はまだ無事で、柱の下の部分が雪に埋もれないよう支えていた。輸送車をできるだけその近くに駐め、苦労して倉庫のほうへもどっていった。いまはめちゃめちゃにこわれたドアのすぐ向こうに、特別に濃化された潤滑油の缶を見つけ、両腕で抱えあげてなんとか観測所まで運びこんだ。アームストロングが死んでいた無線台に載せ、そこから床の上にさかさまに立てる。中身がどくどくと流れ出てひろがるあいだ、デスクの端の戸棚から未使用の紙束や日誌類を手当たり次第につかみ、流れのなかに落とした。油に浮かんだ紙にジッポーで火をつけ、もっと激しく燃えてくれと願いながら、ドアのほうへ後退していった。

外に出ると、雪はまだ降っていたが、風がとつぜん嘘のようにやみ、ふいに訪れた静けさのなかに飛行機の滑走する音がひびいた。あきらかに離陸しようとする態勢で、彼から遠ざかっていく。ストッダートはあわてて駆けだし、止まれと叫んだが、そのときまだマスクをつけているのに気づいた。酸素装置を顔からひきはがしてシリンダーが後ろに落ちるのもかまわず、脚にまとわりつく深い吹きだまりを進みながら、両腕を振りまわして叫んだ。だが飛行機はさらに遠ざかり、明けることなく深まる南極の闇の向こうに消えていく。ふとストッダートはためらい、自分の姿や声が見えも聞こえもするはずがないのをさとると、冷静さと理性をとりもどし、いますぐ観測所に引き返して火が大きく燃えあがる前に消し、最低限の避難場所だけでも確保しようかと考えた。

そのとき、蛇口が閉められたように雪がやみ、DHC-8が静止しているのが見えた。彼はよろよろ進みつづけたが、たえず雪に足をとられ、何やら大仰な儀式の行進さながら脚を高くあげねばならなかった。はじめは錯覚かと思ったが、たしかにドアが開き、半身を外に乗り出しているパトリシアらしき姿が見えた。やがて彼女もこちらの姿をみとめ、何か叫んだが、言葉は聞きとれなかった。だが飛行機は動いていない。凍った冷気が肺に焼けついて息をするのもつらく、酸素を捨ててしまったことを後悔した。たえず脚を高くあげつづけるせいで全身が痛む。二度転んだ。二度目のときは本気で、ここに横たわったまま、彼らに自分を置いていかせようという自暴自棄な考えにとらわれた。だがそのとき、パトリシアの声が、ただ彼の名をくりかえし呼んでいる声が聞こえた。

飛行機から降りてきたのはモリス・ニールソンだった。彼がストッダートをなかば運ぶようにパトリシアの待っている場所まで連れていくと、ようやく腕が伸びてきて機内にひきずりあげた。ストッダートはその場に倒れこみ、飛行機の床の上にずっと横たわっていた。息も絶え絶えで、力はまるで残っていなかった。

そんななかでごくぼんやりと、バークがついにエンジンを激しくふかし、機体がまっすぐな離陸路からはずれて横滑りするのを感じた。スキーの下の地面の硬い感触が消え、機体が浮きあがると、ヒステリー気味のバークの声が聞こえた。

「離陸した！　だいじょうぶだ……もうだいじょうぶです」

そのときストッダートの耳にパトリシアの声が届いた。彼女はこう言っていた。「くず野郎ども」

吹雪が急に、まったく唐突にやみ、つぎにストッダートの耳にとびこんできたのはニールソンの声だった。「あの煙を見ろ！　燃えている、何もかも」彼はパトリシアの手を借りて懸命に体を起こし、まず座席に体をもたせかけ、それからすわりこんで窓の外を見た。かろうじて一瞬、眼下の一面の白の上にくっきりと浮かぶ黒いしみが目にはいった。何かのしるしのように——あれは警告のしるしか？　それとも死のしるしなのか？

ストッダートは、文字どおりの痛みが疲れた目を射るのを感じた。いったん目を閉じてから注意深くあけ、もう一度焦点を合わせたが、すべてが見えているという自信はもてなかった。外で待っていたのは、ハリウッドの——あるいはフェリーニの映画の——演出かと見まがうばかりのセットだった。何もかもが強烈な照明にぎらぎらと白い光を放っていた。たくさんの車両がずらりと——尻(しり)をこちらに向け、後部ドアをあけて——まるで逃走防止用の堅固な壁のようにぎっしりと間をおかずに並んでいる。どれも色は白だった。目にはいってくる人間たちの、頭まですっぽり包んだ防護用スーツも、やはり白かった。

「まさか！」隣でパトリシアが、絶望よりもむしろ驚きに駆られて言った。

アンプを通した金属的な、実体のない声がひびいた。「言われたとおり、そのまま座席についていてください」

再度くりかえされたその指示が合図であったかのように、四つのチームがいっせいに反応した。だが前もって順序が決められているのか、組み立て式のストレッチャーをひとつずつ押しながら、混乱もなく一列になってタラップを昇ってきた。網で仕切られた区画に直接はいり、死体をひとつひとつ運ぶために担送車に乗せる。遺体袋がだらりとたわんでいる様子から、ここまで来るあいだに溶けてしまったのだろう、とストッダートは思った。タラップを降りていく行列は、昇ってきたときとおなじく一糸乱れず整然としていた。死体搬送の係とはまったく別に、ひとりの男が書類鞄を運んでいた。

さっきの声が言った。「あなたがたはフォートデトリックの微生物学研究所へ行っていただきます。しかるべき隔離施設があり、すでにあらゆる検診や検査の準備が整っています。そちらに着き次第、その他の詳細について説明があるでしょう」

ストッダートはとつぜん怒りをおぼえ、立ち上がりながら言った。「ここの責任者はだれだ？　わたしはストッダートだ。救助隊を率いていた者だ」

「われわれはあなたがたを搬送する責任を負っているのです」と声がひびいた。「詳細についてはすべて、デトリックで説明があります。どうぞおすわりください。あなたがたの防護スーツがチェックされ次第、機からおひとりずつ、護衛が外にお連れします」

ニールソンが言った。「わたしは妻に会いたい」

「デトリックに着くまでお待ちください」拒絶の返答があった。

また新たに、タラップの下から白い蟻のような人の群が押し寄せてきた。ふたたび護衛の割り振りがあり、ひとりひとりに三人がついた。飛行機から降りるよううながされる前に、ひとりの男がそれぞれの防護スーツの留め具を調べ、それから身振りで、脚を開いて立ったうえ両腕を伸ばすように指示すると、頭から足までスプレーを噴きつけた。困惑のうちにもストッダートは、その汚染除去用の装置がポンプ式で、オゾンを破壊するフロンガスをまきちらすエアロゾルによるものでないことに目をとめた。

パトリシアが言った。「まるで囚人扱いじゃないの！」

彼女の体にスプレーを向けて上下に動かしている男が言った。「すべてあなたの安全と保護のためです」

「心やすまるお言葉ね」皮肉のこもったパトリシアの声は、通信システムのひずんだ音にかき消された。

「じっさいそのとおりなんですよ」と、男がスプレーをかけ終えて言った。「たったいまあなたの体をすっぽりおおったものを生き延びられる病原体は、まったく何ひとつありません。あなたはこの地球上で最も無菌の存在です」

「そのとおりであってくれるように願いましょう」そう言ったパトリシアの声に、もはや皮肉めいた響きはなかった。

歩きはじめたとたんに体の支えが必要になり、ストッダートは奇妙に非現実的な感覚に飲みこまれながら、横に手を伸ばして、自分に割り当てられた随員たちのさしのべる腕を探った。片方の腕が傍目にもわかるほど震えているのを感じたが、ふと自分が話しかけられ、名前をきかれていることに気づいた。チェーンのついた名札が準備されていたが、肝心の名前が出てこなかった。なんとか思い出し、不安な気分でそれを告げた。ロボットのようにただ身をゆだねて、投光器の光のなかからヘリコプターへと連れていかれるのにまかせ――実際に乗りこんだことも覚えていなかった――随員のひとりが彼のシートベルトを締めはじめたとき、やっと意識がもどった。真向かいにすわっているマクマードのスーツを着たふたりめの男に向かって言った。「パトリシアは？」

隣の男が言った。「別のヘリに乗っています。ちゃんと世話されてますよ」

ものうげな小声で、ニールソンがふたたび言った。「妻と話がしたい」

ヘリコプターが離陸すると同時にストッダートは意識を失い、沈みこんだ体にかかるシートベルトの圧力も感じず、両隣の男が近づいてきて彼の姿勢を直したのにも気づかなかった。あっという間に着陸したのも、自分が歩いていることもはじめは知らなかった――実際に、両わきをふたりの男に支えられて歩いていると気づくまでは。最初ぼんやり意識したのは、目の前の部屋に別の四人の男が一列に並んですわっていることだったが、その横に崩れ落ちるように腰をおろしたとき、彼らが長い窓らしきものに向いているのがわかった。

すぐに観察用ギャラリーの向こう側から、もはやひずんではいない声がひびいた。

「わたしはウォルター・ペラムといいます。ここの所長です。われわれの関心は、あなたが南極で起こったなんらかの異常に冒されているかどうかにあります。あなたは隔離され、検診とテストを……」

なんとかもちこたえ、精神を集中していくらかでも明晰(めいせき)な状態に保つには超人的な努力を要したが、ストッダートはやってのけた。「わたしは救助隊を率いていた……ストッダートだ……観測所は燃えた……」

「……いまは報告を求めているわけではありません……あなたは休まなくては……われわれはほかにいろいろと……」

「……二日から三日だ」なんとか話を聞かせようとして、自分の口調がぎくしゃくするのをストッダートは感じた。「それが症状の周期だ……始まりは……」

「日誌を読んだのですか？」とペラムがきいた。「何か……？」

「まだ分析していない……」ストッダートは言葉をにごした。立っているのかすわっているのかも定かでない相手の男とのあいだをへだてる窓がかすみはじめ、間をおかなくてはならなかった。温暖化のことはなしだ、と自分に言い聞かせる。いまは避けなければ。「……ところどころ、目を通した。ジェーンは……ジェーン・ホロックスは……妊娠していた」

すこしの間があった。「教えてくださって感謝します」

「……発症はきわめて早い……二、三日だ……われわれは……」ストッダートはもう一度言おうとした。

「死体を発見してから感染の可能性にさらされていた時間は、すでに計算ずみです」とペラムがさえぎった。「だからこそあなたがたはここにいる……」


「それで？」とポール・スペンサーがきいた。足もとのおぼつかない男女が、抗議もせず従順に観察用ギャラリーから連れていかれたあと、五時間が経過していた。彼らはその後ようやく防護スーツと私服の下着を脱がされ、皮膚を消毒、洗浄されたうえで待望の入浴を許されたが、あとで濾過できるようにということで水風呂しか使えなかった。それから個々に仕切られた部屋で眠るように——心臓、肺、呼吸器のモニターにつながれて——横たえられ、なんらかの病気や感染がないと診断されるまで、ひとりずつ監禁されることになった。

その五時間のあいだに、長身で肥満体で頭のはげたスペンサー、全米科学財団の極地プログラムの責任者デヴィッド・フーリハン、そしてペラムの三人は、観測所から回収された書類すべてに目を通し、マクマードで撮られた死んだ科学者たちの素人くさいポラロイド写真を調べ、さらに集中して——何度かくりかえし再生しながら——ストッダートたちの一団がタラップを降りてきたときからそれぞれの寝室に落ち着くまでを複数のカメラでとらえたビデオを眺めた。部屋には音で作動するビデオと高感度の音声記録装置が常時作動しており、ジェームズ・オルセンが鼓腸もしくは便秘に苦しんでいることがすでに判明していたが、これが彼にとって以前からの問題でないとすれば、診断を下すにあたって役立つ可能性があった。

ペラムが言った。「くわしい検死解剖には数日か……数週間かかります。あらゆる可能性を除外せねばなりません。遺伝的な原因によって老化が速まる病気は、たしかに存在します。しかしこれにかかるのは子供です。早老症ともいわれます。ウェルナー症候群によるショックでは、一晩で髪が真っ白になることがある。シャイ＝ドレージャー症候群でもやはり、視力が失われるだけでなく……」

「生きている連中の状態はどうなのだ？」とスペンサーがきいた。フーリハンから南極の写真を見せられたときにおざなりな反応をしてしまったという危険はごくわずかにあったが、死体保管室の観察用の窓からその実物を見たうえ、いっしょに帰ってきたロボットのような一団を目のあたりにしたあとでは、もうその心配はないとわかっていた。

「先入観を植えつけるようなことは申しあげられません」言うことなすこと訳知り顔の、

痩せた所長がはねつけた。「彼らが経験したことや、ここへ着くまでにかかった時間を考えれば、いまあのように見える理由は――原因も――いくらでもあります」

「ストッダートがいちばん弱っていたな」とスペンサーは言った。

「彼の言葉はほかのだれよりも参考になりました」ペラムが指摘した。

「やつの評判は知っているか？」とフーリハンがきく。

「ええ」

「新しい観測所の周辺が異常に暖かかった、と日誌に記されていることについてはどう思う？」

「たしかに科学的には、その現象があの場所に限られたものなのか、あるいはアムンゼン－スコットやマクマードにもおよんでいることを示す記録があるのか、それを知るのは興味深いことでしょう――しかしいまの段階では、まだそれ以上のことはいえません」ペラムは確証のある科学的証拠なしには、どんな意見も吐かない男だった。

「彼らの家族のことも考えねばならん」とスペンサーは言った。それは言明というより思案のすえの感想だった。

水揚げした獲物は質量ともに、乗組員にボーナスをはずんでやれるだけのものだった。船長はみんなが祝杯をあげるのを許し、出港の予定を朝まで遅らせたが、実のところ一刻も早くここ神奈川県の三崎港を離れ、南氷洋の漁場にもどりたくてうずうずしていた。つい先日に発見したような群は、できあがったときと同様あっという間に姿を消してしまいかねないし、今年のミンククジラの交尾シーズンがあれほど大規模なものだとすれば、なんとしてもそこからできるかぎりの利益をあげておきたかった。

船長は辛抱強く、予定よりさらに一時間長く待ち、それでも現われなかった乗組員ふたりをおいて出港した。もし今回も前回なみの大漁であれば、乗組員ひとり当たりのボーナスはそのぶん増えるだろう。

刺身にするマグロのトロはたっぷり蓄えてあるし、彼はそのためのシソの葉とアサツキも買っておいた。これは祝いのためだった。さらにおのれの個人的な嗜好を満足させるために、生のクジラの舌もとってあった。

3

体は大きくてもおそろしく身軽な男はいるものだが、ポール・スペンサーもきわめて敏捷なうえに、体のみならず頭の回転も速かった。彼は現状を自分のキャリアにとってのの好機と確信し、この早朝のホワイトハウスでの会合はみずからの任じる役割を確立するのに不可欠だと見ていた。つねに事態の中心にいる、なくてはならない実力者——山麓にうごめく働き蜂と山上の賢者とをつなぐ仲介役——としての役割である。これは現大統領の就任当初から彼が首尾よく実行してきた戦略で——ほかの一切とおなじく計画どおりに、首席補佐官の聖域にはいりこむこと——その決意の固さは単なる便宜主義をはるかに超えていた。それは始まり、そして彼がこの政府の中枢たるオフィスに足を踏み入れることで終わった。その場所での彼は非情なまでに効率的だった。挫折とはこき使われる働き蜂たちが乗り越えるべき障害であり、まれに起こる失敗はこの職業につきものとはいえ、ポール・スペンサーにはありえなかった。一点の染みもない彼の名声はすべての後始末をつけられる男というもので、だからこそ彼は首席補佐官代理の座まで昇ってこられたのだった。そして首席補佐官であるディック・モーガン本人が今日の通告のための短い会合に同意するだろうことも疑っていなかったし、じじつそのとおりにことは運んだ。モーガンはそわそわと落ち着かず、捕食者の匂いをかいでざわつきはじめた群のリーダーを思わせた。

会合はもちろんホワイトハウス内の、彼とモーガンの仕事場でおこなわれたが、その場所のもたらす印象はスペンサーの目論見に合致していた。もっとも、今回必要なビデオやスチール写真の映写設備を備えた仕事場とは、実のところ窓のない地下室であったのだが。デヴィッド・フーリハンは見るからにかしこまった様子で、この科学財団の事務局長がそうなることをスペンサーは承知していた。ウォルター・ペラムのほうは、表面的には平静だった。会議事項はスペンサーが用意したもので、ビデオと写真の映写から始まり、見終わったあとのモーガンは、彼が危機の萌芽に直面したときの常として硬い表情だったが、そのこともスペンサーは予期していた。

自分の部下にひけをとらない巨漢で、カレッジ・フットボール時代の不敬な言葉遣いが抜けていないモーガンが言った。「こいつはいったい何なんだ!」

「病気です――細菌かウイルスかバチルスか、あるいはそのどれでもないかもしれません――かつて経験したことのない、なんの知識ももたないものです」とペラムが言った。スペンサー自身が書き起こしていてもおかしくない、劇的な宣言だった。

「いまは完全に隔離されているのだな？」事態に追いつこうと躍起になって、モーガンがきいた。

「生存者も、死者もともに」とスペンサーは言った。芝居じみすぎている、と客観的に自分を評した。

「当分そのままにしておかねばならん、何が起こっているのか把握できるまで」スペンサーの誘導は承知のうえで、モーガンは決断した。「完全な報道管制、完全な保安体制を……」と、自分の部下を見る。「きみにまかせる、ポール。きみ個人が事態をつねに統制、掌握するんだ」ほかのふたりの男に注意を向けながら、「……このことは絶対内密に、だれの目にも触れないようにしなくては。なんらかの答えが得られるまで……」

「その点でひとつ問題が生じる恐れがあります」これは罠だと見てとり、スペンサーが口をはさんだ。「全焼した観測所の件です。マクマードとアムンゼン－スコットの者たちはみな、正確にではなくとも、何があったかを知っている。衛星電話はおおむねごく明瞭に通じますし、インターネットでの即時の接触も……」

モーガンは立ち上がり、歩きながら話しはじめた。これも危機の認識を示す兆しだった。「たしかに警告は発してあるのでしょうな？」とフーリハンに向かってきく。

「もちろんです！」

「しかし保証のかぎりではないでしょう」とスペンサーは言った。「相手は科学者で、学問畑の人間です。建前ではたしかに政府職員だが、彼らをあそこから連れ出した軍の連中ほど法規にしばられている存在ではない」

「どういうことなのだ？」この相手から返ってくる答えを完全に信じられればいいがと思いながら、モーガンがきいた。

「実際に向こうの現場レベルでコントロールしなければならないでしょう。とくに外部との連絡にかんしては、軍による統制が必要です」

「こうした事柄の機密性を保証するために、科学者が準軟禁状態におかれる必要があるとは思えませんが」みずからの職業にけちをつけられた恰好のペラムが、身構えるように言った。

「もう一度マクマードに連絡をとっていただきたい。もし必要とあらば、アムンゼン－スコットにも直接に」とモーガンはフーリハンに言った。「彼らに命令のレベルを伝えるのです。それに、軍による支援をおこなう用意があることも……」

「わたしからペンタゴンに話しましょう」とスペンサーは先回りした。モーガンをうまく誘導して隠蔽工作の責任の一部を担わせた。これこそが肝心なことだ。

「生きて帰ってきた者たちはどうするのです？」とペラムがきく。

首席補佐官は驚いた顔を見せた。「そちらの施設のことでしょう。保安体制についてはわたしよりもよくご存じのはずだ！」

「マクマードの医師のニールソンがずっと、妻と話がしたいと言っているのですが」

「それはだめです。だれであれ基地の外部の人間と話すことは許されない」とモーガンが命じた。

「市民の自由に――憲法に――まつわる問題が、生じるのではありませんか？」とフォートデトリックの所長は食いさがった。「それに犠牲者には家族がいる。彼らにはどう話すのです？」

この男にも逆境に強い政治家の素質がある、とスペンサーは感じ入り、昨夜考えたことを思い出した。ペラムはすでに医学的に必要な隔離処置をみずから強制しておきながら、その件にかんしてもおのれを守ろうとしている。それはまた同時に、スペンサーをも守ることになる。彼はしごく満足な思いでそう判断した。

モーガンが言った。「わたしに法律の条文を読みあげろというのですか――合衆国憲法の第何条かまで引用し、国家の安全を守り市民の動揺を防ぐうえで行政府がどんな非常措置をとれるのかを口にさせたいのですかな、サー？」最後の言葉――〝サー〟――はまるで拳のようにくりだされた。

「誤解があってはいけないと思ったまでです」ペラムはひるむことなく言った。

「いまはもちろん、今後も誤解など絶対に許されない！　現在フォートデトリックで何をしているのか、くわしく聞かせてもらいましょうか？」

「死体の解剖はすでにはじめられています。胎児のことはお聞きおよびと思いますが、もう女性の胎内から取り出されました。その器官も大人たちの器官と同様、数多くの検査にかける必要があります」スペンサーに目を向ける。「……ポールにすでに話したとおり、多少時間がかかるでしょう」

「生きている者たちについては？」

「見かけの老化の速度から判断して、もし彼らのうちだれかが罹患していたとすれば、今後二十四時間以内に徴候があらわれるものと……」

「どんな徴候ですか？」ふたたび会話にくわわる必要を感じて、スペンサーは口をはさんだ。

ペラムは眉をひそめた。「外見的には、老齢の人間に最も顕著に見られる特徴です。すでに写真でごらんになったでしょう。皮膚の弾力性が失われる。深いしわに肝斑。死体の状態から見て、毛髪にも著しい変化が起こるようです。色素が失われる。髪そのものが抜ける。進行するにつれ、骨が変性を起こしてもろくなる。記憶力の低下。アルツハイマー病……」

「デトリックに着いてもう十二時間たつ！」とモーガンが問いただした。「まだ外見の変化はないと？」

「九時間半ですよ」ペラムがことさらに腕時計を見て、訂正した。「その前に彼らは、死体を発見したことで重大な精神的外傷をこうむり、さらにその死体を搬出し、給油のあいだをのぞいてずっとノンストップで飛んできた。飛行機のカンバス地の座席にまる二日間、距離は一万五千マイルにもおよんだはずです。昨夜のうちにごく一般的な検診以上のものをおこなったとしてもかえって逆効果で、不正確な結果が得られるだけでしょう」

そろそろ首席補佐官をあと押ししたほうがよさそうだ、とスペンサーは判断した。彼にとって重荷になりつつあるこの顔合わせから救い出してやらねばならない。急いでこう言った。「南極に軍の分遣隊を送るだけでは、まったく十分ではありません」

フーリハンが居心地悪そうに身じろぎをした。「は？」と、おぼつかない口調できく。

「あの場所に、南極にいるのは、われわれアメリカ人だけではないのでしょう？」

「はい」フーリハンは質問に答えられたことにほっとしていた。「南極条約という名で呼ばれる国際的な協約が、はるか以前の一九五九年に締結されています。いまでは四十以上の国が調印しており、核爆発や核廃棄物の投棄を禁止して……」

「つまり複数の国の基地があるわけですな？」スペンサーは旅行者向けの講釈をさえぎった。政治の世界にはいる以前、スペンサーは法律畑にいたのだが、答えのわからない質問はしないという弁護士当時の主義にあいかわらず従っている。そしていまも、この日の午前中に科学財団のウェブサイトに目を通して、自分の発した問いの答えはすでに心得ていた。

「ええ」とフーリハンは言った。「イギリス。ロシア。共同のプロジェクトもいくつかあります」

「南極のほかの場所から、おなじような病気の発生があったという話は？」

「ありません」

「ということは、秘密を守れるわけだな？」とモーガンがきく。

「そう思います」フーリハンの声には期待がこもっていた。

「あなたにしていただきたいことがある」スペンサーは上司の先回りをして、科学財団の局長にもちかけた。「あなたに——おたくの人たちに——世界中で何か異常な、もしくは不可解な現象が起こっていないかをコンピューターでチェックしてほしいのです。科学関係の論文や記事には限らず、新聞や雑誌なども調べて……」彼は言葉を切り、モーガンがたったいま避けたと思っている責任に臆していないことを示すために、自分の言葉に二重の意味をこめようと決めた。「大きく網をひろげてやりましょう」

「ずいぶん大がかりな企てになりますが」フーリハンが不満をもらした。

「あなただけに集中することがなくなりますよ」とモーガンが請け合う。

「ほかにはだれをかかわらせます？」とスペンサーはきいた。フォートデトリックの所長とフーリハンがホワイトハウスの通用門から連れ出されていったあと、スペンサーとモーガンは地下室よりも快適なふだんのオフィスに移り、カフェテリアから取り寄せたコーヒーとデニッシュを口にしていた。古代ローマの時代なら、モーガンが飲み食いするまでこちらはじっと待っているところだ、とスペンサーは思った。

「ＮＳＡだ」とモーガンが提案した。「国家安全保障局の施設と局員は世界中いたるところに散らばっている。連中が大統領のブリーフィングのために用意するのは、たいてい地元の新聞からそのまま拾ってきたものだ。ＮＳＡの局員は四六時中人の電話に聞き耳を立てている。すでにマクマードのことも聞きつけているかもしれん！」

「理由も伝えるべきでしょうか？」スペンサーはさらにきいた。ＣＩＡやＮＳＡに分け前を多くとられすぎてしまうと、今度はスペンサーが弾き出され、支配権を完全に失う恐れが出てくる。あるいは、モーガンに大勢の味方ができすぎる恐れが。

モーガンは首を横に振り、しばらく考えていた。やがて頭のなかに口実が形をとりはじめたらしく、口を開いた。「大統領本人の要請だと言えば、連中も文句はつけられまい……何かの大きな演説に、たとえば一般教書に盛りこむつもりのもので……何か保健プログラムに関連するものと思われるが、まだはっきりとは言えない、と……」

あまりにとりとめないその話に、スペンサーは眉根を寄せた。「そんな漠然としたことで納得すると思いますか？」

「そのくらい漠然としたことでなくてはならんのだ。それに気に入ろうとどうだろうと、連中に選ぶ余地はない」

「CIA長官は大統領に直接会う権利をもっていますよ」とスペンサーは釘をさし、油断なく返答を待ちうけた。

「大統領への面会を統制しているのはわたしだ！」

「彼らが入手する情報はすべて、わたしを通じてあなたに伝えられるのですね？」スペンサーは確認をとった。

「それがきみの任務だよ、ポール」そのときモーガンが浮かべた笑いは、サメが不意打ちをくわせようと体をひねる瞬間に、獲物の目に映る歯のきらめきだった。

「死者の遺族の件では、ペラムに痛いところをつかれましたね」どこから攻撃してくるのか、スペンサーはその方向を相手の反応から探ろうとした——身振りとか、あるいはちょっとしたほのめかしから。

「国家の安全保障の条項が気になるのか？」やはり経験豊富な法律家であるモーガンがたずねる。

「憲法にまつわる論議は起こりかねないでしょう。ここぞとばかり人目をひこうとする飢えた法律家どもも少なからずいます」この警告が記録に残るものであってくれないものか。

「代案はあるのか？」

「いえ」とスペンサーは認めた。記録に残すというのも実のところ、考えものかもしれない。憲法違反——大統領への弾劾（だんがい）につながるもの——という要素はあきからにモーガンを不安がらせている。「大統領にはいつ伝えますか？」

モーガンはしばらく考えてから答えた。「たしかに法律上の問題は起こりうる」と不承不承認める。「もっともらしい法的否認権を持ち出すことになるだろう」

ＣＩＡが遠い昔、すべてを帳消しにするこの言葉をワシントンの政治用語集に持ちこんだのだ、とスペンサーは思い起こした。元長官みずからがＣＩＡを——あるいはスペンサーには理解できない理由から〝ザ・カンパニー〟と呼ばれるのを好んでいたこの組織を——〝大統領の陰嚢（バッグ・オブ・トリックス）〟とも称したように。スペンサーは急に、自分にもたくさんの箱が、もっとはるかに多くの策略（トリック）の詰まった箱が入用になるのではないかという不安な思いに駆られた。どの箱から出てきたものであれ、自分に扱えないはずはない。

「つねにです」とすかさず同意した。さらに急いで——圧力を保ちながら——言いなおす。「われわれが毎日下さなくてはならない決定のひとつですよ、あなたとわたしが……」意図的に間をおく。「あなたが決めなくては。あとどれだけ大統領の耳に入れずにおくかを」

その警告に、モーガンの頭がさっと上がった。「まったくきみの言うとおりだ、ポール。わたしが決めることだな」

しまった。スペンサーはほぞを噛(か)んだ。ひどいミスだ。ここしばらく、一度もなかったほどの。なんとか自分を落ち着かせた。モーガンはたしかに不安なのだ。それを隠そうとして虚勢を張っているにすぎない。ここは一歩ひきさがり、何も気づいていないふりをするときだ。「ほかにはもう何もないと思います」

「わたしもだ。ボールを見失ってはならん、そうだな？　わたしから大統領に伝えたとき、頼りにされるのはきみだよ、ポール」

「たしかに」とスペンサーは認めた。大統領もそれはわかっているだろう。


　おれは死んだのだ。ジャック・ストッダートは思った。動けない。体がどこかに行ってしまった。役に立たない。すべてがまた真っ白だ、フェリーニのように。以前何かで読んだときには笑いとばしたものだが、死に瀕(ひん)した人々は決まって、目を射るようなまぶしい白い光から逃れてきたといった話を口にする。つぎの生のために生まれ変わった――あるいはふたたび生き返った、と。まだ完全に死んではいないのかもしれない。まだ道しるべのない道の上にいるのかもしれない。もう一度生き返る――生をとりもどす――チャンスだ。「おおい！」

「ご気分はどうです？」

体に手か何かが置かれ、もとから動くつもりはなかったにもかかわらず、強く押さえつけられた。「ここは……？」と言いかけ、状況を察して口をつぐんだ。何もかも雪崩のようにどっと押し寄せてきた。今度はほんとうに動こうとして、自分を押さえつけるものに抗った。

「落ち着いて！　力を抜いてください」と事務的な女の声がした。「あなたの体にはたくさんのモニターがつながれています——カテーテルも。急な動きはしないようにしましょう。よろしいですか？」

「オーケイ」とストッダートは言った。何もかも思い出せた——思い出せるような気がした——が、考えるひまが、確信をもつ時間が必要だった。横にいる人影は、全身を防護スーツに包んでいた。バイザーの向こうの顔を見きわめることはできなかった。

「そのろくでもないスーツに別の色はないのか！」

「いいですね」とマスクを通した声が言った。

「なんだって？」

「あなたの反応ですわ。とてもけっこうです」

「きみは医師か？」

「ゴミ収集の仕事に応募したんですけど、実技試験に落ちてしまって」

「ぜんぜん笑えない」

「いいですよ、ジャック。あなたにはそう思えないかもしれませんが、これまでのところじつにいい感じです。ご気分はどうですか？」

「動けない。押さえつけられてる」

「それもけっこう！　では、わたしの聞きたいことはおわかりですね」

「まだ疲れがある。おそろしく痛い。喉（のど）が渇いた」

「とくに痛みのあるところは？」

しばらく考えた。「背中、かな。全身のような気もする」

「わたしの指が見えますか？」

「ああ」

「何本出しています？」

「四本」

「今度は？」

「一本だ。中指を立ててる」

「あんなことがあったあとで、あなたに中指を立ててみせたりはしません」

何も言うことがなかったので、ストッダートは黙っていた。

「それで？」

「それでとは？」

「何があったんです？」

やはりストッダートは答えなかった。

「ジャック？」

「ああ？」

「何があったのかとおききしたのですけれど」

「聞こえてるさ」

「覚えていないのですか？」

ストッダートは鼻を鳴らして笑った。「覚えていないとでも思ってるのか？」

「あなたの口から聞くまでは、なんとも言えません」

「ほかのみんなはどうした？」

「ほかの人たちといいますと？」

「わたしといっしょに帰ってきた連中だ」

「だれといっしょに帰ってきたのですか？」

「そうか」すこし考えたあと、ストッダートは言った。おれは生きている！

「なんです？」

「われわれは何をしてる？」

「何をしているのでしょう、ジョン？」

「ジャックだ」ストッダートはすぐに訂正した。「わたしの頭はどうもしていない」

「何があったのか、まだ聞かせてくださっていませんけれど？」彼にたっぷり二分間話させたあと、女はようやく言った。「けっこうです」

「いいや！」と彼はすかさず異を唱えた。「きみはまだわたしの質問に答えていない。パトリシアはどうなった……？」急いで言い足す。「バークとニールソンとオルセンは……？」

「あなたとおなじように、手厚い看護をうけています」

「そんなことはきいていない……そんな意味のことは。きみは何を……名前で呼んだほうがいいか？」

「それは許可されていませんので」

「オーケイ、レディ。だったらそう呼ぼう。からかうんじゃない、レディ。わたしといっしょに脱出してきた連中の具合を知りたいんだ……とくにパトリシア・ジェフリーズのことを。彼女は元気なのか？　ほかの連中はどうなんだ？」

「わたしたちはもう一時間話しています」

「答えになっていない！」

「いいえ、答えなのです。ほかの人たちがもう目を覚ましているかどうかすら、わたしは知らないのですよ！　何か言ったかどうかも。何を言ったかも」

「すまない」

「謝られることはありません」

「きみは医師か、それとも精神科医か？　それとも心理学者なのか？　何なんだ？」

「その三つのうち二つですね。医師で、心理学者です。一個の値段で二倍お得、というわけですわ」

「で、わたしはどうなんだ？」

「そんなに早く診断を下せるわけがないのはご存じでしょう！」

「いま言えることだけでいい！」

「知的な面では、何も問題なさそうですね」

「それだけなのか？」

「これからつきとめていきましょう。モニターをはずしましょうか……？　あなたをそうやって縛りつけていたのは、プラグをひきぬいてほしくなかったからです……」

拘束具のストラップが、続いて手枷（てかせ）とモニター装置のベルトがはずれるのを感じた。女がやさしくカテーテルをひきぬくと、たちまち勃起（ぼっき）が起こった。「失礼……」

「かまいませんわ。それも望ましい反応のひとつです。ご自分で体を起こせますか？」

ストッダートは片方の腕を自分の下にさしこみ、てこ代わりにして上体を起こした。上掛けのシーツの下は素裸だった。勃起がおさまっていてほっとした。体が痛んだ。

「どんな気分です？」

「だいじょうぶだ」

「まだ痛みますか？」

「ああ。だが、そうひどくはない」左腕の肘の裏に貼られているバンドエイドを見つめる。

「すこし血を採らせてもらいました。ベッドからおりられますか？」

「そうだな……」まわりを見まわすと、下着とスリッパ、そして外科医の手術衣のような緑色のものがきちんとたたまれてベッドぎわの椅子に置かれていた。

「あなたの服はすべて法医学的検査にまわしました。ひとりで着られますか？」

ストッダートは脚を振ってベッドからおろし、衣服に手を伸ばしたが、体の衰弱ぶりを感じて不安になった。それをあらわさないよう努めながら、服を着た。

「あまりよくありませんか？」と女が察しよくたずねた。

「すこし弱ってる。長いあいだベッドで寝ていたあとのような感じだ」そう言って、ベッドの端にまた腰をおろした。女は立ったままだった。立っているほうが楽なのだろう、とストッダートは思った。スーツはいかにも硬そうに見え、動くたびにぎしぎしと音をたてた。

「長くベッドで寝ていたことがおありですか？　入院していたとか？」

「いや」

「その下腹部の傷痕はなんでしょう？」

ずいぶん徹底している。「盲腸をとった痕だ」

「いつ？」

「若いころだ。十八だったと思う」

「そのときはどのくらい入院しました？」

「一日か二日だろう。よく……」よく思い出せないと言いかけて、口をつぐんだ。彼が思い出せるかどうかを見ることが、こうした質問すべての目的なのだ。「モンタナ州ビュートのヘンリー・セクストン記念病院に、五日間入院した。十八歳のときだった」

「ほかに病歴は？」

「ない」

「長期にわたるものはどうですか？　たとえば喘息とか？」

「いや」

「アレルギーは？」

「ない」

「何か性病に感染したことは？」

「ない」

「薬物を使っていますか？」

「いや」

「煙草(たばこ)は？」

「十年前にやめた」

「喫煙による咳(せき)は？」

「ない」

「職員ファイルによると、結婚していたことがおありですね？」

「ジェニファーだ」型どおりの質問だとはわかっていたが、ストッダートはため息をついた。「ビュートでの大学時代に知り合った。彼女がDCのジョージ・ワシントンでインターンの職につき、ふたりで東部に移ったのが十五年前。そこで彼女がハリーといういまの夫に出会った。彼も医師だった。彼女から離婚を切り出されるまで、ふたりの関係は知らなかった。九年前のことだ」

「あなたにはいま、女性関係がありますか？」

ストッダートはためらった。パトリシアとの三カ月が――マクマードでほとんどいっしょに過ごす時間もなく、ただセックスを求める十代の男女のようにおたがいの部屋に忍びこんでいた――まともな関係といえるだろうか？　むずかしいところだ。「あるとはいえない」

「どういう意味です？」

「まだ始まって間もないという意味だ」

「パトリシア・ジェフリーズですか？　あきらかに気づかっておられましたね」

相手は心理学者だった。「彼女の様子が知りたいんだ。彼女に会いたい」

「あなたは隔離されているのです、お忘れ？」

「いつまでだ？」

「確信がもてるまでです」

「どのくらいかかる？」と彼は食いついた。

「確信がもてるまでですよ」やはり執拗に、相手もくりかえした。

「きみはノートをとっていない。すべて録音されているのか？」

女はうなずいた。「新しい家を見てまわられてはどうですか？」と、ストッダートに自分の先に立つよう身振りでうながし、彼の歩き方をチェックした。「さっきのが寝室です」もといた部屋を出てから、女は言った。「ここがバスルームです。シャワーと、キャビネットのなかにひげ剃りの道具があります……便器は二つで、はっきり印がついていますね。小は左のに、大は右のに……」

「水洗がない」何もかもが磨きたてられた金属製だった。

「試料に水を混ぜたくないので。そのままにしていってください。蓋を閉めると自動的に回転式のシュートが作動します。さっと消えて、これを待っている人たちのところへ……」また彼に先に立って歩くよううながす。「……ここがいちおうリビングになっています」

そこもやはり金属ばかりで、壁もテーブルも、背もたれのまっすぐな二脚の椅子まで金属製だった。通常の家具といえば、木製の扉の閉まったテレビの前にある革張りの肘かけ椅子二脚だけ。かたわらのテーブルに、グラス四つとクーラーにはいったミネラルウォーターのボトルが置いてあった。「どうぞ召しあがって。喉が渇いたとおっしゃっていたでしょう。残念ながら、飲むものはそれだけになります。水ですね。お酒はもちろんありません。コーヒーも紅茶も……」女は広い仕切り窓の近くに置いてある事務机から一枚の紙を手にとった。「メニューです」と説明する。「最後に食べたのはいつでしたか？」

ストッダートはグラス一杯の水を飲み干し、もう一杯注ぎ足してから答えた。「パック入りの機内食だ、オークランドで出された……いつも飛行機で出るようなチキンで……」

「お食べになりたいものを紙に書いて、そこの郵便受けから外に出してください……」と言って指さした窓の左手の投入口の下には、ダストシュートの扉ぐらいの大きさの、取っ手のついた四角い扉があった。「これはエアロックになっています。ご注文のものはなんでも、ご希望どおりの時間に届きます。〈フォーシーズンズ〉なみとはいきませんが、そこそこ食べられますわ……」机からノートパッドを手にとる。「ひとつお願いしたいことがあります、きわめて重要なことが。何もかも書いてほしいのです——あの観測所にはいってあの人たちを見つけたときからのことをすべて、どんな細かなこともらさずに。思ったこと、感じたことも書いてください。急がないで。いくら時間をかけてもかまいません。好きなとき休憩をして、もし必要があれば眠ってから、またとりかかってください。おできになりますか？」

「たぶん」

「それから、これにサインしていただけますか」女は三枚目の紙を取り出した。「あなたの医療記録を閲覧してもよいという許可書です。職員ファイルにあるとおり、あなたはまだフェアファックスの医師にかかっていますね？」

「ああ」とストッダートは言った。サインをする手がぶるぶる震え、いつもの筆跡とは似ていなかった。「すわって書けばよかった」

「かもしれませんね」

事務机にはめこまれた小さな時計を見ると、二時二十分を示していた。「あれは午前か、午後だろうか？」

「昼間です」

「あれから四日たった」

「プラス三時間ですね」

「もし感染しているなら、何か徴候が出てきているはずだ」

「犠牲になった人たちの日誌にあるとおりの日程ですべて判断するわけにはいきません」

「あれは観察用の窓か？」

「わたしはなかにはいらなくてはならない。それで宇宙服を着ます。たいていの人たちはガラスの向こう側からあなたを見て、話をするほうが簡単ですから」

「監禁されているわけだな？」

「いちおうそういうことになるでしょう。確信がもてるまでは」

「どうやって外の人間と話をする？」

女は机の上の電話のほうをうなずいて示した。

「内線のリストが見当たらない」

「交換手が二十四時間詰めています」

「この部屋は……ほかの連中の部屋もだろうが……すでに存在していた。以前ここに隔離する必要のあった人たちは、何にかかっていたんだ？」

「わたしたちがどう扱ってよいかわからない病気です」

北半球でも漁の成果は上々だった。その船団がシベリアのチュコト半島にあるプロヴィデニヤに入港したとき、工船を同行したトロール船団も獲物をいっぱいに積んでいた。大部分はタラだったがマグロもあり、ミンククジラも一頭混じっていた。

4

ポール・スペンサーはおのれの最初のミスを認めた。すでに起こったことにこだわりすぎ、より大きな未来の展望に払う注意が足りなかったのだ。この先まず考えなくてはならないのは、あるいはそのように見せかけるべきなのは、安全の問題だろう——保安上の危険のことではなく、マクマードに勤務するおよそ二百五十人の科学者および職員、そしてそれよりも例の観測所を襲ったものにはるかに近い、したがってはるかに大きな危険にさらされているアムンゼン＝スコットのおよそ三十人の安全だ。

南極での軍の任務は、情報の漏洩を防ぐ保安上の作戦行動と評されてはならないし、そのために組織されるべきでもない。スペンサーが国防総省に送る最高機密扱いの文書ではすべて、危険な状況におかれたアメリカ人を未然に避難させる救助計画として説明されることになる。それできれいに円を一周し、憲法で認められた権利や自由が侵されたというあらゆる批判にも反論できるだろう。

科学財団の事務局長と話し合うあいだも、力点はすべて、もしも必要と判断された場合のマクマードとアムンゼン-スコットからの撤退の件に集中し、午前中の協議についてはくわしいことは知らせず、フーリハンと首席補佐官とはすでに大筋での合意を見たと伝えるだけにとどめた。フーリハンは自分の端末のそばにいて、スペンサー本人が送る電子メールをみずから直接受信することを確約した。そして指示どおりすぐに電話をよこし、彼以外のだれもそのメッセージを見ていないと請け合った。

さらにスペンサーは、ラングレーのCIAとNSA双方の現場責任者と電話で話したあとで、電子メールによる要請を送った。緊急だと印象づけて注意をひくのを避けるために——この問題全般については一刻一秒を争うほどではないと考えて——わざと追加のメールを送るのはやめ、一日二度ある政府間の国際速達便の二回目の便を使った。

国防総省の将校ふたりが——陸軍および空軍の大佐だった——彼のオフィスに請じ入れられるまでに、スペンサーは彼らが必要とする文書の作成を終えていた。陸軍大佐のシェルドン・ハートリーは黒人で、わずかに頭に残った髪を完全に剃りあげていた。ウィリアム・デクスターは眼鏡をかけた、腰まわりの贅肉には無頓着な男だった。どちらの染みひとつない制服の胸の上にもごてごてと飾りがあったが、共通しているのは「砂漠の嵐」作戦の略綬だった。ハートリーのにはヴェトナムでの褒賞も混じっているだろうが、確信はなかった。ともに合衆国大統領とおなじ建物のなかにいることについて表面上の反応は見せていないものの、内心は違っているはずだ。前置きの議論ははぶいて、スペンサーはふたりを例の広い映写室まで案内し、ビデオとスチール写真を見せた。将校ふたりは表情にも言葉にも反応をあらわさず、スペンサーの説明に口をはさもうともしなかった。

「われわれにはこれの正体も、原因がなんなのかもわかっていませんが、大がかりな人員の撤退に向けて準備しなくてはならないのはあきらかです」とスペンサーは結論を口にした。「避けられるものであれば大混乱を望まないことは言うまでもありませんが、準備はただちにおこなわれねばならない。パニックを防ぐために、軍の支援が必要だと考えています……もちろんなんらかの決定が下されるまで、外部との通信は制限されることになる——衛星によるリンクを通じてこちらでもパニックが生じるのを防ぐために。あなたがたの部下には細菌戦におもむくのと同様の準備をしてもらわねばなりません。人数分の防護スーツや医療上の防護手段に、そしてすでに現地にいる科学者や職員全員に足りるだけの装備を」

「人数はどのくらいになりますかな？」とハートリーがきいた。

「現地は冬なので。基本的な人員配置です」とスペンサーは答えた。「そちらで必要と考えられる兵士の数にくわえて、四百と見込んでおいてください。そのなかには医師や観測所の駐留グループも含まれるでしょう。この作戦すべてが——ここでも現地でも——最高機密扱いとされます。このホワイトハウスでの連絡役はわたしひとりです。ファクスでのオープンなやりとりはなし。電子メールを使う。書かれた文書はすべて大統領の印を押してそちらの手もとに届けられ、そちらからの文書はやはり捺印のうえ国防総省のメッセンジャーによって手渡される。わたしの電話は傍受にたいして安全です。そちらの電話もつねにおなじ状態を保っていただきたい。マクマードからの連絡にも安全な通信設備が必要になるでしょう」

「すべて了解しました」とデクスターが言った。

「出発までにどのくらいの時間がかかるでしょうか？」

「先発隊は二十四時間以内に発てます」空軍のデクスターが確約した。

「それから二十四時間以内には、万全な支援部隊を送れるでしょう」と頭を剃りあげた黒人が請け合う。

「この作戦に文書による指令は……権限を示すものは……ありますか？」

すでに用意していたスペンサーは、封緘された封筒入りの指令書を差し出した。「たえず連絡をとりあうことを望みます」

「承知しました」とハートリー。

「これはじつに……恐るべき事態ですな？」ついにデクスターが、やはり無表情のまま、声音にショックをあらわしもせずに言った。

「恐るべき事態です」スペンサーはうなずいた。目の前のふたりにおとらず、自分もほとんど心を動かされていない——信じるのすらむずかしい——ことに彼は思い当たった。この件を公にする必要が生じたときには、いくぶん感情をあらわにすることを肝に銘じておかなくてはならないだろう。

ジャック・ストッダートはステーキとベークドポテトを注文したが、いざ届けられてみると空腹ではないと感じ、多少口をつけただけで食べるのをやめた。あらかた残った食べ物を引き出し式のハッチから返しながら、この食欲不振は熱心に続けられているテストの一部として記録されるのだろうとふんだ。ミネラルウォーターをすでにボトル二本飲み、食事といっしょに注文した三本目も半分あけているという事実もだ。喉の渇き——脱水症状——が老化を示すものだとは思えない。死んだ者たちの日誌やデータ類を読んだとき、そのことを示す記述があったという記憶もなかった。

ペンと紙の準備された机に向かったものの、すぐには書きはじめられなかった。無人の観察用の窓がどうにも気にかかり、落ち着かない気分だった。文字どおり顕微鏡のレンズの下で見られているようだ。こうして報告を書き記すこともやはりテストなのだろう。ほかの四人の書いたものとつきあわせ、合成して決定版を作ろうというのかもしれない。あの四人は——パトリシアは——彼より先に目を覚まし、医師の診察をうけたのだろうか？　ほんの数フィート離れた場所でやはりペンをとっているのか？　ストッダートは一字も書かないままペンをおき、電話に手を伸ばした。

「何かご用でしょうか、ストッダート博士？」すぐに声が応じた。

「ジェフリーズ博士につないでほしいんだが」

「それには許可が必要です」

「では、許可してもらえるだろうか」

「隔離されている方たちが電話をうけられるという報告がこなくてはならない、という意味です。まだその知らせはきておりません」

「ジェフリーズ博士の部屋からの電話はなかったか？」

「ありません」

「ほかの連中からも？」

「はい」

パトリシアが起きていれば、自分がそうしたように、当然こちらに電話しようとするだろう。ほかの者たちにもその可能性はあったが、機内での態度を思い返すと、それは疑わしかった。まだ手をつけていない報告書に、彼らに置き去りにされそうになったことを書いたものだろうか？　いますぐ決めなければならないことではない。ストッダートの思考はとりとめなくさまよっていた。ふだんはないことだった。いつもならもっと集中できるのだが。ふたたびパトリシアのことを思った。彼女は電話をよこすはずだ。

そうでないとしたら……？　その考えを振り払った。「わたしが起きていることを覚えておいてくれるだろうか？　電話をうけられることを？」

「わかりました」

　ストッダートはペンを手にとったが、またすぐに置き、吸い寄せられるように目を窓に向けた。だしぬけに立ち上がり——背中と腕に残る痛みを意識しつつ——バスルームに行った。気恥ずかしい思いでいささか苦労しながら二つの便器のあいだを移動したあと、自分の排泄物を始末できないことに困惑をおぼえたが、検診の一環としてやむをえないと受けいれた。彼の言動すべてが——考えることさえも——ひとつのテストなのだ。見た目にどう見えるかがまず最初にくる。ところで自分の姿はどう見えているのか？こんなことも——きわめて重要な、しかも自分で答えられる質問ではないか——これまで頭に浮かばなかったことに、ストッダートは驚かされた。

　バスルームの鏡は大きく、やや離れて立てば、頭から腰のずっと下、ちょうど膝あたりまでの姿が映った。だが彼は離れて立ちはしなかった。どんどん前に進んで、洗面台の縁が腿にきつく押しつけられるほど近づき、さらに目の焦点が合わなくなるまで顔を鏡に近寄せ、やむをえずすこし体をひいた。彼は南極でひと冬過ごすことを見込んで自分の髪をごく短く、クルーカットに近いくらいに刈りこんでいたが、また全体的に濃い黒の毛がかなり長く伸びて、鬢のほうの灰色を目立たせていた。だが、それだけだった。

灰色。真っ白ではない。それに、以前より白髪が増えていないこともたしかだった。四日だ、と思い出した。さっき検診担当の女医にもおなじことを言った。向こうはそれを承知の上で判断を保留したが、もし発病していればたったいま自分の顔にあらわれている以上のあきらかな徴候が見えるはずだ。それどころか、徴候といえるものはまったくない。目は前からずっとそうだったと思えるとおりの深いブルーで（なぜもっとちゃんと見ておかなかったのか、そうすればもっと自信がもてるものを！）、ひざまずいていたバッキー・ジェサップの目を奪った白内障の兆しは皆無だった。三十九歳になる彼は以前から、たえず調査をおこなう環境に身をおいていたにしては珍しくきれいな肌をしていたが、やはりそこにも変化はなかった。この目のまわりのしわはなんの異常でもない、いまこの瞬間、自分の顔をじっとのぞきこんでいるせいだ！　皮膚に赤みもある。とはいえ、死体はどれも凍りついて灰色のデスマスクに変わっていたから、ほとんど当を得た比較とはいえない。肝斑も見られなかった。顔にも手にも、腕にも。彼はようやく後ろにさがり、診察衣の前をあけ、ズボンのゴムバンドを恥ずかしげもなく押しさげると、完全に下まで落ちてしまわないように脚を開いた。徴候を示す茶色の染みはどこにもなかった。しわも見当たらない。腹はむしろひきしまっていた。何カ月も運動不足になる南極の冬のあいだ、ジョギングができずに贅肉がつくのをずっと気にしていたのだ。

ズボンをまたひきあげ、診察衣の前のファスナーを閉めた。おれはだいじょうぶだ！あの正体不明の女医が義務感からどんな警告を発しようが、だいじょうぶに決まっている。つかのま軽いめまいが押し寄せてきたが、以前に襲われた感覚とはまるで違った。だいじょうぶだ！　だいじょうぶ！　だいじょうぶ！　歓喜の声が何度も頭にこだました。

奇妙なことに痛みさえやわらいだように感じ、急ぎ足で——スリッパをはいた足を、防護スーツを着ていたときのようにひきずることもなく——観察用の窓のある部屋にもどり、そちらに目もくれずに机へと向かった。立ったまま電話を手にとる。

「ストッダート博士ですか？」とおなじ声がきいた。

「ジェフリーズ博士につないでほしいんだが」

「申しわけありません。まだおつなぎしていいという許可が下りていないので」

「許可だって？　さっきは知らせを待っていると言ったろう」

「まだその知らせはきておりません」

「ほかのみんなは？」

「ほかのかたたちが電話をうけられるという報告もまだありません」

「じゃあ……」ストッダートは間をおき、記憶をたぐった。「……所長につないでほしい。ペラムに」

「所長が出られるかどうかきいてみましょう」

「話がしたいと伝えてくれ！」

回線が切れたが、ほんのしばらく待っただけで、また声がした。ゆうべ聞いたのとおなじ声だと、すぐには思い当たらなかった。「ペラムです」

「なぜ、いっしょに帰ってきた連中と話ができないんだ？」

「ゆうべ説明したでしょう。全員が隔離され、必要と思われる検診をうけています。あなたもその最中なのです」

「電話で話すぐらいで隔離処置がだめになるわけじゃない」

「検診を中断するわけにはいきません。そのことはもちろん納得していただけるでしょう？」

「いまの時点でだれひとりとも話せないというのは納得できない」

「われわれの優先事項――医療上の診断を下すこと――は当面あなたのよりも重要なのです、ストッダート博士」

「みんな感染しているのか？」

「だれも感染しているとは言っていません」

「だが、そうなんだろう？」

「さっきから申しあげているとおり、あなたといっしょに南極から帰ってきた四人の人間が現在、検診とテストをうけている、それだけのことです」

「では今日の検診とテストとやらがすべて終わったら、わたしに電話をつなぐようにこの交換台に許可を与えてもらえるだろうか？」

「彼らを扱っている専門家たちの指示に従います」

「いつになったらまともな話し合いができるんだ？」

「まもなくできると思いますよ」

「それまで、三十分ごとに電話しつづけるぞ」その脅しはいかにも空疎(くうそ)にひびいた。絶対的な監禁状態におかれているおのれの無力さが、ストッダートの胸をかきむしった。


ポール・スペンサーの保全許可は前日のうちに確認され、またフォートデトリックに向かうことをあらかじめ電話で伝えてもいたので、受け入れにはなんの滞りもなく、ウォルター・ペラムは自室で待ちうけていた。

「どんな様子だね？」とスペンサーはことさらに軽い調子でたずねた。

「だれも望まない最悪の悪夢が、現実に起こりつつあるようです」とペラムは言った。

5

　このときはさしものポール・スペンサーも恐怖に襲われた。これまでまったく記憶にないほどの、まじりけのない本物の恐怖だった。感情を超えることなどありえなかった。ほかの者たちに衝撃をもたらした例のビデオや写真は、彼にとってはすでに衰えて死んだ人間のそれでしかなく、むしろかつて生命をもっていたものの彫像のようだった。かりになんらかの感情を抱いたとしても、単純な好奇心にすぎなかった。

　だが、パトリシア・ジェフリーズは生命のない彫像とは違った。つい三十六時間前、自分たちをいまへだてているのと同様なガラスの仕切りごしに見た彼女は、れっきとした人間だった。疲れきり混乱してはいたものの、それでもあきらかに魅力的で——つややかな鳶色(とびいろ)の髪、なめらかな肌、ひきしまった体——美しくさえあった。

　つい三十六時間前のことだ。いまは違った。

　彼女の髪はもはや、つややかでも鳶色でもなかった。灰色でおそろしく薄く、ところどころピンク色の頭皮が透けて見えるほどで、顔にはすでにかすかなしわが細かい網の目のように走り、黒い静脈の筋の浮かぶ腕と手もしわにおおわれていた。体が前よりも小さく縮んだように見え、ごつごつした背骨が診察衣の布を通して見てとれた。スペンサーたちが観察用の部屋にはいっても、彼女は顔を上げず——聴覚の衰えのことはペラムから知らされていた——紙の上に低くかぶさるように骨折ってペンを動かしながら、いまでは書くことも困難になっている文字にじっと目をこらしていた。

「ジェフリーズ博士……パトリシア……？」スペンサーの横からペラムが言った。

彼女はようやく顔を上げたが、ガラスのこちらにいる自分たちの姿は見えていないのだ、とスペンサーはさとった。「まだできるうちに、これを書きあげたいの」

「そうですね……ありがとう……いまの気分はどうです？」とペラムが穏やかにきいた。

「疲れてるわ。でも、休まないつもり……ジャックは？　ジャックはどうしてる？　ジャックに会えないの？」

「まだ検診が終わっていません」とペラムは明言を避けた。「終わり次第すぐ……」

「彼は元気なの！」とパトリシアはきいた。苛立(いらだ)と憤(いきどお)りを意図した文句ではあるが、それですらひどく骨が折れるようだった。

ペラムが問いかけるように横を向いた。（お待ちしていました）スペンサーは彼の言葉を思い出した。（それがあなたがたの希望なのですね？　そういうことであれば、ホワイトハウスの決定に従います）責任逃れのうまいやつめ。スペンサーはうなずいた。

窓のほうに目をもどして、ペラムが言った。「彼はだいじょうぶだと思います」

安堵のため息をつくのも、パトリシアにはひと苦労だった。「よかった。ほんとうによかったわ。彼と、話だけでもできる？」

またペラムが横を向く。スペンサーはふたたびうなずいた。喉に酸っぱい吐き気がこみあげ、飲みくだしたときに胸を焼いた。

「かまわないでしょう」とペラムが約束した。

「すぐに会える？　早いほうがいいの」

「もちろんです」

ガラスのほうを見上げる緊張にも耐えられないというように、パトリシアは自分の文章に目をもどした。「もうほとんど書き終えたわ……思い出せるかぎりのこと……あそこであったことぜんぶを」

「ありがとう」ペラムの言葉は空々しくひびいた。

パトリシアは漠然と自分の体全体をさすしぐさをした。「何か見つかった？……どうなの……？」

「まだです。まだ早すぎる……」ペラムはようやく、了承を得ようとはせずに言った。

「痛いのはかんべんして」

「ええ」

「なんでもするわ……どんな検査でもうける……ただ、痛いのはいやなの……」

「痛いことはしません、約束します」

「ありがとう」これだけのことを話しただけでも、パトリシアは苦しげに息をついていた。


スペンサーは嫌悪にあとずさりしはじめ、そんな自分を軽蔑しながらも——いまだかつてなかったことだ——一度ならずガラスの向こうの女性から目をそらさずにはいられなかった。彼女はふたたび書こうとしたが、指先から落ちたペンを拾って構えるのに、両手を使わなくてはならなかった。

「ジャックの様子を見てきます」とペラムが言い、スペンサーのあとに続いた。パトリシア・ジェフリーズにはその声が聞こえず、彼女は顔を上げなかった。ペンがゆっくりと上下していた。


スペンサーは体を支えるものを求めずにはいられず、両肩を廊下の壁にもたせかけたが、その大げさな身振りを気にかける余裕もなかった。「なんてことだ！」

「予告したでしょう」

「十分ではなかった。あとどれだけ？」

「彼女は三十二歳です。しかし見かけよりもさらに体内の衰えは激しいにちがいない。あきらかに閉経期を過ぎていますが、これにはホルモンの爆発的な変化があったためでしょう。あとどれだけなどと、どうしてわかります？　だれにも何もわかりはしない！　これまでのところ何も、血液にも尿にも便にも見つかっていません。中毒を示すものは何もないのです」

「ストッダートはだいじょうぶなのか？」

「おそらくは。潜伏期間が人によって異なるということはありえますが」

「ほかの者たちは？」

「ご自分でたしかめてください」所長はほとんど苛立ったようにうながし、先に立って観察用ギャラリーに通じる廊下へ歩いていった。

ジェームズ・オルセンも机に向かっていて、パトリシアよりも勢いよくペンを動かしていた。ペラムたちの気配を聞きつけると同時に、ぐいと頭を上げた。「わたしの弁護士じゃない！」スペンサーの声が聞こえたとたんに、氷河学者は言った。「弁護士のジェイコブソンに会いたいと言っただろう。そいつはだれだ？」

ペラムは何も言わずに、スペンサーに返答をまかせた。彼はためらった。ヒステリックなまでに怒っている、ペラムはそう予告していた。あの女性ほど衰えは進んでいない。訴訟好きで、紙とペンを前にしている。スペンサーは言った。「政府の者です」

「名前は？」ペンを動かす手を止めて、氷河学者はきいた。残りわずかな髪は茶色をとどめていたが、てかてかと完全にはげあがった頭頂部の周囲を細くとりまいているにすぎなかった。体の縮み加減はパトリシア・ジェフリーズと同程度だったが、関節炎ははるかに進行していて、両手だけばかりか左右の手首、左肘にまでこぶがあり、この状態でさっきはいってきたときに見かけたほどのスピードで書けるらしいことに、スペンサーは驚いた。皮膚はしわだらけで、顔や腕や喉に点々と茶色の染みが見え、首は七面鳥のように赤く、顎から喉にかけて垂れさがった肉が怒りに震えていた。静脈がみみず腫れのように、黒く浮き出ている。

「あなたを助けるために、できるだけのことをしています」スペンサーは質問をかわそうとした。

「わたしを助けるだと！」とオルセンは言った。「わたしには妻がいるんだ。たった三十五で未亡人になろうとしてる妻が。娘はまだハイスクールを卒業してもいない。じゃあわたしを助ける方法を教えてやろう。弁護士を連れてこい、ジェイコブソンを……」非難の指がふたたび上がり、窓のほうに向けられた。「ペラムが番号を知っている……いますぐここへ、ジェイコブソンを呼んでくるんだ、わたしがまだ訴訟の計画を練ることができるあいだに。おまえたちを、政府を相手どって……」落ち着きをとりもどすために、オルセンは間をおかなくてはならなかった。「……それにストッダートだ。あのろくでなしを告発してやる。このままにしておくものか。やつのせいで――政府のせいで――われわれはあの死体といっしょに、ろくに密閉もされない飛行機でマクマードまで帰ってこさせられた……それからここまで来て……感染した。わたしは死ぬ……殺されるんだ……賠償させてやる……何百万ドルという金を……何もかもぶちまけてやるぞ……」彼はまた息をついだ。

法的にいえば、おそらくこちらに勝ち目はない。スペンサーはプロの目でそう認めた。この氷河学者と連邦政府との雇用契約の語句や条件がどうであったにしろ、それは最小限の軽減事由にしかならない。ノートパッドからひきちぎられたページがわきに重ねられ、彼の前にある残りのページとほとんどおなじ高さになっていた。政府との契約は国家安全保障の条項に該当するだろうか？　オルセンがこちらの名前を知らないことは問題にならない。スペンサーはたしかに政府そのものであり、大統領の代理だった――そして訪問者リストおよび保安記録に記された、すぐに探し出して確認できる名前はひとつしかない。スペンサーは必死に――隣のペラムからの軽蔑の念をひしひしと感じながら――こう言った。「あらゆる手立てが尽くされています、この状態を逆転させる……歯止めをかけ、逆転させるために……」

新たに攻撃を開始するかと思いきや、窓の向こうの男は言った。「それからハリエットに会いたい。このなかじゃない。彼女にうつしたくはない……そこの外で……妻に会って……会って……別れを言いたい。すぐにだ。できるだけすぐに……この体が……」

さっきのパトリシアと似たしぐさで、オルセンは変形した両手を自分の体のほうに振ってみせた。「……この体がもっとひどくなる前に……」

どんな法令集に載っているどんな法律に照らそうと、この件を隠しおおせはしないことをスペンサーはさとった。この男を——正当な怒りをたぎらせている、死にゆく憐れな男を——またそのあらゆる要求を拒否することは、憲法上からも倫理的にも違法であるのは疑いない。おのれの臆病ぶりを痛感しつつ、スペンサーは言った。「もう行かなくては……ほかの人たちと話を……」

「いいか！」オルセンはおのれに鞭打ち、去っていくふたりに向かって大声で呼びかけた。「ジェイコブソンだ……ペラムが番号を知ってる……ハリエットもだぞ……」

外の廊下に出ても、スペンサーはすぐには口を開くことができなかった。今度はもたれかかりこそしなかったものの、片手を壁のほうに伸ばしてつき、頭をうなだれ、ずっと水中に留められていたあと急に解放されでもしたように激しく息を吸いこんだ。「わたしにはどうにも……」と言いかけ、それから強いて口を閉ざした。

「だれもどうにもできはしません」ペラムはスペンサーよりも長い時間をかけて、この状況に適応していた。容赦なく彼は言った。「つぎはパイロットです。医師もいます」

チップ・バークはテレビの前におかれた安楽椅子のひとつにかけていた。テレビには古い白黒の映画が映っていた。女優のひとりがベティ・デイヴィスであるのはスペンサーにもわかったが、もうひとりがジョーン・クロフォードかどうかはよくわからなかった。ペラムがパイロットの名を呼んでもバークは返事をせず、はじめはこの男がパトリシアのように聴力を失っているのかと思えたが、やがてその頭が前に傾いでいる様子を見て、眠っているのだと気づいた。ペラムが声を大きくして呼ぶと、バークはびくりと鼻を鳴らして目を覚まし、怯えて混乱したように首をきょろきょろ動かした。ペラムが言った。「だいじょうぶだよ、チップ。だいじょうぶだ。わたしだよ、ウォルトだ。すこし前に話をしただろう、覚えているか？」

バークは声のするほうを向いて瞬きをしたが、まだ焦点が定まらない様子で、三度試みたあとでようやく椅子から立ち上がることができた。「ああ、たぶんね。またちょっと手伝ってもらえれば……ウォルトだっけか……？　何か用かい、ウォルト？」

彼の痴呆については知らされていたものの——重いアルツハイマー病だというペラムの診断だった——やはり先のふたりのときと同様、心の準備はできていなかった。バークの髪はまったく失われていなかったが、観測所で発見された死体とおなじく真っ白だった。伸ばしたままのひげも白く、診察衣のズボンの前には失禁のあとの染みがあった。顔のしわは前のふたりよりも深く、パーティの翌日の空気が抜けた風船を思わせた。

「何か書いてくれたかい、チップ？」

男はくすくす笑ったが、答えなかった。

「わたしが頼んだことを覚えているだろう？　何があったか書いてくれたか？」

「何があったんだ？」それは本気の問いかけで、修辞的な答えではなかった。

「覚えていないのか、チップ？」

「どうも思い出せないみたいだ。でも、役に立てるならうれしい。もう一度、きみの知りたいことを言ってくれ」

「何日か前のことを覚えているか？　南極で飛行機を操縦したことを？　あそこであったことを……？」

すでにしわだらけの顔に、さらにしわが刻まれた。「寒かった。死ぬほど寒くて……」

「そうだ」とペラムがうながす。「何か思い出せるか？」

バークの顔は苦しげにゆがんでいた。「あとすこし……すこしだけ考えたら出てくるかも……」

「じゃあそうしてくれ」とペラムがなだめる。「椅子にすわって。しばらく考えてくれるか」外の廊下に出ると、彼は言った。「いずれにしろ、彼にはわかっていません。最後まで知らずにすむでしょう」

「もうひとりには会わなくても……」とスペンサーは言いかけたが、ペラムの顔に浮かんだ表情に、口をつぐんだ。

モリス・ニールソンの部屋はこれまでの部屋と隣接してはいなかった。医師がいたのは隔離用個室が並ぶ病棟のずっと奥の、医療用セクションとおぼしき場所だった。ニールソンは白い髪、白い顔で、目を閉じていた。体につながれたチューブやモニター類がベッドの掛布の上や下を蛇のように伸び、黒いスクリーン上では緑色の光の線が不規則に動いていた。

ペラムが言った。「彼は救助隊のなかでは最年長で、四十一です。最初に死ぬことになるでしょう」

スペンサーは言うべき言葉をもたず、ただかぶりを振った。

「彼が最後に口にしたのは、妻に会いたいという一言でした」

やはりスペンサーには言葉がなかった。かわりに彼はこう言った。「だれひとり助けられないのか？」途方にくれ、無力感をおぼえていた。これも彼にはめったにない感情だった。

「むりです」と所長は無慈悲に言った。「彼らは全員死にます、とどめるすべはありません……彼らの命を救うすべは……」

「ホワイトハウスと協議しなくては」

「オルセンのことはどうするのです？　弁護士の件は？　彼の妻は？」と所長が執拗（しつよう）にきく。

「ワシントンの連中と話をするまで待ってほしい」

「パトリシアは？」

「個人的な関係にあったというのだな？」

「あきらかに」

「ストッダートがあんな状態の恋人に会うことに耐えられると思うか？」

「おそらく死んだあとよりは、生きているうちに会いたがるでしょう」

さらに重ねられる無慈悲な行為に、スペンサーはたじろいだ。「なら、会わせればいい」


スペンサーにおとらず、ストッダートも心の準備はできていなかった。それでもウォルター・ペラムはスペンサーのときよりもはるかに時間をかけてあらかじめ彼に伝え、最後には実際に監視カメラで撮ったパトリシアの静止画像を見せてから、観察用ギャラリーまでついてくるよう言ったのだった。ストッダートははっと息を飲んだが、その音は小さすぎて彼女の耳には届かず、彼の目はじわりと曇った。「パトリシア」と言った。だがその声は弱くかすれていたので、彼は咳をし、もう一度大きな声で彼女の名を呼んだ。

パトリシアは横目でちらりと見上げ、こう言った。「ジャック？　あなたなの？」そして身を前に乗り出し、微笑みを浮かべた。口の左のほうに、歯が少なくとも二本抜けたあとの隙間があった。

「ぼくだよ」とストッダートは言い、また咳払いをしなくてはならなかった。

「ちゃんとわたしを見て！　楽しい眺めじゃないでしょうけど、ね？」

彼女は冗談にまぎらわせようとしている。こちらの気を楽にしようとして！　何を言えばいい？　何をすれば？　「気分はどうだい？」と言い、その空々しさを呪った。

「もう最悪。インフルエンザよりずっとひどい感じ」

「そっちへ行く！」

「だめよ！　そんな……」

「連中のスーツを着る……」とストッダートは言いながら、すでに部屋から出ていこうとしていた。ペラムがすぐ外にいた。「あの……」

「聞こえました。名案だとは思えません」

「あの医者が着ていたのとおなじものを着る。危険はないのだろう。金魚鉢にはいった見世物と話すように彼女と話すつもりはない。そのことで議論する気もない」

「なかに入っても、たいして変わりは……」

「議論する気はないと言ったはずだ」あの観測所で死体に囲まれながら、オルセンにもおなじことを言わなかったか？

「何か……医療上の免責条項が必要に……」

「この会話は録音されているのだろう？」

「ええ」

「わたしはパトリシア・ジェフリーズが使用している隔離室への立入りを要求する」とストッダートは、口述のときの早さで言った。「わたしはペラム博士の警告を無視し、自己責任においてそうするのであり、いかなる法的責任もフォートデトリックに問うことはしない。さあ！　これでいいか？」

ペラムは肩をすくめ、先に立って廊下へ出ると階段を一階ぶんおり、隔離室のあるフロアまでストッダートを連れていった。新しい連絡通路の一方の端に、いかにもハイテクな、スタジアムのロッカールームの医療版といえるものがあったが、ただしここでは何もかもが滅菌可能なスチール製で、絶え間なく換気扇の大きなうなり音がしていた。ロッカーのひとつひとつに、あの女医が検診のとき着ていたのとおなじ、バイザーのついた一体型の防護スーツがおさまっていた。それぞれのスーツの内部に収納するようになっている酸素装置もあった。ペラムはパトリシアの部屋のすぐ外にある滅菌シャワー室と焼却炉に通じるシュートを見せ、手順を指示した。部屋を出たらすぐにスーツを着たままこのシャワーを使い、そのあとさらにすぐ防護スーツを——抗菌性だとされてはいるものの、その布地の表面に触れるのを避けるために長い取っ手のついた器具を使って——シュートにほうりこむ。ロッカールームの奥の端にはシャワーの仕切りが並んでいる。スーツを処理したあとはただちにそこを使い、仕切りのひとつひとつにおいてある消毒剤で体を隅々まで洗う。

「多少ちくちくするでしょう」とペラムは言った。「もうご存じでしょうが、どの部屋にもマイクがあります。何かトラブルが起こったら――こうしたスーツに不慣れな人は閉所恐怖症のパニック発作に襲われることがあります――声を出して呼んでください。われわれがなかにはいって助け出します。何があってもスーツを脱ごうとはしないように。いいですか？」

「わかった」とストッダートは言い、ロッカーに手を伸ばした。

「まだ終わっていません」と所長が制した。「入口は二重扉になっていて、そのあいだはエアロック式の滅菌室です。システムは両方のドアが閉まらないと作動しません。自動的に動きだします。どちらのドアにも〝止まれ‐進め〟の表示ランプがついています。圧力によってロックされると赤のランプがつき、緑で開きます」

自分のスーツに酸素装置をはめこむとき、その手が震えているのにストッダートは気づいたが、熱心に見つめているペラムの目は意に介さなかった。下に着たままの診察衣の薄い綿の布地の上からでもスーツはひどく冷たく、その外被が肌に触れたとき、彼はぶるっと身震いした。閉所恐怖は感じなかったが、フェイスマスクを通した視界は側面のほうが限られていた。ドアのロック装置はペラムの触れこみどおり作動した。パトリシアは内側のドアのすぐ向こうに立って待っていた。外からでは、パトリシアの診察衣がとくに大きすぎるようには見えなかった。だがいま目の前に立っている彼女は、布地に飲みこまれていた。まるで大人の服を着ている子供のようだったが、実のところ彼女はもう大人を通り越していた。大人を越えてなお年老いつつあるのだ。

パトリシアはなかば両腕をさしのべ、抱擁を求めかけたが、やがて腕を下におろした。

「やめておいたほうがよさそう」

「そうかい？」なんてかぼそく、なんて縮んでしまったんだ！ ストッダートは前に進み出ると、完全に包まれた両腕を彼女の体にまわした。防護スーツの厚みを通してですら、彼女がどれほど痩せているかが感じとれた。背骨が盛り上がり、肩のあたりで湾曲していた。

「そう。きっとね、何も効果はないわ」

返す言葉もなく、どうしていいかもわからず、ストッダートは一歩後ろにさがった。まだ彼女は冗談を言って、この場を明るくしようとしている。

「どこかに……」また半分だけの身振りをして、殺風景な部屋を見まわした。「……すわってちょうだい。わたしはすわらなくちゃ」

パトリシアは安楽椅子のひとつにすわった。ストッダートは彼女と向かい合った椅子にぎごちなく腰をおろしたが、はじめてスーツの窮屈さを感じた。どんな素材が使われているにしろ、その内側は仕上げをほどこされておらず、ちくちくと皮膚を刺した。

「疲れてるだけかい？　それとも痛みが……？」なんだって彼女をテストしているんだ！　おれは医者なんかじゃない！

　パトリシアはテーブルのほうを向いたが、そこには用箋がひろげられていた。事務机の上にはさらに何枚も置いてあるのが見えた。「まだできるうちに、何もかも書いておこうとしてるの……すごくがんばって」

「ぼくもだよ」とストッダートは言った。たしか八ページだった。見たところパトリシアは、その三倍は書いていた。

「ペラム教授に、わたしを使ってくれるように言ってるの。なんでもやりたいように……実験をしていいって。痛くないかぎりでだけど」

「きみはとても勇敢な人だ」つかのま、彼の目が涙で曇り、胸が波打ち、彼はすすり泣きが洩れるのをこらえた。

　パトリシアがその動揺を見てとった。「だいじょうぶ？　どうしたの……！」

「なんでもない！　だいじょうぶだ！」救助チームがあわてて駆けつけるのを恐れ、ストッダートは急いで言った。

「ちっとも勇敢じゃない。そうするのが当たり前だって思えるだけ。重要なことかもしれないでしょう、これのせいで死にかけている人にとっては」

「きみだって……」

「やめて、ジャック！　そう言ってくれるのはありがたいけど、でも、わたしにはわかってる……受け入れてるの……」

「きみはまだ死んじゃいない！」と彼は言い張り、また震える声を飲みこまなくてはならなかった。

「もう肥った女の人が歌ってるのが聞こえてくるわ」とパトリシアは、なおも彼のために冗談にまぎらそうとした。笑みが浮かび、歯の隙間があらわになった。「あなたが無事でよかった……」つかのま、書き終えたページに目をもどす。「もどってくるときの飛行機で、わたしたちがどんなふうにすわっていたかを書いたの。スーツを脱いで、無防備なままだったでしょう。これは重要かもしれないわ……媒介について……免疫についての手がかりが得られるかも。ペラムはあなたの免疫系を調べるという話をした？　わたしのと比較するという……？」

　パトリシアがウイルス学者であることを忘れていた。ストッダートは自分がこれまで書いたなかで、自分たちがどんなふうに帰ってきたかには触れていなかった。これから書こう、と彼は決めた。何もかももう一度やりなおすのだ。パトリシアにおとらず詳細に――科学的な正確さを心がけよう。「まだ聞いていない」

「ほかの人たちはどうしたの？」

　このことを彼女に話すべきかどうか、ペラムに問いただしてはいなかった。話していけない理由は思い当たらなかった。「全員かかっている」

「ああ！　なんとか対処できてる？」

「きみほど気丈にはできていない」

「わたしも最後のときは、あまり気丈にはできないと思うわ」

「まだそんな話をするときじゃないよ」

パトリシアがふっと黙りこんで首をうなだれたので、眠りこんでしまったのだろうかとストッダートは思った。彼女が話すと疲れることをペラムから注意されていたのに、こちらが会話をリードできなくて、彼女にその役をさせてしまったのだ。そんな思いが浮かんだとき、パトリシアが顔を上げ、また歯の抜けた微笑みを浮かべてみせた。「わたしたち、どうにかなってたと思う？　あなたとわたし、おたがい恋するようになってたかしら？」

「もうそうなってたと思う」

「ありがとう、努力してくれて。わたしはあなたを愛してたとは思わない。でもとてもうれしいわ。希望がもてそう」

「努力していたわけじゃない。ほんとうのことを言ってるんだ」それが事実か嘘かはどうでもよかった。じっさい自分でも、事実かどうかはわからなかった。

「そう思えるといいでしょうね」

「そう思ってくれ」

「わたしってこんなふうになるのね、年をとったら」

ストッダートはまた唾を飲みこんだ。「ふたりでいっしょに年をとれていたかもしれない」自分のその意味のない言葉に、バイザーの陰でたじろいだ。

「ひとつお願いを聞いてくれる？」

「決まってるだろう」

「最後のときに、わたしのそばにいて。そのときはきっと助けが要るわ。あなたといっしょにいたいの」

「そうするとも」

「さっきのは本気？　ほんとにわたしを愛してると思う？」

「ああ」

「それで安心したわ。まだあなたを愛せる時間があるかもしれないもの」

「そうであってほしい」

「わたしもよ。いまはとても怖いの、ジャック。あとどれだけ時間があるのかってことが」

「間違いではありえないのだな？」

「とんでもない、ディック！」とスペンサーは言った。「この目で見ました。恐ろしい……恐ろしいことです」

電話の向こうで間があった。「では、大統領の耳に入れねばならないだろう」

「わたしはここに一泊します。大統領に見せる資料を持ち帰るために」

「やることが山ほどある……考えることも」とモーガンが言った。

おれがすでにやったことがわかるまで待っていろ、大統領とおなじときにおまえにもわかる。スペンサーは思った。

6

ヘンリー・パーティントンの意図は歴代大統領のなかにみずからを誠実な政治家として位置づけることにあったが、厳格に自分に課して従っているガイドラインの範囲内で、どことなく風貌(ふうぼう)の似通っているハリー・トルーマンとの比較を歓迎してもいた。そして自分の野望のためには、諸々(もろもろ)の便宜と調整をしっかりコントロールするだけでなく、厳重に封をすることも必要だと理解していた。それは彼が、便宜と調整の政治科学が発明され、この国で最も悪名高いマフィアの大物たちを輩出したことでも知られるイリノイ州で州知事をつとめていたころから変わらなかった。出所のさまざまな彼の選挙資金に税金の支払われないなんらかの現金が寄せられたとしても、ヘンリー・パーティントンはその件について証明できる形でかかわることも、なんらかの感謝を伝える特別な方法を黙認することもなかった。氏素性になじみのない者たちに手紙を書くこともせず——サインをしないのは言うまでもない——いっしょに写真に写る相手にも極端に気を遣う。その長く順調なキャリアを通じて、政権下のさまざまな行政機関に腐敗や違法行為の証拠があったとき、とくにふつうの一般大衆に害がおよぶ場合には、パーティントンはただちに容赦ない処罰を与えてきた。そしてスタッフの忠誠に褒賞を与えるにさいしては、すばやく太っ腹だった。ヘンリー・パーティントンに近い取り巻きたちは彼が考えるように考え、それはきわめて本能的な習慣で、気軽に手紙類にサインしない、選挙資金への援助についてあまり深く調べないといった姿勢が言葉で示される必要はほとんどなかった。

そうした側近のなかでもディック・モーガンとポール・スペンサーは、パーティントンが話すきわめて私的な隠語に最も精通しているふたりだった。とりわけ、リチャード・ニクソンが墓のなかで寝返りを打ちそうな自動録音システムの設置が認められている大統領執務室では、このヘンリー・パーティントンの隠語をベースにして実際の会話がおこなわれていた。

自分の番と見てとって――言外の意味をほのめかしつつ――スペンサーは言った。「大統領、これはコントロールされた危機といえます。この国にいる全員は隔離されている。避難計画が実行されるのは南極です」通訳するとこうなる（表ざたにならないよう一切が安全に抑えられている、こっちとしてはそこのところを認めてもらいたいものだ）。

パーティントンが言った。「きみはまさしくしかるべき方法で対処してくれた、ポール……きみとディックで。これからは先のことを考えねばならない」（ほうびはちゃんとやろう。きみは撤退計画にかんしてはモーガンに先んじた。今後もせいぜいおたがいに張り合ってくれ）

モーガンが言う。「マクマードとアムンゼン－スコットについては早急に決定を下す必要があります。フォートデトリックでまだ生きている者たちからの要請についても」（ポール・スペンサーはあんたの権威を利用して四百人の人間を南極に閉じこめ、メリーランドの政府施設にいる瀕死の男の、憲法で保証された権利を無視しているんだぞ）

スペンサーは言った。「いま必要なのは、南極で四人の人間とひとりの胎児が死亡し、救助隊のうち四人が死のうとしている理由をつきとめるために全力をあげることです。まだ南極にいる者たちについては、今現在、その全員を守るべくあらゆる手が尽くされています。重点はこの国に、フォートデトリックにおかれなくてはなりません。それがわれわれの直接の関心事であるべきです」（これが手がかりだよ、大統領）

「たしかに重点をフォートデトリックにおくべきでしょう」とモーガンが飛びついた。「至急決定を下さねばならないことがあります」（ジェームズ・オルセンが要求している弁護士および妻との接見は認められるのか、それとも却下されるのか？）

観察用ギャラリーのガラスごしにオルセンからの攻撃を浴びたという経験を利して、スペンサーはすでに態勢を整えていた。彼はまた、自分がすでにあきらかにしたはずの点をパーティントンが把握できていないことに失望してもいた。「医師団からの勧告によると、感染した四人は厳密かつ完全な隔離状態におかれなくてはならないとのことです……不幸にも精神的退行の兆しがすでにあらわれているということもあり……」（これ以上はっきり説明するわけにはいかないよ、大統領）

「医師の勧告には全面的に従わねばならない」パーティントンが察して言った。「明確な診断がいつ下されるという目安はあるのか？」（オルセンの状態が悪化して厄介の種でなくなるまでにはどのくらいかかる？）

「ありません」自分が一歩先を行っていると確信して、スペンサーは答えた。「全員が考えうるかぎりの検査をうけていますが、時間はかかるでしょう。もちろん全面的な協力は得られています……ジェフリーズ博士からはとくに……彼らがマクマードを発ってから五日になります」（例の写真を見る前にあんたに渡した報告には、生存期間は最大限に見積もって十日だと書いてあっただろう）

「医療的に、まだ打つ手はあるだろうか……ほかにできることは？」とパーティントンがきく。（これがもし表ざたになろうものなら、まさしく大統領の憂慮だぞ）

「そうは思えません」とモーガンが言う。「フォートデトリックにいるのは全員、それぞれの分野の第一人者です」（わたしもその憂慮にはくわわるけれど、われわれがまだ何か見逃していた場合を考えて、あいまいなままにしておくよ）

「彼らがどういった雇用契約を結んでいたかを、法律顧問に検討させよう……すでに死亡した者たちと、デトリックで治療をうけている四人がだ。彼らの家族にはしかるべき保障をしなくては……子供が大学を出られるだけの。もし必要とあらば、わたしが特別予算を議会にかけあってもいい」と小柄な大統領が言った。(憂慮のあとは、同情と深慮遠謀だ)

「すでに着手しています」とモーガンが請け合った。(抜け目のない考えだ、今度はわたしもその一部として記録に残ろう)

「フルタイムで専念させるために、専門家のグループを結集するべきではないでしょうか?」とスペンサーは提案した。(とにかくろくでもない事件だから、万一のときに備えて、貧乏くじを引かせられる相手を用意しておこうじゃないか——それも集団ならなおいい)

「常設の監視グループをおくということか?」とパーティントンがきいた。(きみは得点を重ねている。感心したぞ)

スペンサーが答える前にモーガンが強引に割りこみ、話を引き継いだ。「言わせていただくなら、それは科学関係者に限られます。大統領顧問団の科学担当はアマンダ・オコネルですが、われわれはたえず連絡をとりあう必要があるでしょう。ポールはことの最初から関与しています。やはりわれわれの代表としてくわわるべきだと思いますが」

(わたしを出し抜こうなどとしたらどうなるか思い知れ、この身のほど知らずめ！)

パーティントンはためらった。「ああ、それは必要だろうな。アマンダには状況を説明しておこう。ストッダートもグループの一員としてくわわるべきかもしれん」(すまんな、ポール。しかし最初に動いたのはきみだからな)

「もちろんあなたご自身、直接にブリーフィングされることをお望みでしょうね、大統領？」とスペンサーは言った。(あんたはどんな栄誉をかすめとることも主張することもできなくなるぞ、このでくの坊め)

「もちろんだとも、ポール。この件が解決するまで、いつでもドアは開けておく」(争いはきみら同士で勝手にやってくれ。わたしを巻きこむなよ)

パトリシアの部屋にはいる前に、ジャック・ストッダートの身柄はすでに厳重な隔離病棟から別の場所に移されていた。そして前夜は――食事を注文しようともせず――新しいがやはり隔離されているのではないかと思えるリビングルーム、寝室、バスルームのある部屋で過ごしたのだが、最初移ったときには夜間担当の医師が待ちうけていた。黒人の男で、職務熱心なその医師は、バンパイアのご馳走(ちそう)のような血を吸い出しただけでなく、毛髪と皮膚の標本も採っていった。

その作業をこなしながら、やはり名前のわからない医師はこう言った。「免疫(めんえき)不全というあの女性の考えは秀逸でした。その線で調べていく必要があります」

ストッダートはきいた。「ほかに何がわかった?」

パトリシアも身柄を移されていた。そこはもはや、部屋と部屋とが仕切られたスイートではなかった。机と電話が——隣り合って独立したバスルームも——あったものの、現実には病室そのもので、パトリシアは立って机やバスルームに向かうこともできなかったろう。彼女は点滴二本と心臓モニターにつながれ、スクリーンには不規則な山形の線が連なっていた。ほかに三本のチューブがベッドの、胸から膝にかけてフレームのようなもので支えられてふくらんでいる掛布の下に消えていた。脳波を測定するためにヘッドバンドをつけられていても、彼女の髪がごっそり抜け、ほとんどはげあがっているのが見てとれた。ストッダートが部屋にはいってきたことにもしばらく気づかず、彼が言葉をかけるとやっと目をあけ、微笑んだが、歯がさらに抜け落ちているのがわかった。歯茎がひどく生々しく見えた。

「書かなきゃいけないことを書いてしまえてよかったわ。もう疲れちゃった」とパトリシアは言ったが、その声は不明瞭で、空気の洩れるような音がした。

「ぼくも書き終えたよ」ストッダートはパトリシアの手を握っていたが、防護スーツのせいでその手の感触はなかった。

「外はどんな様子?」

「暖かい。花が咲きだしてる」今朝の天気予報は、ワシントンの並木道(モール)周辺からの中継だった。いかにもその必要のありそうな人たちがジョギングをしていた。

「わたし、花が咲くころのワシントンがいつでも好きだったわ。おかしなものね、もう手遅れになってしまってから、いろんなものにちゃんと注意を払っていなかったことに気づくなんて。あなたがそうしてくれない、わたしの代わりに？　いろんなものを見て。それを味わってちょうだい。約束よ？」

「約束するとも」

「わたしのこと、ほとんど知らないでしょう？」

「十分知ってるさ」

「嘘(うそ)よ！」パトリシアは弱々しく憤(いきどお)りをこめて言った。「職員ファイルにもあるでしょう。両親はもう死んだけど、弟がひとりいるの。ジョンっていって、サンアントニオに住んでるわ。あの子に……」そこでひと息つかねばならなかった。心臓モニターの波形がさらに鋭い山形に変わっていた。「ジョンに会って、ただ話して……」焦点を失った目が閉じられ、呼吸が規則的になった。波形も安定した。

　ふいにストッダートは、途方もない怒りに襲われた。だれであれなんであれ、この人をこんなふうにしてしまったものを――彼が抱きしめてキスをし、味わい、愛したこの体をミイラ同然に変えてしまったものを――自分の手で傷つけ、罰せずにはいられないという衝動に……あれはいつだった？　九日前か、八日前か？　それ以上ではない。ほんのそのくらい前には、彼女は官能的で抑制を知らない、刺激的な相手だった。ずっと批判を浴び疎外されつづけたために落ちこんだ退屈な毎日から、あらゆる意味で彼を目覚めさせてくれた。たぶん彼女を愛せていただろう、とストッダートは思った。時間が、チャンスがあれば、きっと彼女を愛するようになり、結婚を申し込んですらいただろう。

パトリシアがびくりと目を覚まし、手袋の上からその手が固く握りしめられるのを感じた。「あなたが行っちゃったかと思った」

「だいじょうぶだよ」

「ひとつ残念に思ってることがあるの」

「なんだい？」

「帰りの飛行機のなかで……ふたりとも元気で、スーツのことなんか気にしていなかったときよ。お別れのキスをしなかった……」

「ぼくも残念だ」

「でもキスしてたら、あなたにもうつってたかもしれない。やっぱりしなくてよかった」

ポール・スペンサーが自室にもどってくると、デヴィッド・フーリハンからのメッセージが二本はいっていた。どちらにもアーリントンにいる彼のプライベートな番号に至急返信せよとの指示があった。

フーリハンは言った。「ノアタックのわが国の基地から、また緊急の救援要請がはいりました。おなじことが起こっています」

「ノアタックとはどこだ？」

「北アラスカの、北極圏の近くです。つまり両極にひろがっているんですよ。しかもノアタックの基地は合同プロジェクトによるもので、イギリスとフランスがかかわっています。発病したうちのひとりはフランス人です。今後はどう扱いますか？」

「国際的な事件としてだ」とスペンサーは答えた。そのまさしく中心にはこのおれがいる。彼はふたたび満足をおぼえた。

7

ヘンリー・パーティントンのもうひとつの意図は国際的な政治家として後世の記憶に残ることであり、彼はアラスカの危機をただちにその潜在的な好機と見てとった。そして息抜きにチェスをたしなむ彼は、一本目の国際電話をロンドンにかけるまでに、あらゆる手と返し手を頭のなかで練りあげていた。特別に装備された救援機がすでに現地に向かっている、と彼は英国首相に告げた。兵站（へいたん）上から見ても医療的見地からも、発病したイギリス人職員はアメリカで治療をうけるのが理にかなっているだろう。すでにアメリカ人の病人が南極から搬送され、特別隔離病棟で集中的な治療と検査をうけているところだ。もうすでにアメリカの医学調査チームが活動しているが、そこにイギリス人の科学者たちがくわわる余地は十分にある。こちらはいま内閣レベルでの危機管理委員会を起（た）ち上げようとしている最中で、同様に高いレベルでのイギリスの参加はもちろん歓迎されるだろうし——じじつ期待されてもいる。パーティントンはまた、この事件を一般にたいして伏せておく必要性を、あたかもその提案が自分からではなくロンドンからきたものであるかのように表現した。二本目のパリとの会話でも、英国首相とのやりとりをところどころ逐語的にくりかえし、とくに隠蔽(いんぺい)については強調した。

受話器をもどすとパーティントンは言った。「どちらもまったく把握していなかった。われわれが先に進んでいることを喜んでいる。われわれの援助の申し出を受け入れ、明日いちばんにわたしに連絡をよこすということだ」

モーガンが言った。「いよいよ国務長官も巻きこまねばなりませんね」

「すでにそうなっている。あと三十分ほどでターナーが来るだろう。アマンダ・オコネルもだ」と大統領は言い、近づいてくるスペンサーのほうを身振りで指した。どちらかが口を開く前に、パーティントンはきびきびした動きで立ち上がった。「暖かい夜だ。彼らが到着するまで、ローズガーデンを散歩でもしよう。頭をすっきりさせるのにいい」(それにあのろくでもない執務室のテープを気にせずにすむ)

小柄な、事務員めいた風貌(ふうぼう)の男は、モーガンとスペンサーにはさまれてなおさら小さく見えた。建物からしばらく離れるまで待ってから、パーティントンは口を開いた。

「あれからずいぶん状況が変わったものだ」

「まったくです」とモーガンは同意したが、それはアラスカもしくはアムンゼン－スコットの基地についてではなく、ポール・スペンサーの策動についての感想だった。スペンサーにいい目を見せてやる実際的な理由はある。好きなだけいい目を見ていればいい。

スペンサーが長いあいだパンチをかわしたり身を沈めたりしつづけているほど、タイミングよく身をかわすのを忘れることは避けられなくなる。

「しかし、われわれはまだ状況をコントロールしています」とスペンサーは言った。三人は整然たるレイアウトのほどこされた庭園のほぼ端まで来ていた。非の打ちどころない芝生の向こうに見えるコンスティテューション・アヴェニューでは、行きかう車のライトが光のリボンを形づくっていた。黄色やオレンジ色に染まった空に、ワシントン記念塔が黒々と聳えている。冬のあいだマクマードでは太陽が沈んだままであることを、スペンサーは知っていた。北の夏が始まったばかりの凍りついたもう一方の世界の果てで、年老いて死んでいこうとしている者たちの上に、太陽はどんな明るさで輝いているのだろう?

「この件をいつまでも内密にしつづけるわけにはいかない」とパーティントンが現実的に判断した。「ボールがどちらの方向に弾もうと、われわれには保険が必要だ。治療法か予防策か、とにかくあれが大勢の人間にひろがるのを食いとめるものを公に発表するのは、わが国の人間でなくてはならない。もし治療法が見つかる前にこのことが表ざたなった場合、われわれとしてはヨーロッパ二国のたっての要望でこの隠蔽に同意したということになる。向こうの政府は発病した科学者たちの命を救おうと、アメリカの専門知識を求めて彼らをアメリカ国内の施設へ送りこんできたわけだ……」ふたりの身長の高さに戸惑い、大統領はそれぞれの男を順番に見上げた。「どう思うかね？」

モーガンもスペンサーもその政治的リアリズムを評価した。その線で話を続けられればと思いつつ、モーガンが言った。「もしも立証できる形で解決をもたらしたのがフランス人かイギリス人だった場合、その名誉を主張するのには難があるかもしれません」

「わたしが向こうの科学研究者たちにチームにくわわるよう誘いをかけたことは話しただろう。すでにわれわれの手で作り出され、すでに調査に励んでいるチームにだ」とパーティントンは辛抱強く指摘した。「われわれの側のだれかが解答を見つけたとすれば、それは百パーセントわれわれのものだ。たとえイギリス人かフランス人だったとしても、彼らはアメリカまで来てアメリカの施設を使わねばならなかったわけで、その発見はともに分かち合えるということだ。そもそもなぜ彼らがわれわれを頼ってこの国に来なければならなかったか、一般大衆がそれ以外の理由を思いつけるかね」

「わたしには名案と思われます」とスペンサーは従順に言った。「われわれが最も注意しなくてはならないのは、出だしのつまずきと誤った主張です」

「その点できみには重荷がかかってくるぞ、ポール」チャンスだと見てとり、モーガンが飛びついた。「きみの仕事はずいぶんふくれあがったようだね、科学研究者のグループと政治家による監視グループとを結びつける役割は」

「ディックの言うとおりだ」と大統領がすかさずあと押しした。「いまやきみは両目両耳という以上の存在だよ、ポール」

「はい、大統領」とスペンサーは応じた。こうなることをまったく予期していなかったわけではない――まったく準備していなかったわけでも。

男たちはホワイトハウスの庭園側にあるベランダに近づいていた。パーティントンが言った。「ポールが一日二十五時間の仕事をこなすことになるのは目に見えている。きみにもさらにたいへんな重圧がかかってくるだろうな、ディック」

「それは承知しています」モーガンはつぎの牽制球を投げるチャンスを見計らった。「ポールがわたしの重荷を大幅に肩がわりしてくれます。もうひとり、だれかを引き入れる必要が出てくるかもしれません……もちろん臨時にではありますが」

くだらない脅しだ、この阿呆め。そのときスペンサーの頭のなかで、ひとつの考えが完全な形をとった。彼は実際に笑みを浮かべた。「わたしが欠かせない存在だとわかってうれしいですよ、ディック。しかし慎重に検討を尽くさなくてはならないと思います。かりにわたしが執務室から消えたとする……それでもやはり今まで同様ここに現われないわけにいかないでしょう。あなたに必要な情報をお知らせするためにです、大統領……われわれが避けようとしている類のうわさが流れだした場合……」彼はわざと間をおき、予想どおりパーティントンがその沈黙を埋めた。

「きみにはどんな考えがある？」

「職務の見なおしです。少なくとも肩書き上での」

パーティントンがベランダ沿いに進めていた足を止め、つられてあとのふたりも立ちどまった。モーガンとスペンサーは文字どおり大統領の頭ごしに向かい合う形になった。モーガンの顔は硬く、無表情だった。パーティントンがきいた。「どういった職務だね？」

「特別顧問です」とスペンサーは告げた。「何も言わずにすべてを網羅する。そしてあらゆるうわさを流れだす前に食いとめる」

「それはいい。きみもそう思わないか、ディック？」

「はい、大統領」ほかにどうしようもなく、モーガンは言った。

「おめでとう」とパーティントンが笑った。「きみが昇進したと、みんなが思うだろうな」

真っ先にそう思うのはこのおれだ、とスペンサーは思った。

スペンサーはただちにそれを実践するべく、写真による証拠を閣僚の面々が無言で受けとめたあとで、彼らに南極での発見とフォートデトリックで起こっている事態の背景をみずから説明した。一同が映写室から大統領執務室にもどってきたあとでパーティントンがようやくあとを引き継ぎ、アラスカでの第二の発病と、すでに開始されているアメリカによる救助作戦、またイギリスおよびフランスの首脳とかわした会話について詳述した。

「われわれにはまだその正体も、つぎにいつ発生するかも、食いとめる方法もわかっていない」とパーティントンは明言した。「たしかなのは、われわれがいま、医学的あるいは生物学的恐怖に直面しているということだ……未曾有の災厄の可能性に」

「イギリスやフランスもこの事態を正しく把握しているのですか？」ロビン・ターナーがすぐにきいた。いかにも都会的で、髪も口ひげも白くなったこの人物は、アイヴィ・リーグの枠を超えてジョージタウン大学に迎えられ、国際関係論の教授として名声を博していた。そしてその名声を利用しようとするパーティントンの意向によってさらに引き抜かれ、大統領にアカデミックな助言をおこなうべき立場に迎えられていた。現政権ではこれまでのところ、今後起こるであろう事態をパーティントンに示唆すること以外の力量を試されてはいないが、テレビや記者会見に登場するターナーは容貌、話しぶりともに印象的だった。

「いずれそうなるだろう。きみたちがさっき写真で見たとおりのことをここの駐在大使に伝え、そのあと彼らをフォートデトリックに連れていって同国人に引き合わせたときには」とパーティントンは言った。

「この件を隠しおおせる公算があると、ほんとうにお考えなのですか？」とターナーはきき、答えを聞く前に疑わしげにかぶりを振った。

「できるかぎりやってみなくてはならない。まったく当然の理由からだ」

「一般からの反発が起こる危険があります」と政治学者が警告した。

「さらに大きな——いまや世界規模の——パニックが起こるのを防ぐ必要がある」とパーティントンは反論し、このやりとりが記録されていることを喜んだ。「パリとロンドンが危惧（きぐ）していることだ。そしてわたしの危惧でもある」

パーティントンは議論の場にアマンダ・オコネルを引き入れ、彼女が政府主導による危機管理委員会の議長をつとめることになる、と告げた。この委員会にはイギリスとフランスもくわわるだろう。フォートデトリックで活動する科学研究者のグループも同様だが、やはりそちらもアメリカ人によって率いられる。ポール・スペンサーはこの二つのグループを結びつける連絡役として紹介された。

アマンダ・オコネルは自分の明確な役割が伝えられるのを辛抱強く待っていた。アマンダはつねに待ちつづける人だったが、決していつも辛抱強いわけではなく、つねに別のだれかの介入や関与を評価したあとでみずから介入し関与するのを好んだ。プロとしてきわめて明敏な女性であるアマンダは、ヘンリー・パーティントンの就任当初の数カ月間、その生来のきわめて慎重な性格がゆえに、自分が表面だけフェミニズムにおもねるためのトーテム的存在としか見られていない——公然とそう評されてもいた——ことを承知していた。そしてその間、みずからの地位を理屈のうえでは受け入れていたものの、実際は違った。彼女に割り当てられた地下深くの、本人ですらゴキブリの便所と呼んでいる慢性的スタッフ不足の部屋から、アマンダはこれまで一度も欠かさず、はるか上のオフィスにいる人物に伝えられるべき科学や環境問題の進展にまつわる助言や警告を与えつづけてきた。そしてようやく内閣のなかにその地位を得て、いまこのオフィスにまで昇ってきたのだ。

トーテムという不名誉——そう口にする批判者への反撃の仕方はすでに学んでいた——を大いに意識しつつ、彼女はその修士号に見合った生物学者の技量を活かしてこの一時間の会話を解剖していた。パーティントンが場を仕切っているおかげで、分析の時間はたっぷりあった。いまの時点で判断を下すにあたって唯一妥当かつ入手可能な写真の証拠を見るかぎり、科学的、医学的に見て伝染病とおぼしき病気——どう媒介されるのか現段階ではわかっていない——が存在し、しかもエイズよりも手に負えなくなる可能性がある。これまでのところ、科学や医学にとってはたしかに途方もない大事だ——彼女の優先順位にとってはともかく。最初に病気がアメリカ合衆国の基地で発生したために、アメリカが、そしてパーティントンがそれを抱えこんできた。だが長くは続かなかった。大学時代に交換留学生としてシエナに行ったときにヨーロッパ政治史をかじって自国にあてはめ、パーティントンをなぞらえるならトルーマンよりむしろ小型のマキアヴェリだと考えているアマンダは、大統領の態度に戸惑いをおぼえていた。この深刻な顔、重々しい声のかもしだす厳粛さは、いささか的はずれだ。裏帳簿があるとすれば、その記入係は新たに昇進したポール・スペンサーだろう。以前はこの男にとって彼女など無に等しかったろうが、いまその視線はアマンダの胸を値踏みしたあと上にあがり、彼女の目と合った。

大統領の紹介をうけ、スペンサーが愛想笑いを浮かべて言った。「きっといっしょにすばらしい仕事ができるでしょう」

「まったくですわね」とアマンダは言いながら、目ではパーティントンを見ていた。「その政治家グループですが、正確にはどこに置かれるのでしょう？　ここではないのはあきらかですね。フォートデトリックとも思えませんが」

「迎賓館（ブレアハウス）だ」とパーティントンはすぐに言った。

「でもわたくしは明日、メリーランドへ行ってみようと思います。ヨーロッパの人たちが到着する前に」さらに続けて、見かけ以上に深く探りを入れるための質問を発する。「わたしたちのグループができあがったとして、両方のグループは実際にそれほど離れた場所で仕事をするのでしょうか？」

「政治的なグループはこのワシントンに置いておくほうがいい」とパーティントン。「わたしはきみにできるだけ近くにいてもらいたいと思うだろうし、イギリスとフランスの代表は自国の大使の横にいたがるだろう」

アマンダはなおも探りを入れた。「ロンドンとパリからだれが来るにせよ、おそらくは科学省の人間で、補助のスタッフを連れているかもしれません」

パーティントンはぼんやりと彼女を見つめた。「ポイントは何かね?」

「これは未知の事態なのです。結果がどうあれ、またいつ判明するのであれ、一般に公表できる完全な科学調査報告書が必要になるでしょう。正式な記録が」

スペンサーの顔が一瞬ぴくりとひきつったところを見ると、だれの頭にも浮かんでいなかったことのようだ。スペンサーが急いで言った。

「医学的調査はフォートデトリックでおこなわれています。その必要性はペラムが十分心得ているでしょう」

「だとよろしいですね」とアマンダは穏やかに言った。「政治的見地からも留意しておくべき点だと思います。最初の会議のときわたしから提起することを覚えておきましょう。議事録に書きとめられるように」すこし間をおく。「そこからまた別のポイントが出てきます。アメリカがホスト国であろうとするのなら、わたくしには事務局が必要になるのではないでしょうか」このわたしが正規に任命され、正規に認められた自分自身の部局をもてるのかしら? 信じがたいことだけれど、そう考えていけない理由はない。少なくともあのゴキブリの便所から解放される程度には存在を認められるだろう。

ターナーが言った。「一切が公表されるときには、外交的にも科学的にも、たしかに完全な報告書が必要になるでしょうな」

この件全体のなかでの自分の存在が——立場が——公式の記録に残る。パーティントンはそう思い当たり、怒りをおぼえた。モーガンかスペンサーが予想し、すでに手配していてしかるべきことだった。なのにこのふたりはおたがいに牽制しあい、盛りのついた犬のように相手の尻をかぎまわっていたのだ。

モーガンは自分の元代理よりも、大統領のボディランゲージを読みとるのにたけていた。「その件についてはたしかにもう手をつけているのだろうな、ポール？」

「あらゆるものがブレアハウスに置かれることがわかりましたから、明日までには準備できます」とスペンサーが請け合う。

今度はアマンダが男同士でかわされるボディランゲージを読みとり、このふたりの反目をほかのあらゆる情報とともに、頭のファイルにしまいこんだ。スペンサーに向かって言う。「ここからわたくしのスタッフを連れていきます。状況がさらにあきらかになり次第、必要な追加の人員と設備についてお知らせしますので」

「それにはいくら早くても早すぎることはない」と国務長官が釘をさした。

パトリシアは長いあいだ言葉を発していなかったが、痛みに襲われてでもいるように、その顔は何度もゆがんだ。ストッダートはぎごちなく窮屈な思いで、できるだけベッドに近寄ってすわり、両手に彼女の手を包みこんでいたが、それでもやはりその指をほんとうに感じることはできなかった。彼女につながれている導線に袖(そで)や手袋をひっかけずにいるのは骨が折れた。これらはパトリシアのあらゆる生体機能を監視すると同時に生命を保ってもいる。彼女が正常にものを食べたり飲んだりできなくなってから、すでに二日近くたっているはずだった。髪はほとんど残っておらず、顔と腕の皮膚はくしゃくしゃにしなびていた。

　また彼女が顔をゆがませ、ふと目をあけた。たちまち不安に駆られ、ストッダートがすわっているはずのほうに頭をねじろうとしたが、ブレーンスキャンのベルトに邪魔されてうまくいかなかった。

「ここにいるよ」

　パトリシアは緊張をゆるめ、彼の手袋に包みこまれた手をかすかに動かした。「もうよく見えないわ、あなたが……ぼうっとした、輪郭みたいなものしか」その声はしわがれ、言葉は詰まりがちだった。「わたし、ひどく醜いでしょう」

「いいや」

「観測所にいたジェーンたちみたいになってるなら、そのはずよ」

「そんなことはないさ」ストッダートは嘘(うそ)をついた。どちらかと言えば、彼女の外見はもっとひどかった。

「もう何かわかった？　この病気のこと？」

「まだだと思う」

「ずっと望みをもってた……」と彼女は言いかけ、口を閉じた。

「まだ時間はある……いくらでも」

パトリシアはしばらく話そうとせず、せわしなく呼吸していた。「前に言ったこと覚えてるでしょ、最後のときには怖くなるだろうって」

「いま話すことじゃない……」

「いまがそうなのよ」パトリシアはすがるように言った。「怖いわ、ジャック。たまらなく怖い」

「みんな元気になるよ」とストッダートは懸命に言った。「ここの人たちが必死に研究してる……もうすぐ……」

「無事でね、ジャック」

「ああ」彼の喉がふさがった。

「あなたと……」彼女はなんとか言いかけたが、それで精いっぱいだった。またかすかに頭を上げ、口を動かして言葉を形づくろうとした。

「もういい……休んで……」とストッダートは言い、彼女は枕に頭をもどした。ブザーが鳴りだし、二つの機械と脳と心臓のモニターに映る線が、ただの平坦な直線に変わった。

防護スーツ姿の三人が部屋にはいってきたが、急ぐ様子はなく、蘇生法を試みもしなかった。ふたりがそっとチューブと導線をはずしはじめた。三人目が——以前ストッダートを調べたあの女医だった——彼に言った。「亡くなられました。お気の毒です」

「ああ」

「これで全員死亡しました」

8

アマンダ・オコネルは離婚にさいしては善意の当事者を貫き、いまはどんな関係に巻きこまれることもなく、快適に過ごしていた。フォートデトリックへはひとりで行くものと思っていたが、前夜のホワイトハウスでの会議が終わったとき、新しい職務に任じられた大統領の側近がやってきて、自分が同行すると申し出（「おたがいによく知り合うことが大切ですから」）、メリーランドへの道々話をする時間もてるだろうと言い張った。アマンダは即座に承知したものの、スペンサーが彼女のジョージタウンのアパートメントに迎えにくるまでに――朝のコーヒーに招ばれるとでも期待していたのだろうけれど、そうはいかない――南極の観測所から回収された資料と、これまでにフォートデトリックから寄せられたなきに等しい報告書をすべて読み終えていた。ワシントンの情事を支配する弱肉強食の掟には、大学卒業後に実習生としてホワイトハウスにはいったときから慣れていたので、車に乗りこむなりポール・スペンサーが新たに好色な目で自分の値踏みをしてきたのにも驚かなかった。この熱心さから察するに、彼女が望まない早漏のタイプだろうし、そのことを実地にたしかめる気もなかった。自分自身のはるかに実践的なワシントンの弱肉強食の掟を守りつつ、彼女が見つけ出そうとしていたのは、実際に第二の協議事項があるのかどうかであり、そのためにはスペンサーに必要なだけお門違いの望みをもたせる準備はできていた。

アマンダにとって心強いことに、スペンサーは彼女を感心させようと躍起らしく、疫病（えきびょう）の恐怖や被害、治療法および予防法を見つけるまでのタイムリミットについて語って聞かせた。そしてメモリアル・パークウェイの坂道をベルトウェイに向かって昇りながら、彼がその緊急性を不必要に強調したとき（「〝疫病〟にしてはいけないのです」）、アマンダは彼がそれまでべらべらしゃべってきたなかでとくに大きな意味をもつフレーズを耳にとめた。

「アメリカによる医学的な進展？」と彼女はきいた。「わたしが読んだものと、ゆうべ聞いたお話によると、デトリックはまだ何もつきとめていないのではなかったかしら？」

スペンサーは運転席からすばやく視線を投げた。「ほんの言葉の綾（あや）ですよ。結局のところ一切をリードしているのはわれわれですから」この女はすらりと長い脚をしているだけでなく、じつに頭が切れる。

「共同の医学的調査であるはずのものをリードしているの？　たしかに？」

「建前どおりにいけばいいでしょうが、こうした場合はえてして外国人を遠ざけることになりかねない。どんな政治家グループができあがるにしろ、あなたもそのなかでは注意したほうがいいと思いますよ」

「そう思っているの？　あなたが？」とアマンダは重々しく問いかけた。「大統領はどうお考えなのかしら？」あきらかにこれはメッセージのようだ。だがこの男がほんとうにメッセンジャーを命じられたのだとすれば、あまりうまく伝えられていない。彼女は助手席からまっすぐスペンサーのほうに体を向け、その動きで自分のスカートがすこし上にずりあがるのにもかかわらなかった。

「最初のころからずっとそばにいましたから、大統領の考えていることは以心伝心でわかりますよ」スペンサーは自信たっぷりに笑った。

主人の手が汚れないようにする忠実な召使ね、とアマンダは判断した。このポール・スペンサーにアマンダ・オコネルのことを、しょっぱなからもっとよくわからせてやったほうがいいかもしれない。わたしがあの地下のゴキブリの便所からたびたび出てきて、明るい陽ざしのもとでワシントンの政治の一部始終を眺めていることを。「この件ではほかにどんなことを、ヘンリー・パーティントンとテレパシーで話したのかしら？」

スペンサーは助手席にさっと鋭い視線を向けた。「ただ、ちょっとした考えや……印象を確認し合っただけで……それだけですよ……」ことはスペンサーの意図したとおりに進んでいなかった。この女はおれを使い走りの小僧のように扱っている！

「では、それとおなじことをしましょう」最初からこの男との関係をこちらの望みどおりに運んでやろう、とアマンダは決めた。「わたしたちは恐ろしい状況に立たされている。どうすればいいか判断もつかず……推測もできない状況に……もしやり方をまちがえれば、わたしたちも政治的には、あの病気にかかった哀れな人たちにおとらず死んだも同然だわ。だからここで、あなたとわたしとでどのように仕事を進めるかはっきりさせておきましょう。わたしにはテレパシーも千里眼もほのめかしも要らない。大統領本人の口から言えないようなことをあなたが知っているなら、率直に話してもらいたいの。そうすれば誤解が生じることもない、わたしたちには誤解している余裕などないのだから……ここまではいい……？」

この女はいったい、自分がどういうルールにのっとっていると思ってるんだ！　スペンサーは突然、完全に混乱を来した。この場にいるのが自分たちだけで、発言やほのめかしの証拠が残らないのは幸いだった。「どうも、ボタンのかけ違えがあったかもしれませんね」と懸命に言いかける。

「いいえ！」とアマンダははねつけた。「はじめからボタンの位置は正しいのよ。どれだけ正しいかあなたにわからせるために、いまの状況をわたしから話させてもらいましょうか。もしわたしが——政治的に——これから作られるグループを率いることになるなら、アメリカがいちばん表に立つことの重要性は遠回しに言われるまでもなくわかってるわ。つまり、このわたしが表に立つということ。わたしはいつでもそのつもりよ……」ようやくスカートをひきおろす。「あなたがいようといまいとね。でもあなたがおなじ側にいたほうがありがたい――この先違う側に立つ人はいくらも出てくるでしょうから――それであなたが味方になるのであれば、わたしは裏のほうの、煙くさい喫煙室での与太話もぜんぶ知っておきたい。そうすればふたりとも生き延びられるチャンスが増える。あなたがついさっきのようにほらを吹こうとするなら、わたしたちのどちらかが生き残れないことになる。でもわたしは断じて生き残ってみせるわ。さあ、これでもう誤解の恐れはなくなったでしょう?」

スペンサーはしばらく返事をせずに、運転を続けた。ぼんやりした考えが頭のなかに渦巻いていた。この会話――まさしく小僧に説いて聞かせるような最後通告――のほんの断片でもモーガンの耳にはいり、何かのうわさにでもなれば、まさしくアマンダ・オコネルの言うとおりだ。おれは政治的に抹殺される。いまは復活のために、膝(ひざ)を屈して生き延びるときだ。「何もかもはっきりさせてもらえて、ありがたいですよ」

すこしはこの男にも顔を立てさせてやろう、とアマンダは決めた。こちらの脚や胸をじろじろ眺めても無意味なことは言ってやるまでもない。「わたしもね。向こうに着く前に、ほかに知っておくことはある?」

当初の思惑どおりの意味でではなく、スペンサーはアマンダにしっかり急所を握られていた。まったく気に入らない状況だった。「ストッダートが医学的調査のグループを率いる予定です」

「それはおかしいわ」彼女はすぐさま異を唱えた。「彼は臨床医じゃない。ペラムであるべきでしょう」

「実地にはかかわりません。管理上の役割です。ストッダートは救助に向かった者たちのただひとりの生き残りで……」

「……つまり、後々メディア方面で役に立つというわけね……？」とアマンダは先回りして言った。「騒ぎの矛先をそらせると……？」

「……それにワシントンを発つ前に聞いたところでは、彼の恋人がいちばん最後に死んだそうです……昨夜のうちに」その場のシニシズムに見合った口調で、スペンサーはしめくくった。

「ますます好都合だわ。ペラムに何か問題でも？」

スペンサーはその皮肉を意識してためらい、やがて答えた。「率直すぎます。性格的に向かない」

「つねにタイミングと判断が肝心だものね」とアマンダは言い、スペンサーがI－395号線から下りると、座席の上で緊張をゆるめた。

そのどちらにかんしても、今朝のおれはまちがっていた、とスペンサーは客観的に認めた。「ストッダートについては聞いていますか？」

「ええ、もちろん。ストッダートのことはなんでも知っているわ」

アマンダがウォルター・ペラムに会って抱いたのは、試験管の底で忘れ去られ、干からびた標本だという印象だった。握手までが乾いていて、冷たかった。感情も生気も涸(か)れはてたその男は、すでに前もって知らされていたアラスカからの飛行機がいつどのように到着するかをスペンサーがくわしく説明するあいだ、じっと無表情で聞きながら、ときおり自分ひとりで何やらうなずいていた。

「ここの隔離施設は現在、どこも空いています」とペラムは言った。大統領の側近をまっすぐ見つめ、重々しくこうつけ足す。「ジム・オルセンが最初でした」

「イギリスとフランスの科学者たちの居場所は十分あるのだね？」とスペンサーは念を押した。妻と弁護士に会わせろというあの氷河学者の要求をわれわれが抑えこんでいた理由を、こいつは察している。ためらいはつかのまだった。「軍の人間を多少こちらに移動させてはどうかと考えていたのだが。兵站(へいたん)や管理、保安といった役割で」

ペラムがふっと眉根(まゆね)を寄せて考えこむのをアマンダは見てとったが、何も言わずにいた。この施設の所長もやはり無言だった。スペンサーが当惑しはじめたとき、ようやくペラムが口を開いた。「ここはもともと、最高機密に区分されている軍の科学研究施設です。保安体制は万全だし、兵站や管理についても問題はありません」

「まさしくその理由で、デトリックにはそうした処置が必要だと大統領が考えておられるのだ」とスペンサーは言った。「なんの権限もない人間にあちこちの部局に出入りされたくはない。そうだろう？」

無難な対処だわ、とアマンダは認めた。それにしてもこの男、わたしに一言あってしかるべきだった！ ペラムが言った。「すると、全員が居場所を制限されるのですね？」

「われわれにはたいへんな最優先事項があるだろう、ウォルト！　きみのところの科学者たちはみなバーベキューやら夕食前の休みをとりたがるのか？」

ペラムがアマンダを見た。「抗議があったときの準備をしておいたほうがよろしいですよ」

今度はアマンダがスペンサーを見て、「そのようね」と言った。また科学者のほうに向きなおる。「新しく来た人たちが関係する調査と、ここで通常おこなわれている研究との区分が必要でしょうけれど、その点についてはどうかしら？」

「隔離病棟はその名のとおり、隔離されています」とペラムは言った。「保安上むずかしい点はありません。しかしおのずと限界はある……」ふたたびスペンサーのほうを向く。

「それにそのうち、あなたが例の感染者たちをここから外の場所へ――あるいはどこかここのような場所へ――移さざるをえなくなりはじめた場合、一般への公表を避けるうんぬんの問題はさらに複雑になりますよ」

この男たちはおたがいに好意をもっていないようだわ、とアマンダはふんだ。仕事上どうしても困るというわけではないけれど――彼女自身ポール・スペンサーが好きではなかった――敵意すら感じとれるし、これ以上悪化するのは望ましくない。科学者グループのリーダーの問題があったのを思い出し、彼女は急いで言った。「あなたのここでの地位と、パリおよびロンドンから来る人たちにかんして、ワシントンで協議がおこなわれました……当然こちらの科学者たちは――あなた自身も――新来の人たちとともに働くことになりますが、外交的に見て、当施設の所長であるあなたが自動的にこの調査グループを率いるという形をとらないほうが好ましいのではないか、と考えました。杞憂にすぎないかもしれませんが。わたしたちとしてはできるかぎり、あなたの名を傷つけることは避けたいと……」

ペラムが言った。「そうした理屈に従えるかどうかはなんとも……」

「……デトリックはまさしく今回の件で必要な施設を備えていますが、この国有数の微生物学研究所としてもあまりに有名です」アマンダはすらすらと続けた。「その点からも適度に距離をおくことを大統領は望んでおられるので……」

「それが政治的見解とあれば」ペラムは肩をすくめた。「で、だれが……？」

「ジャック・ストッダートです」とアマンダは言い、この科学者がもはや異論をさしはさもうともしないのに驚いた。「連絡役ということです。ポールがことの最初から関与していますつなぐ役割を果たすのとおなじ意味で。ストッダートはワシントンをそれにここでのあなたの権限には、内部的にはまったくなんの影響もないと……」

ペラムの顔には、いまや笑みがあった。スペンサーもかすかに微笑んでいた。

アマンダは言った。「彼の様子はどうですか、恋人が亡くなってから？」

「つい昨夜のことです。わたしはまだ会っていない」

「では、いっしょに会いにいきましょう」とアマンダは提案し、ふとためらった。「患者の何人かに会えると――できれば話もできると――いいのですけれど」

「いまは全員死体になっています」とペラムが言った。

「そうだったわ」さらにすこしためらったあと、彼女は言った。「死体を見る必要があるでしょう」


その朝の土砂降りの雨のなか、ピーター・レネルはとぼとぼとランベス・ブリッジを渡り、濡れそぼって重たい、わざと着古した安物のトラックスーツ姿で凍えながら帰ってきたが、カメラマンはだれも待っていなかった――健康、科学、若さ等々、アドバイザーたちがレネルに貼(は)りつけたがるくだらないラベルへの、当人の涙ぐましい献身ぶりを写真におさめてくれる者は。ジョギングのもたらす宣伝効果がとうに賞味期限を過ぎてしまったことを彼は認め、すでに守ると約束した医師の勧告（「アキレス腱(けん)に永続的な損傷がもたらされる重大な恐れがあります。国民の模範たる人が若くして車椅子(くるまいす)から離れられなくなる危険を冒すべきではありません」）どおりに、この日課をやめる頃合だと決めた。ロード・ノース・ストリートの自宅にエクササイズバイクでもローイングマシンでも据えつけ、慎重に選んだ友好的との保証つきのカメラマンのためにポーズをとるようにすれば、少なくともあと一時間は長くベッドにいられる――だれのベッドであろうとも。

ゆうべは自分のベッドで、ひとりきりで寝た。カールトン・クラブのダイニンググループでの会合が期待はずれだったせいだ。一九二二委員会から入念に選びぬかれた連中はひとりも現われず、もしも彼が注意を怠っていれば――ごく最近補欠選挙で選出された議員の祝賀パーティを利用してみずからの人気度を吟味していなければ――破滅的な結果になっていただろう。実際のところレネルはまだ、あの言い逃れを見破られ、ウェストミンスターのゴシップ製造所の餌食(えじき)になるのではないかと不安な気分だった。総じて言うなら、最低最悪の二十四時間だった。

トラックスーツを脱いだ場所に残し、シャワーの湯を耐えられるかぎり熱くしたが、それでも長いあいだがたがた震えていた。舞台裏で画策する党内の貴人であり、好都合なことに彼の義父でもあるランリー卿(きょう)からほのめかされた――焦(じ)らすというほどではないが、やはり目の前にぶらさげるだけの――支援をあてに、レネルはこの十二カ月かけて堅固な支持層であるはずの地盤を懸命に耕し、党首の座に挑むといううわさの種をまいてはあえてそれを否定し、次第に無能さを露呈しつつある現首相への忠誠を固く誓いながら、いっぽうでみずからの兵隊がすぐそこで戦闘準備の号令をひたすら待ちうけていると信じてきたのだ。明白な報告があった。サイモン・バクストンの野郎はこちらの先手を打ってきた。政治的なルーン文字を解読し、ことによるとスパイまで放って、おそろしく大勢の耳に先制のゴシップを吹きこんだのだ。まちがいなくこれからの数日は――あるいは数週間か数カ月か――ごく慎重に振る舞わねばならない。もはやうわさ話の否定もトラックスーツ姿の写真も、テレビの討論番組もなしだ。上院の世襲議員制の改革を個人的な侮辱と受けとめている人物からほのめかされた支持の言葉に頼ることもできない。事実上の戦術的退却だ。ふたたびグループを組織し、計画を練りなおし、つぎの機会には慎重のうえにも慎重にやらねばならない。つぎの機会まで生き延びられればの話だが。

ようやく暖まり、タオルで体をふいていると、隣り合った寝室の個人用電話が鳴りだすのが聞こえた。これは彼の議会用電話でもあり、ヘンリエッタの電話の呼び出しベルとはわざと音を違えてある。彼は文字どおりその電話に飛びつき、三度目のベルで受話器をとった。いったいだれからだ――そしてなんの用だ――昨日の今日に？

「こんなに早く電話してすまない、ピーター。起こしてしまったのでなければいいが」

「もう起きていました、首相」とレネルは答えた。だれの声であるかに気づいた瞬間、胃のなかが空っぽになった。

「忘れていたよ。エクササイズだったな、もちろん」いかにも急に思い出したというようにバクストンは言った。「話がある。至急だ。こちらまで来てもらえるか？」

解任だ、とレネルはすぐに思った。やはりこちらの動きはスパイされていた。ゆうべが最後の晩餐だったのだ、ユダに裏切られ、生贄となるのだ。昼食時までには辞任願がとりかわされ（親愛なる首相、まことに遺憾の極みながら……わたしが全力で続けてきた支援を……親愛なるピーター、まったく遺憾の極みではあるが……きみのすばらしい献身と貢献に……）、そして今夜には……今夜にはどうなる？　めったにないレディ・ヘンリエッタとの夕食か？　三百年にわたって君主と国に仕えてきたランリー家の歴史と特権を奪われていまだ憤懣やるかたないヘンスローのランリー卿の女婿が下っ端大臣の地位すら奪われてしまったことへの失望を、また延々と聞かされるのだろうか？　「何時にお会いしましょう？」

「いますぐだ」バクストンは断定的に言った。「十五分以内に。十五分あれば楽にここに着けるだろう？」

「もちろんです」

レネルは徒歩で十分のうちにダウニング街に着いた。そのときまでに、どのみち自分の立場を救えはしないだろうと覚悟しながらも、一切を否定しようと腹を決めていた。彼が党首への挑戦を仕掛けていることを具体的に示す文書の証拠をバクストンが入手したはずはない。じっさいそんなものは存在しないのだし——だれかがスパイなのでもないかぎり、彼の腹心たちが何かを認めようものなら、それは自分たちの破滅となる——逆にこちらが解任されたことを有利な方向に転じ、自暴自棄な党首がまさに打倒されようとする男にふさわしい自暴自棄な行動に出たのだという話を広めることまで考えていいだろう。それが結果的に大きな世論のうねりを引き起こすかもしれない。

サイモン・バクストンも事実上、ランリー卿とは対立する立場の、やはり同様な特権を奪われた貴族たちのグループと党の活動家によって作り出された人物であり、上に操り人形をかぶせただけの骸骨——レネルはコート掛けと呼ぶほうが気に入っていたが——にすぎなかった。バクストンは大柄な、うわべだけの温厚さをまとった男で、祖先の代からランリー家と敵対していたが、その一族の血からは知性も判断力も受け継いでおらず、自信のなさと無能さを隠すためにどんな論点や議論でも先回りしようとしては誤りを犯すのがつねだった。すぐに口をすべらせるこの性向はさんざん野党に利用され、

〝首相への質問の時間〟のあいだに勘違いや無用な介入の言葉を吐くように誘導されつづけたせいで、いまでは副党首がたえずそばに付き添ってブレーキをかけているほどだった。

だが、庭園と陸軍総司令部（ホースガーズ）を見晴らすバクストンの私室に足を踏み入れながら、そうした事実のどれもいまの自分にとって直接の益にはならないのだ、とレネルはあらためて思った。彼の考えるこの呼び出しの理由にふさわしく、首相はいかめしい真剣な顔つきだった。そしてなんの説明もなしに写真の束を差し出した。レネルは受けとり、時間をかけて目を通した。じっさい戸惑いのあまり、時間が必要だった。これがなんであれ、ゆうべの夕食会やクーデターの試みとは関係のないものだ！　いいか、何もしゃべるな、と自分に言い聞かせた。

ようやく顔を上げた。「この人たちは？」

「アメリカ人だ」とバクストンは答えた。「最年長で、四十一歳だった。それは南極のものだが、イギリス人も何人か、アラスカにあるアメリカの基地でこの病気にかかっている」

レネルはふたたび写真に目を落とした。「われわれはどうするのです？」

「きみは科学相だ」とバクストンが指摘した。「きみにはワシントンへ出向き、危機管理委員会に参加してもらう。この件についてはきみ個人に一任するつもりだ、ピータ

――」

追放だ！　レネルはすぐに思った。「ベストを尽くします、首相」

「きみならきっとそうだろうとも。いつものようにな」バクストンはにやりと笑った。

アマンダ・オコネルははじめて年老いた死体を見たとき、死体保管室の観察用ギャラリーの仕切りガラスごしにですら、全身が凍りついたようにすくみあがった。以前おなじ反応を示したスペンサーは、今回は口実を作ってついてこようとしなかった。いまさらなんの意味もないとも言っていたが、わたしにとってもそのとおりだ、とアマンダは認めざるをえなかった。これはのぞき趣味であり、恥ずべき行為だ。現実に彼女は恥ずかしさと自己嫌悪に襲われ、ギャラリーと彼女のために整えられた無残な光景から急いで離れると、おのれの困惑をごまかすためにペラムを相手に活発な調子で、これまでおこなわれた医学的調査について話をはじめた。無意味に始まった会話だったが、やがてそこからある小さな、満足のいく論点があらわれた。

所長の部屋にふたたびはいっていくときも、アマンダの狼狽はまだ消えておらず、スペンサーとともにジャック・ストッダートが待っているのを見たときの驚きは――それがスペンサーがあとに残る口実だったにもかかわらず――ひとしおだった。だが、その場のだれにも見ぬかれはしなかったという自信はあった。とりわけストッダートに気づかれていないのはたしかで、彼は紹介のときにも殻にこもったような無関心さで応じていた。ストッダートは予測不可能な因子であり、簡単に評価や区分ができるとは思えない、彼女にとっては断じて出だしからつまずきたくはない人物だった。相手のその態度に彼女はますます戸惑いをおぼえたが、彼と個人的な関係にあった女性――さっき見たばかりの、年老いてしなびた女――が昨夜死んだという事実を思い出した。

初対面とはいえ、ジャック・ストッダートの姿はテレビなどで何度も見ていたし、その記事や著作は数えきれないほど読んでいたが、やはりその第一印象には驚かされた。身長も体格も予想よりはるかに小さく、またさらに顕著なのは、スクリーンに登場する彼にかならず感じたあの電流のような活力がまったく欠けていることだった。いや、当然の理由はある。あんな経験をしたあとなのだから。困惑が消えはじめ、やがて不安と苛立ちがとってかわった。他人の態度を心理学的に判断するばかりでなく、まず自分自身を分析したほうがいいのではないか。プロとして望みうる最大最良のチャンスを前にしているというのに、いまのわたしの思考は正しくないし、反応も、あり方も正しくない。そのことに気づくことができたのはありがたかった。「さぞお疲れでしょう」

ストッダートは力なく肩をすくめた。「そんなことは考えていませんでした」じじつ疲れはなかった。パトリシアの死のあとで、なんとか睡眠をとりさえした。では、何を感じていたのか？　怒りだ。何もできない自分の無力さへの怒り。もっと的確な言葉を探せ。罪の意識。何よりも罪悪感だ。四人の人間を、とりわけパトリシア・ジェフリーズを死なせてしまったことへの、とてつもない、気の遠くなるような自責の念。おれが彼らを殺したのだ、引き金を引くか、注射針を突き刺すほどにも確実に。あの観測所の死体の状態を見た瞬間に彼らを避難させようとせず、それどころか満足に密閉もしないまま死体を運び出せと指示し、マクマードへ、そしてこのアメリカまで連れ帰らせた。その件でここまでやってきたのか？　もうすでに名前を忘れてしまったこの女と、ホワイトハウスがどうのこうのと言っていたこの男は？　重大な過失責任について話し、法的な告発について警告するために来たのだろうか？　民事だけでなく、刑事でも訴追されるのか？　べつにかまわない。どちらでも責任を認めよう。弁護もなしだ。多少の軽減はあるかもしれないが、それだけだろう。どのみちたいしたことではない。

　自分がこの場を取りしきる必要がある、とアマンダは判断した。昨日の会議のしまい頃もそうだったように。場を仕切り、采配（さいはい）を——適切な采配を——振るい、ストッダートがおのれの周囲に作り出している自己憐憫（れんびん）の殻を、まだ硬くなりきらないうちに打ち破らなくては。ぐっと身を乗り出してストッダートの注意を自分に向けさせ、アラスカでの病気の発生を明かし、はじめのうち相手の耳に届いていないとわかると、さらにもう一度くりかえした。

「北半球で！」ストッダートは息をのんだ。「移動している……あっちでも起こってるのか……なんてことだ……！」あれほど遠く離れた地球の裏側で、どうやって？　原因はなんなのだ？　感染経路は？

いったんひきつけた彼の注意をそらすまいとして、アマンダは国際的な協力態勢や合同調査のことを伝えながら、一部だけ抜粋するような自分の話しぶりがスペンサーのそれに似ていることを意識した。彼女が話し終えるころには、ストッダートは背筋を伸ばして身を乗り出し、一言も聞き漏らすまいと集中していた。それでもまだ、その態度には疑念がうかがえた。

「わたしが死体を持ち帰ったことは……死亡した人たちのことはどうなっているのだろう？」とストッダートがきいた。

アマンダはほかの男ふたりよりも先に、彼の言いたいことを察した。「あなたはなすべきことをしたのです。正しいことを。科学的な調査がはじめられるように……」

「あの人たちは……？」

「防ぎようのないことでした。あなたは知らなかった。まだだれにも、何もわかってはいません」

ストッダートの頭は一貫した思考を保つことができなかった。アンドルーズ空軍基地に着いたときのような疲労感はまったくなかったが、やはり疲れているのかもしれない。

「その調査に……？　わたしもくわわると……？」

「あなたがリーダーです」とアマンダは明言した。まっすぐペラムに向きなおる。「たしかなのか……？」

「わたしも実地にかかわる」と所長は言い、それ以上説明する前に言葉を切った。

「そうか」だれにというよりも自分に向かって、ストッダートは言った。「あれの正体をつきとめる必要がある。原因と、進行を食いとめる方法を。なんとしてもやらなければ」


アラスカからのC－130の到着は少なくとも三時間は先になるので、それまでとどまることはないと決めたのはアマンダだった。彼女は死体保管室で見たものにまだ気持ちをかき乱されていて、もちろん感染者の検診が最優先されるべきだと主張したのだった。もはや助手席の彼女に性的な値踏みの目が向けられることはなかった。車がセキュリティチェックを通るとき、アマンダは言った。「わたしたちは合意に達したものと思っていたわ」

「こちらもそう思っていますが」

「しらばくれないでちょうだい、ポール。軍の追加の支援のことを話さなかったでしょう」

「申しわけない」

「なんであろうと申し開きなど聞きたくないわ、そちらが隠し事をしていたという話は絶対に。その点はもうはっきりさせたと思っていたけれど」

たしかに愚かだったし、あんなまねをすべきではなかった、スペンサーはそう認めた。しかしこんなふうに従属的な役割に追いやられているのは気に入らない。それでも相手の機嫌をとろうとして、彼は言った。「ペラムの扱いぶりは見事でしたね」

アマンダはかぶりを振ってその追従(ついしょう)をはねつけた。「ペラムはグループを率いようとしたがらなかった。なぜ？」

今度はスペンサーがかぶりを振った。「病気の正体や治療法をつきとめるのはむりだと思っているのでしょうかね。その責めを負いたくはないと」

アマンダはしばらく黙っていた。やがてベルトウェイへの方向を示す標識が現われはじめると、ようやく口を開いた。「ペラムがあなたに、ジェームズ・オルセンについて言おうとしていたことは何？」

この女は何ひとつ見逃さないのか！「何も言おうとはしていなかったと思いますが。かりにそうだったとしても、理由はわかりません」

この男は嘘(うそ)をついている。少なくとも一部は嘘だ、とアマンダは判断した。自分をまずい立場に追いこんだだけだ。こちらはあれほどはっきり警告したのだから。

そのころ国家安全保障局では、スペンサーの個人的要請をうけた分析部副部長がその翻訳文をもう一度読みなおし、まさしくホワイトハウスが求めているものだと判断した。それどころか規定に従うなら、ただちに警鐘を鳴らさなければならない——とりわけCIAに。スペンサーの電話に応答がないとわかると、彼は電子メールで予告を送り、あと二時間、長く見積もって三時間待つ余裕はあると判断した。だがそれ以上はむりだ。この件はすぐにでも自分の手から放したほうがいい。NSAのあるフォートミードはフォートデトリックとおなじくメリーランド州だが、そのときスペンサーは皮肉にもわずか二十マイル先にいながら、逆方向に車を走らせていた。

9

その原稿は中断の間や感嘆詞にいたるまでまったく完全だったが、ほとんど翻訳をたどるまでもなく、傍受内容は理解できた。あるいはまた、全員が不明瞭な泣き声をあげながら最後の時に向かって衰弱していく様子から、シベリアの調査基地の内部でくりひろげられていたであろう奇妙な光景――ヒステリーの狂躁が老化と病によって次第に静まっていく――を思い描くこともできた。

日付と時刻が記されたテープは三本あり、一本目は四週間前のもので、関連する最初の発言があったのはきっかり午後十二時二十分だった。始まりはほとんど何気ない、スケジュールどおりの交信にすぎなかった。

「そっちの様子はどうだい？」
「みんな疲れてるよ」
「夏のシーズンに備えてずっとがんばってきたんだ、当然だろう？」

「それはそうだが。ただ、全員がこんなふうに……おなじように感じているというのがよくわからない……」

「心配なのか……？」

「どうにもふつうじゃない」

「アンドレイ・イワノヴィチとは話をしたか？」

「予想された状況だが、通常はもっと何カ月も先のはずだと、彼は言っていた。気付け薬を取り寄せようとしてくれてる……ビタミンとかを……だが、何もないらしいんだ」

「旧体制のときのほうが、科学者にとっちゃ、暮らしぶりはましだったな。あのころはほしいものがなんでも手にはいった」

「おおかたの連中には旧体制のほうがましだったさ、科学者だけじゃない」

「現地の女と寝るのをやめたら、そこまで疲れないいんじゃないか」

「こっちの女がどんなふうだか、見たことがあるのか！」


病気に関連するつぎの交信は、三日後の午後六時に始まっていた。

「こちらアンドレイ・イワノヴィチ。病人が三人出ているが、徴候からは診断を下せない。血液と尿と便を採取したが、分析にまわす必要がある。アナディリからヘリコプターをこちらへ送り、モスクワのきみたちのところへ輸送する手配は可能だろうか？」

「調べてみましょう、ドクター」

「基地じゅうに倦怠感が蔓延しているようだ。みんなそれぞれ実験施設を設置しているが、肉体的にきつい仕事はほとんどできない。わたしもおなじだ。これは緊急事態だと思う。その点をはっきり伝えてくれるか、わたしが緊急事態だと考えていることを？」


モスクワからの返信は三時間後にあった。


「申しわけありません。省から〈研究所〉への回答によると、いま使える緊急輸送ヘリはないとのことです。つぎの定期補給の便を待っていただかなくてはなりません」

「つぎの定期補給は二カ月先じゃないか。そんなに長くは待てない。基地の全員がいまのような状態では、まともに仕事などできないんだ。ほんとうに緊急事態だと伝えたのか？」

「はい。それでも定期補給を待てという回答でした」

「もう一度かけあってくれ……この会話は記録されているのか……？」

「はい」

「連中のところに録音を持っていって聞かせろ。きみがそうしたかどうか、あとで調査を求める……とにかくやるんだ」

つぎの交信は二本目のテープに録音されており、二日後の午前九時に始まっていた。

「こちらアンドレイ・イワノヴィチ。なぜ返答がない？　こちらの状況はさらに悪化している。髪が説明のつかない退色をはじめた。ユーリー・セルゲーヴィチの左目に白内障が認められるが、モスクワを発(た)つひと月足らず前の記録には何もなかった。医学的にありえないことだ。さらに二つ、ワレンチナ・ワレリーヴィチとオレグ・ニコラエヴィチが寝たきりの状態にある。〈研究所〉のだれかと直接話したい。手配してくれるか？　大至急だ。この基地は非常事態にある！」

声は弱々しく、最後のほうはしわがれていた。つぎの交信はおなじ日の午後四時で、別のだれかの声だった。さらにかすかな声で、名を告げようともしなかった。

「アンドレイ・イワノヴィチが、基地の外で転倒した……骨盤が折れたと、本人は言っている……彼をそりに乗せようとしているが、うまくいかない。もう三人しか、力が残っていない……力が……だれか〈研究所〉の人間はいるか？……メッセージを伝えて……助けてくれ……救援を……頼む……」

「〈研究所〉の人間はここにはいない。ゲンナジー・ヴァルロモヴィチはどこだ？　チームリーダーの彼と話がしたい。ゲンナジー・ヴァルロモヴィチを無線に出して……」

「ゲンナジー・ヴァルロモヴィチは意識不明だ……まだ呼吸はあるが、起こすことはできない……だれかこっちによこしてくれ、急いで……われわれは死にかけている……」

つぎの日付と時刻のはいった交信までには三日間の間があったが、内容はまったく支離滅裂で、まるで参加者がそのことを知らない集まり——会議かパーティー——の場に録音機器がたまたま残されてでもいたようだった。コールサインも確認もなかった。モスクワに通じているかどうかをたずねる通信要請が聞こえたが、どの声もかすかでおぼつかなく、遠くのほうで数人が叫んでいるようだった。あるいはもっと近くで弱々しい声が、懸命に交信を求めていたのかもしれない。

「……モスクワ……？　モスクワか……？」とひとりの声が言った。名は名乗らなかった。

「助けて……お願い、助けて……」女の声。やはり名乗らない。

「……ふたり死んだ……ヴィクトルと（聞き取り不能）……アショ（聞き取り不能）……」第三の、男の声。

「こちらモスクワ。たしかにモスクワだ。省はヘリコプターを送ると確約しているが、いつになるか……何日かかるかはわからない。かならず救助がそちらへ向かう……受信チャンネルをオンにしたままで……」

二時間後に女の、前にもましてかすかな声がした。「モスクワ……モスクワなの……ヘリコプターはどこ？」

「まだ通告がない」

翌日には聞き取り可能な交信はなく、モスクワからの通信要請のみだった。「……第八調査基地？　第八調査基地？　救助隊が三日以内に到着する……応答せよ、第八調査基地？」

何かが動き、こすれる音、そして一度泣き声——女の声だろうか——が聞こえたが、言葉はなかった。

モスクワから毎時間——三時間後には三十分ごとになり、そしてすぐに十五分ごとになった——通信要請とともに救援の確約があったが、やはり三日後まではむりとのことだった。第八調査基地、第八調査基地と呼びかける声は、返答のない連禱に変わった。一回きりの最後の交信は三本目のテープで、日付はちょうど、ノアタックにあるアメリカの基地から第一報があったのとおなじ日——時刻のずれは一時間以内——だった。

「モスクワ……？　モスクワ……？　こちらヴィクトル・ポルフィレヴィチ……もうわ

れわれ三人しか残っていない……」それからずっと長いあいだ、ぜいぜいいう呼吸音だけが続き、後ろのほうで聞きとれない話し声がした。「……なんとか物資を雪上車に載せた、ワレンチナ・ワレリーヴィチも……よくない……とてもよくない。ピョートル・ヴィクトロヴィチは視力を失った。天候は……」また長い間があり、痛みか焦燥のあまりの叫び声が聞こえたかと思うと、男の大声が言った。「病気だ……この病気から逃れなくては……ポリャルニクへ……われわれはポリャルニクをめざす……救助隊をそちらへやってくれ……もう待てない……」

「ヴィクトル・ポルフィレヴィチ！　基地を離れるな！　ヘリがいま向かっている。とにかく待て……基地を離れるな……」

「……待てない……もう遅すぎる……」ふいに雑音が混じり、女の叫び声があがった。

「……さんざん待ったわ……ポリャルニクへ……」

　ポール・スペンサーはパチリと音をたてて再生スイッチを切った。たちまち沈黙が落ちたが、それはあらゆる新しい展開にたいする避けがたい反応のように思われた。おなじ日の早い時間に追われてしまったセンターステージに返り咲くべく、テープの再生装置を操作していたスペンサーが言った。「これだけでした。これでぜんぶです」

「このロシアの基地はどこにあるのだ？」とパーティントンがきいた。

「ユルチンという場所です。シベリアのチュコト山脈の近くで、北極圏内にあります」

「どこから傍受していた？」と大統領がさらにきく。

スペンサーはためらった。「ノアタックです」

「ノアタックからユルチンまでは、マイルにしてどのくらいの距離？」とアマンダが口をはさんだ。

スペンサーは肩をすくめた。「千マイルです。いや、もっと近いかもしれない。たしかそうだったと思います。七百五十ぐらいでしょうか」

「向こうもユルチンから、こちらの交信を傍受していたと思う？」とアマンダがきく。

「ありえます」

「だとすれば向こうも、こちら側の人間が感染していることは知っているだろうな」とロビン・ターナーが察して言った。「感染源がおなじということはありうるかね？」

アマンダは言った。「たしかにおなじ原因のようですね。ストッダートのチームにゆだねるべき問題でしょう」じっくり細部まで考えつくすつもりだったのに——そのための時間はフォートデトリックから車で帰ってくるあいだしかなかった——事態があまりに早く動いているうえに、ジャック・ストッダートとの対面にまだ気持ちをかき乱されていた。パトリシア・ジェフリーズの死がおよぼした影響を割り引いても、ストッダートは不自然なまでに抑制されていて、以前よくテレビに登場し、オゾン層の破壊を重要な問題ではないと切り捨てようとする政財界の人間とわたりあってはおおむね論破していた、あの戦闘的で明晰な人物とは似ても似つかなかった。あきらかな自責の念から早く立ち直ってくれればいいのだけれど、とアマンダは思った。日一日とたつにつれ――刻一刻のようにも思える――事態を秘密に保ちつづける見込みは減っていくのだ。

　かつてのストッダートは、政府にとっては我慢ならない目の上のこぶだった。大きくいえば科学調査のコスト、細かくいえば彼を救世主と任じている環境保護団体の活動があり、そして産業界からの融資が数多く凍結されたり取り消されたりしているという現実があった。しかし科学関連のポートフォリオをあずかっている身でありながら、アマンダはそれを当面の問題とみなしてはいなかった。彼女にとって当面の、今後もずっと継続する恐れのある問題とは、一切が表ざたになったときにわきおこるであろう嵐――少なくとも超大型のハリケーン――を切り抜けることだった。そうなったとき、一般大衆に令名をはせ、雄弁でも知られるジャック・ストッダートは、きわめて重要な旗振り役となってくれるだろう。しかし今朝の様子から判断するかぎりでは、とてもその任には耐えられそうにない。これはぜひともなんとかしなくてはならない問題だ。

「基地の者たちは見殺しにされたのか？」とパーティントンが言い、テープの再生装置のほうにうなずいてみせた。「モスクワは彼らを見捨てた。そうだな？」

　ぎごちない沈黙が落ちたが、ディック・モーガンはいつもとは違ってその間隙を埋めようとはせず、あきらかに大統領が失念していることを指摘するという役割をスペンサーにまかせた。「ノアタックは破壊され……燃やされました……南極と同様に。かりに基地がなんらかの形で感染源となり、病気の発生を引き起こしていた場合、さらなる蔓延を防ぐためです」

内心たじろいだとしても、パーティントンは表にはあらわさなかった。「あっちで起こっていることを聞きとる手段は、ほかにはないのか？」

「地上にはありません」とスペンサーは言った。「衛星の位置を動かすことはできます」

「連中の言っていた〈研究所〉とはなんだ？」

「向こうの科学研究施設です」とアマンダがすぐに答えた。「科学省に属しています」

なおもスペンサーに向けて、大統領が言う。「あっちで何が起こっているか聞けるかね？」

「衛星をシベリアの上まで動かすとすれば、モスクワの衛星のどれかひとつになるでしょうが、ほかにも何機か静止軌道上にあります。すでに入手しているテープの時刻と日付を参照して、〈研究所〉でおこなわれたあらゆる交信をチェックできるでしょう」

「ぜひやってくれ。よく聞きとれなかった後ろの声については？」

「すでにマスターテープから増幅されているところです」とスペンサーが請け合った。「声紋の分析も終わりました。合計で七人です。以前に録音されたものを残らず洗いなおし、できるかぎり大勢の身元を割り出しましょう」

「それはある問題を不必要に大きくすることになる」と国務長官が言った。「われわれがまだ向こうをスパイしていたことを知られずに、ロシアと開かれた対話をおこなうすべはありません」

「どのみち向こうもわかっている。連中がまだこちらをスパイしていることをわれわれが知っているように」パーティントンは苛立ちを示した。「たいした問題ではあるまい」

「それにモスクワは、基地の人間が見殺しにされた証拠をこちらがつかんでいることを知っているでしょう」とスペンサーが言った。

「いつまでも暗号名を使わずに呼んでいるのは不便だな」とパーティントンが告げ、ふと思いついたというふうを装って指を鳴らした。「あれはなんといったか——どこか谷のようなところで、すべてが理想的な、人がそこを出ないかぎり永遠に若くいられるという場所は？」

「シャングリラですね」とスペンサーが素直に答えた。

「それだ、そう呼ぼう！」将来のヘッドラインを思い浮かべつつ、パーティントンは言った。「〝シャングリラ病原体〟だ」

「けっこうですね、大統領」とモーガンがすかさずへつらった。「じつにけっこうです」

ばかばかしい！　アマンダは思いながらも、その場にふさわしい称賛のしるしにっこりうなずいてみせた。

アラスカからの飛行機の到着は、またしても新たなSF映画のセットの再現だったが——ストッダートとペラムはほかの全員とおなじく、宇宙服めいた防護スーツを着ていた——だらりとたわんだ四つの遺体袋だけは見覚えのある眺めだった。スーツを身につけた三人の生存者は自分の足で隔離棟へと歩いていき、それぞれの両側には随員が油断なく付き添っていた。自分がこれとおなじ旅をしてきたときのことを、ストッダートはもはや思い出せなかった。彼は専用の部屋を割り当てられた所長用の区画でスーツを脱ぎ、ペラムの後ろから観察用ギャラリーに続く廊下を進んでいった。到着室はいちばん端にあり、三人の男がスーツ姿のままですでに着席していた。ストッダートもやはり四日前に——いや、五日か、六日だったか——おなじ部屋にいたのだが、ごくぼんやりとした記憶しかなかった。観察用の窓の前の棚に、それぞれの名前が——専門の科学と国籍とともに——三人の腰かけている数字のついた席に対応するかっこうで割り振られていたが、まるで彼らを数字で示される実験材料扱いしているように感じ、ストッダートは漠然と反感をおぼえた。アメリカ人であるダリル・マシューズは古植物学者、イギリス人のハロルド・ノリスとフランス人のアンリ・ルブランは、どちらも気候学者と記されていた。

「責任者はきみだ」とペラムがうながした。

「わたしは……」とストッダートは言いかけて、みずからの力不足の感覚に襲われ、言葉を切った。「あなたに助けてもらわないと……医療上何が必要かを知らなくては……彼らになんと言えばいいか……」

ガラスの向こう側の男たちがペラムの声に体を起こし、頭を窓のほうに向けた。ルブランの反応がほかのふたりよりも遅い、とストッダートは感じた。ペラムは彼らに今後の予定を告げた。全員が隔離棟にはいり、ひとりずつ隔離された状態で、ただちに検診と検査をうける。それには最低二十四時間かかるだろう。そのあとで、ひとりひとりに思い出せるかぎりのことを正確かつ詳細に答えてもらう。

「検診のあいだに考えておいていただきたい。何でも頭に浮かんだことは、医師に話してください……すべて自動的に録音されます。いくら重複してもかまいません。重要なのは何ひとつ漏らさないようにすることです」

「これの正体はわかっていないのですか?」とマシューズがすぐにきいた。ヘッドセットを通してひずんではいたが、彼の声は力強かった。

ペラムはためらった。「まだです」

「つまり、治療法はないと?」とノリスが言った。その声はいくぶん弱々しかったが、病の苦痛よりも不安のためだろうとストッダートは思った。

「抗生物質があるでしょう」

さまざまな薬のカクテルがパトリシアに試されていたことを、ストッダートは思い出した。いまは立ち直りつつあり、ついさっきはまともに口も開けなかった自分に苛立ちを感じた。

「すぐに投与を？」ノリスがさらにきく。

「予備的な検査が必要になると思います……」ペラムはまた言いよどんだ。「皆さん、自分が感染しているとお考えですか？」

ヘルメットに包まれた三人の頭が動いた。かすかに訛りのある英語で、ルブランが言った。「わたしの髪、色が変わっています。それにどんどん抜けている。ほかの人たちもおなじでした。つまりわたしは死ぬということです」

「たしかな診断が下せるようになるまで、抗生物質で進行を食いとめられるでしょう」とペラムが言った。

ガラスの向こうからこちらは見えていないはずだと思い、ストッダートはペラムに鋭い視線を向けたが、相手は彼を見返さなかった。いまは会話にくわわりたくてたまらず——少なくとも三人のうちふたりは、たしかに問いかけに答えられる——みずから名を名乗ったが、ストッダートが質問を発する前にノリスが言った。「あの、ジャック・ストッダートですか？　やはり温暖化がこれに関係していると？」

「まだ分析をはじめてすらいないんです」とストッダートは言った。「あなたがたのデータはどうなりました？　すべて持ち帰ってきていますか？」

「おそらく」とノリスは言った。「ビル・パーキンズがチームリーダーでした。二日前に死亡しました。彼が試料を集めはじめたのは見ていますが、その後どうなったのかは知りません。しまい頃はパニックが起こっていた」

「あなたが見たここ一カ月の数値はどうでしたか？」予想外に氷がゆるんでいるというジェーン・ホロックスの記述をストッダートは思い出しながらも、相手を誘導するのは避けようとした。「何か驚いたようなことは？」

「暖かさです」ノリスがすぐに言った。

「あなた個人のデータは持ち帰ってきましたか？」

「ノート数冊があるかもしれません。ほとんどはパーキンズがかき集めたなかに含まれていました」

「アンリ、あなたは？」とストッダートがうながす。

フランス人の頭がゆっくりと持ち上がった。「なんです？」

「この一カ月のあなたの実験で、何か予期していなかったことはありましたか？」

返事はすぐには返ってこなかった。やがてルブランが言った。「夏のはじめ頃でした……」

「……あなたの見るところ、予想される気温でしたか？」相手を誘導するまいという方針を撤回して、ストッダートは口をはさんだ。このフランス人のとりとめない思考を集中させたかった。

「その時季にしては、少なくとも三度は暖かかった」

「あなた個人の調査結果を持ち帰ってきていますか？　それとも主要な公記録のなかにありましたか？」

「多少は。ぜんぶではありません。いくらか主要な公記録のなかに……」

　隣のペラムが身振りでストッダートの注意をひき、小声でささやいた。「もう検査をはじめなくては」ストッダートがうなずくと、所長は声を大きくして、「これから皆さんの治療にとりかかります」と言った。それを合図に、カバーオールに身を包んだ助手がはいってくると、三人を連れていった。

　ふたりで廊下を引き返していく途中、ストッダートは言った。「あれはなんだかいかがわしい感じがする……苦しんでいる患者に対面するのに、百年前の精神病院にでもいるようだ」

「そんなことはない」ペラムはほとんど苛立たしげな口調だった。「実際的な、必要な処置だ」

「皆さんの治療にとりかかる？」とストッダートはいぶかしげに引用した。「たしかな診断が下せるようになるまで、抗生物質で進行を食いとめられる？」

「死を予期してあきらめてしまった人間は、望みがあると信じている人間よりも死期が早まるものだ」とペラムは言った。「一晩で治療法が見つかるとは思っていないが、何かをつきとめて進行を止められるかもしれない」

やはり仮定の話だったのだ。「すでにある医学的な発見をわたしが完全に頭に入れることができれば、役に立つのじゃないかと思うのだが」

「イギリスとフランスの代表団が到着するまで待ったほうがよくはないかな？　みんなが同時に聞いたほうが……？」と言い、また例によって間をおいた。「これまで発見したものの資料を用意するのに、そう長くはかからないだろう」

割り当てられたオフィスに落ち着いて三十分もたつころ、ジャック・ストッダートは、もうすでにあるものにくわえて医学的な情報まで頭に入れようとするのは荷が重すぎることをさとった。

南極の観測基地にあった日誌類を手にとり、ぱらぱらと繰りはじめた。はじめの段階で唯一の異常だと思われるのは、南極にしては予想外に穏やかな冬の始まりについての言及だった——この点にストッダートはあまり大きな意味を付与するつもりはなかった。またここぞとばかりにお得意の説を振りかざしている、という印象を与えかねないからだ。

ハリー・アームストロングのチームは、アムンゼン－スコット基地の東四十マイルに新しく設営され、いまは燃え落ちた観測所にはじめて駐留していた。ストッダートとおなじ気候学者であるアームストロングの公式の日誌に、いまから六週間前の、初期の徴候が予想どおりあらわれていた。じっさいそれは彼らが到着してから二日目の、科学者たちがまだだれも実験のセッティングを終えていないころだった。

「ビキニ日和だ」とアームストロングは気楽な調子で書いていた。その二日後にはいくぶん深刻な調子で、「暗い季節が始まったというのに、凍結ではなく、雪融けが見られる」つぎの言及はその一日後、ジェーン・ホロックスのノートにあらわれた。このチームの地質学者である彼女の仕事は、永久に凍りついた南極の氷床を深くボーリングし、はるか漸新世にさかのぼるコア標本の採取を試みることだったが、すでにアムンゼン－スコットやマクマードの周辺よりも氷の表面がはるかに広い範囲でゆるんでいるのが認められた。「おかげで仕事がやりやすくなった」と彼女は記している。「予定より深くまで掘削できるかもしれない」だが、実際にそうしたという記録は残っていなかった。はじまってからほんのまもなく、二メートル足らずまで掘削したところで、彼女のデータは終わっていた。

そしてチームの到着から五日後、彼らを襲ったものがなんであれ、それについての言及がはじめてあらわれた。ふたたび、チームリーダーのアームストロングの日誌だった。

「バッキーが極度の疲労を訴えている。ジョージも同様」それから、「この疲労感が消えるまでは、通信衛星用のパラボラアンテナの組み立てにはかかるまいと決める。わたし自身もかなりひどい」この書きこみのあとに、運命的な皮肉に満ちた一言があった。「ジェーンが、みんなもう齢なのよ、と言っている」その翌日には、また天候についての言及があった。「文字どおり嵐の前の静けさだ。通常の雪より重く湿っている。できるだけ早くアンテナを動かさなくてはならない。助けがほしい。緊急に助けが必要だ」「ジェーンの体調がよくない。われわれもみな同様」と、つぎの書きこみにはあった。「天候が悪化している。マクマードのニールソンと話をしなくてはならない」

そのことはストッダートも覚えていた。その日、とぎれとぎれの送信で伝えられてきた徴候の数々に、駐留する医師たちは首をかしげたものだ。さらにアームストロングは、ひどくなる倦怠感、観測所の定例の作業を忘れたこと、古植物学者のジョージ・ベダルとの議論について記していた。毛髪の変化にはじめて触れていたのは、すでに髪が薄くなっていたベダルだった。「全員の髪の毛が変わりつつある。わたしのはなくなってしまった。こっけいな眺めだ」

そのころには手書きの文字すべてに変化が起こり、殴り書きやおぼつかない筆跡になっていた。ジェサップはこう書いている。「みんな年をとっている。目に見えるほど。私にもいろいろ問題が起きている。ハリーはマクマードとまともに連絡をとれずにいる。

なぜこんなことになっているのか、だれにもわからない。恐ろしくてたまらない」

ベダルが視力の衰えについて記しているのとおなじ日に、ジェーンは日記にこう記していた。「疲れがひどくて食べられない。何もできない。お願いだから天気を回復させて、神様。赤ちゃんがいる。赤ちゃんはどうなるの？」

ジェーン・ホロックスがマクマードでの勤務の短縮を要請したのは、これが理由だったのだろう。所長のハンク・ブラウンローが知っていたはずはない。もし知っていれば、ジェーンがきびしい現場での任務に出向くのを認めはしなかったはずだ。そして彼女はあきらかにパトリシアにも打ち明けていなかった。夫にはどうだったのだろう？　たしかピーターといった。レーガン空港に勤務する航空交通管制官だ。ブラウンローがワシントンにたいしておこなった報告の結果として、ピーターに今度の事件は伝えられているだろうか？――遺族全員にも？　それからの半時間、ストッダートはただすわって、積み上げられた書類の山を見つめる以外ほとんど何もしていなかった。そこにはアラスカから回収されてきた書類も含まれていたが、現在フォートデトリックへ向かっている科学者たちだけでなく、アマンダ・オコネルの政治家グループのためにも、どういう順序で基本ファイルを作りはじめるべきなのか。やはり時系列に並べようと決めた。少なくとも自分にとっての準備になるのはまちがいない。基本ファイルは、目の前にあるばらばらな資料の集まりから、より長い参照箇所がすぐわかるように注をつけた要約を提供してくれる。

　ざっと一度目を通したものの、完全には記憶していない南極の観測所の日誌類をとり分け、さらにそれぞれの担当者の名前に従って分けると、リーダーのハリー・アームストロングの日誌からとりかかった。読みはじめてまもなく、それが観測所に到着してから最初の数日間の業務についての、ほぼ予測できる説明であることがわかった。建物の内部での居住区画や個々の科学者への作業場所の割り当て、建物の外部での装置や実験施設のセッティング。唯一ストッダートの予測を裏切ったのは、その数日のうちに通信衛星用のパラボラアンテナを組み立てて設置するという手続きが終わっていなかったことで、これは確立された手順に反していた。そしてビキニ日和への言及と、そのすぐあとにより深刻な調子で記された、冬の始まりはもっと寒いはずだという事実。さらに具体的な外気温の数値を探して、さっきは見た覚えがないと思いながら、どんどんページを飛ばして繰っていった。観測するうえで外気温の測定は最も基本的な作業なのだが、実際にやりとげられてはいなかった。観測所内がパニックに襲われはじめた日に、その記録はとだえていた。ビキニや冬にまつわる言及が見られるうちは記入があったが、たしかにその時季の平年よりも高く、零下三度から四・五度のあいだを上下していた。もちろん実証的な比較が必要なのはわかっていたが——いま目の前にある数値だけでは科学的な証明にはならない——彼の記憶に照らせば、この数字は初冬の平均気温より少なくとも三度高いことを示している。

　ストッダートはさらに同様の熱心さで、体感温度を割り出すために必要な風速や風力を探していった。低い数値だろうと思いきや、違っていた。どちらかといえば予想よりも大きい――。だとすれば、この陽気はますます不可解になる。またその理由から、これを説明のつかない異変というだけではなく、感染がどのような経路で起こったかを示す材料として考えてみることが必要だ。その源はかならずしも汚染した観測所の周辺とはかぎらない。ハリー・アームストロングのノートには、気候についての明確で専門的な観察はまったく見当たらなかったが、さほど驚くことではないだろう。彼らはまたたく間に老化をもたらす病原体の餌食(えじき)になってしまった。アームストロングには、専門の仕事をまともにはじめるひまさえなかったのだ。

　厳密な科学的客観性に徹しようと自分に言い聞かせて、つぎにバッキー・ジェサップの手になる記録へと移った。気象学者のデータはアームストロングの日誌よりも正確で、たしかに科学的だったものの、たちまちストッダートは失望の波にさらわれるのを感じた。問題なのはその精密さだった。ジェサップは自分の風速計や風向計のほか、雲や降水、月照時間のセンサーを設置するときの様子まで綿密に記していたにもかかわらず、分析そのものの記述はどこにも見当たらなかった。あれほど短い時間ではやはり不可能だったのだろうが、それでもなんらかの役には立ったかもしれない。

　ストッダートもくわわっていたマクマードでの準備段階で決められた実験予定によると、ジェーン・ホロックスとジョージ・ベダルは、それぞれの専門分野が重なり合う部分の研究を共同でおこなうはずだった。ジェーンのおもな地質学的プロジェクトは、可能なかぎり深くまで氷床コアを掘削して酸素同位体を採取し、グリーンランドの同様なコア標本と比較するという内容だった。マクマードでの計画作成中に、彼らは間氷期の火山灰の層、すなわち化学的測定によると、南極がゴンドワナ大陸という名で知られる温和な気候の陸塊——現在の南アメリカ、アフリカ、インド、オーストラリア、ニュージーランドにあたる——から分かれた最後の大地殻変動の時期にすらさかのぼれるかもしれない〝金の鉱脈〟を探し当てる可能性について考えていた。観測所の試錐機がそこまで深く氷床を貫けるかどうか、ストッダートはひそかに疑っていたが、古植物学者をかかわらせることに反対はしなかった。ジョージ・ベダルの任務は、鮮新世における南極大陸とニュージーランド——この島国では低木性のノソファグスが現在も見られる——とのつながりをさらに証拠立てるようなノソファグスの化石を発見することだった。

　ふたりの日誌のどちらにもコアが採掘されたという記述はなかったが、ジェーン・ホロックスのノートを読んでいくうちに、ストッダートははじめて満足をおぼえた。ジェーンは専門用語としては不適当ながらも、きわめて重要な意味をもつかもしれない言葉を使って氷のやわらかさを描写していた。一度ならず氷晶という用語が出てきたが、これは海面の温度がマイナス一・八度まで下がったとき、海氷ができる最初の段階で見られる細かな氷の結晶だ。また二度ほど氷泥という言葉も使っていたが、こちらは流氷ができる早い段階で見られる、おたがいにたやすくからまりあう薄い板状の氷晶の塊である。どちらも比較的温かい状態の海に見られるもので、つねに氷点下である南極の内陸部にはあてはまらない。

南極の観測所の生データと自分が書いてきた基本ファイルのノートをわきに置くと、ストッダートはみずからの印象を頭に思い浮かべた。ハリー・アームストロングの日誌にうかがえるように、パラボラの設置という標準の手順が守られなかったため、彼らから正確かつ完全な医学的情報を聞くことはできなかったのだが、どのみち彼らがあれよりも早く救助されることはありえなかったろう。だれの日誌も、科学的には不十分だった——それだけの時間が足りなかった。そのおかげで季節はずれの気候条件については、不可解だという——やはり不十分な——言及があるだけ。ストッダートたちがマクマードからたどり着くころには、そうした気候条件はたしかに存在していなかった。しかし観察用ギャラリーでアラスカにいたプロの気候学者とかわした会話からは、北極でもまったくおなじ条件であったことがわかった。

自動的にストッダートの思いは、おなじ飛行機で帰ってきた者たちの報告書へと移っていったが、目の前にある山からその書類を取り出したとき、ふと先へ進むのがためらわれ、手を止めた。

（あなたはなすべきことをしたのです。正しいことを。科学的な調査がはじめられるように）だれがそう言ったのか？　つかのま頭が混乱した。そう、アマンダ・オコネルだ。安易な、口先だけの保証。彼には知りようがなかった、四人の死も防ぎようがなかったといわんばかりの、政治家の保証だ。なのにパトリシアは彼を責めなかった。一度として。死んでいこうとするときでさえ。それとも、じつは責めていたのか？　口では言えなかったことを紙に書き記していたのだろうか？

書類を選り分け、パトリシアのを見つけた。すべて残らず書き記そうと気がせくあまり、はじめからひどく急いだ筆跡で、ペン先がしばしば紙の表面から持ち上がらず、単語同士が輪を描くようにつながっていた。それでもすべて――少なくとも最初の何ページかは――判読できた。そして彼女は科学者――ウイルス学者――として、この老化をもたらす病気が未知のウイルスによって引き起こされたことを示唆していた。そのウイルスは氷の奥深く閉じこめられていたが、なんらかの実験か、あるいは観測所を建設するさいに基礎となる杭を打ちこんだことで外に解き放たれたのではないか、と。乱暴な仮説ではある。しかし乱暴な仮説を除いてしまって、あとに何が残るというのか！　パトリシアの筆跡ははじめの正確さから次第におぼつかなくなってきたが、それでもなめらかにとぎれることなく、観測所に着いたときの光景へと続いていた。その観察記録はあいかわらず科学的に正確だったが——南極での犠牲者ひとりひとりの様子が、パトリシアが医学的見解として自分に記せると考えられる範囲で可能なかぎりくわしく描写されていた——七ページ目で死体を外に持ち出す決断のくだりがあらわれた。パトリシアはそれを、自分の主張したことだと書いていた。死ぬまぎわの数日のあいだ、彼女は本気でそう信じていたのだろうか？　ストッダートの記憶は違っていた。彼に思い出せるかぎりでは、パトリシアは死体を搬出せよというストッダートの要求を支持しただけで、ここに書かれているようなその決定を彼女が切り出したという事実はなかった。「できるだけ早く解剖をおこない、感染の原因をつきとめることが肝要だった。くりかえし指摘するが、やはりウイルスによるものとわたしは信じる」それから時系列に従って——淡々とした書き方で——彼が置き去りにされそうになったくだりが続いた。「チームリーダーのストッダートが観測所データを携えて帰ってこないうちに、ジェームズ・オルセンが離陸を要求した。観測所のすぐ外でストッダートが倒れ、そのまま横たわっているのが見える、あきらかに感染にやられたのだ、とオルセンは主張した。全員がそれを支持した。わたしの反論は無視された。『彼は死んだ。もう死にかけている。ここにとどまればわれわれもみんな死ぬ』とオルセンは言った。パイロットが、飛行機が凍結のために立ち往生する危険があると告げ、離陸にはいりはじめた。わたしはマクマードに帰還したさいに調査を要求すると明言した。するとそれまでずっと黙っていたニールソン博士がわたしの支持にまわり、チームリーダーであるストッダートの姿が見えると主張した。飛行機が離陸のために方向を変えた。わたしもチームリーダーであるストッダートが見えると主張した。実のところブリザードがひどくて最初は見えなかったが、思いがけずその吹雪がさっとやんだ。パイロットのパークも、ストッダートが見えると言い、機を停止させた。ストッダートは衰弱の進んだ状態で、回収してきた書類とともに乗せられた。わたしはいまも調査がおこなわれるべきだと考えており、もしもわたしが宣誓のうえ正式な事情説明を記録するのが不可能である場合、この陳述が考慮されることを希望する」間一髪だ、とストッダートは思った。ほんとうにあとすこしで置き去りにされて死ぬところだったという事実が、自分ただひとりが生き残ったという皮肉とあいまって、なおいっそう重く胸にのしかかってきた。

すでに不安定だったパトリシアの筆跡は——単語同士のつながっている箇所がさらに多く見られるようになった——その直後から目に見えて崩れはじめた。接続詞や前置詞も抜け落ちはじめ、そのせいで初歩の単語の書き取りのようにほとんど文章としては読めなくなったが、それでもまだ内容は理解できた。ストッダートが彼女に死をもたらしたことへの非難や告発はどこにもなかった。

ニールソン博士の陳述はそれよりもはるかに短く、すぐに判読不可能になったが、やはりそうした内容は見当たらなかった。パトリシアと同様、ニールソンもみずからの供述を、できるだけ感情を排した医学的事実にのみに限ろうとしていたが、それは部分的にしか成功していなかった。最後のほうでは感情が高ぶり、妻のバーバラへの別れの手紙に等しいものに変わっていて、ストッダートは動揺のあまり読むのをやめた。（妻と話したい）という彼の言葉を思い出した。その他の遺族はどうなのか？　パトリシアには、彼女の弟と会って話をすると約束した。サンアントニオ在住のジョン。くわしい住所は職員ファイルにあるはずだ。基本ファイル用のノートにメモを書きとめ、医師の報告書から手紙の部分を分けた。これは彼の妻のもとに届けなくては。アメリカの住所もニールソンのファイルでわかるだろう。

ジェームズ・オルセンは一貫した陳述を記そうと試みてはいなかった。ただひたすら、死体を持ち出すことを主張したストッダートへの個人的な告発――および痛罵（つうば）――に終始していた。殺人という言葉を二度も使って、擬似的な法律用語で妻への指示を書き記し、ストッダート個人と、さらに監禁および憲法で保証された権利の侵害のかどで合衆国政府をも、ジェイコブソンという弁護士に訴追させようとしていた。

ストッダートは衝撃をうけ、その内容を完全に頭に入れようと、二度くりかえし読んだ。罪悪感と自己不信がふたたび押し寄せてきた。死体を置いていくかどうかという議論にかんしてはかならずしも一貫していないものの、彼がチームリーダーとしての権威をふりかざした点にいたるまで、ほとんど事実どおりだった。あれはたしかにストッダートの決定だった。パトリシアが全面的に、また医師のニールソンがある程度まで彼を支持してくれたことは問題にならない。やはり責任は彼にあるのだし、責任があるならそれを法的に償わねばならない。どんな償いだ？　彼は自問自答した。おそらく数百万ドルの額だろう。マクマードに勤務するときの政府との契約に、なんらかの個人賠償責任保険が含まれていたかどうかは疑問だったし、彼個人はこの状況に適用されるどんな保険にもはいっていなかった。金銭的に——おそらく職業的にも——彼は抹殺される。破滅を食いとめるすべはない。

オルセンはこのフォートデトリックに、ずっと隔離されて過ごしていた。口頭でも告発をおこない、自動的に録音されるテープに記録を残しているかもしれないが、いま彼が見おろしている四枚の紙片のみが正式な申し立てだという可能性もある。これがだれの目にも触れておらず、正式に認証されていないという可能性も。ここにはストッダートがすでに目を通した南極のデータにくわえ、いまはアラスカのデータも置かれている。さらにアラスカの生存者たちも報告書を書くよう指示されるはずだ。この奇病の正体がつきとめられるころには、うずたかい書類の山が——山脈が——できあがっているだろう。この四枚の紙が紛失するのはきわめてたやすいことだ。記録から取り除いてしまえ。死体を持ち帰り観測所を焼いたのは、正しい、適切な判断だった。とりわけ病気が地球の裏側にまでひろがっているいまとなっては。でなければアムンゼン－スコットだけでなく、マクマードまで汚染されていたかもしれない。さらに何十人もの人間が死んでいただろう。いや、何百人も、何千人も。そしてあれはまた、最初にあらわれた場所からほぼ二万五千マイル離れたところで発生しうるものかもしれないのだ。犠牲者を運び出し、医学的、科学的調査がはじめられるようにしたことには、たとえそういった調査からはまだ現時点でなんの成果も得られていないとペラムから告げられたばかりにしろ、あらゆる正当な——疑いようのない——根拠がある。ペラムがその点を証言してくれるだろう。フォートデトリックの微生物学研究所の所長であり、監禁うんぬんの訴訟ではかならず名指しされる——告発される——であろうウォルター・ペラムが。たやすいことだ、とストッダートはふたたび思った。この問題を消し去るのはまったく、お話にならないほどたやすい。

ジェームズ・オルセンには妻がいたが、彼は死にのぞんでの指示を熱心に書き記すあまり、ニールソンの手紙にあったような愛情の言葉は見当たらなかった。しかし子供はいたのだろうか？　ニールソンには？　チップ・バークには？　重いアルツハイマー病にあっという間に冒され、何ひとつ書き残せなかったあのパイロットには？

ここ最近のわずかな期間のあいだに、あまりに何度も、覚えていたくもなければ断じてくりかえしたくもないほど破壊的な感情に圧倒されてきたストッダートは、今度もまた文字どおり狼狽(ろうばい)の高波に飲みこまれた。おれはいったい何を考えていたのか？　何をたくらんでいた？　りっぱな男たちが——だれかの夫であり父親である人物が——命を落とし、妻や子供たちがとり残されてしまったというのに。ストッダートはジェームズ・オルセンの完全な告発の文書を、とくに慎重に、手際よくファイルにくわえた。自分があんな恐ろしい、恥ずべき考えにとらわれてしまったことが、ほとんど信じられなかった。そしてただ、私的な、遺族に引き渡すべきだと考えられるものと、この報告書の本来の目的である調査への貢献が見込められそうなものだけを選り分けた。

アラスカの基地から回収された最初の資料に手を伸ばそうとしたとき、電話が鳴りだし、ストッダートはびくりとした。電話のベルの音を聞いたのははるか以前のことのような気がした。

アマンダ・オコネルの声が言った。「情報が得られました。ロシアのシベリアのある場所が、例の病気に汚染されたそうです」

三崎でふたりの男に——ひとりは二十二歳、もうひとりは三十歳——不可解な髪の色の変化が起こり、さらにどちらの皮膚にもしわが寄りはじめた。やがてひとりは視力を失い、そろって病院に搬送された。彼らの家族のうち四人もおなじ症状に襲われ、そのうちの父親ひとりと祖母ひとりは二十四時間以内に死亡した。このふたりの男は、最近すばらしい大漁に恵まれた日本の漁船団の乗組員だった。ふたたび南氷洋の奥まで出向いていったその船団の工船の船長は、インフルエンザらしきものにかかって船室で伏せっていたが、その時点ですでに三人の乗組員に病気をうつしていた。彼は前回の航海で捕獲したクジラの舌というごちそうを自分にふるまい、それから数時間以内に発病したのだった。三崎に住む数家族もやはり、そのクジラの肉を食べていた。

10

はじめのうちは見るものばかりか聞くものにも事欠かなかったが、フォギー・ボトムにある国務省の殺風景なまでに機能的な会議室にはいると、会話はほとんど聞かれなくなった。実のところポール・スペンサーが、南極、アラスカ、シベリアの、どれも驚くほどよく似ている燃え落ちた基地の衛星および航空写真を確認するために発した言葉以外、まったく声はなかった。かつてノアタックとユルチンの建築物だったものの痕跡(こんせき)は、雪に閉ざされた真っ白な北極の風景の上に、皮肉にもこの状況にふさわしい黒い疑問符の形を描いていた。

それに匹敵する大きな疑問符が数限りなく、部屋にいる全員の頭のなかに渦巻いていたが、実際に表にあらわれることはなかった。これは政治家および外交官の真剣な顔合わせの場であり、彼らにとってほんとうの感情や拘束力のある意見を伝えるなどというのは考えられないことだった。

ロシアの基地の件が明かされたあとで、すべての人間の目にあきらかになったのは、エスカレートする一方のこの状況が表ざたになるのをいまだに防げると信じることの愚かさだった。その認識から生まれる個々の姿勢は、ごくわずかな程度の差こそあれ、ほかのだれを犠牲にしても自分ひとりは生き残るという一点に尽きた。そのシニシズムをさらに完璧に仕上げているのは、全員がほかの者すべての意図をわかっていて――もしくはわかっていると思っていて――来たるべき腕相撲に備えて準備しているという事実だった。

周囲に集まった面々を見渡しながら、一度たりと自己不信におちいった経験のないピーター・レネルは、みずからの力量を信じて疑わずにいた。いっぽうアメリカの国務長官であるロビン・ターナーは、大統領が彼に望んでいることのあまりの図々しさに戸惑い、自信を失いかけていた。

「モスクワとの協議はあったのですか？」とレネルが口火を切った。彼はロシアでの病気発生がどうして判明したかというばつの悪い事情を慎重に回避しつつ、英国大使のサー・アリステア・ダウディングが証人であること――および厳密に制限され調べられた書記の手になる会議録――を利用して自分の盾となるものをできるだけ手に入れ、ロンドンへもどったときの攻撃に備える腹づもりだった。

「われわれとしては、まず最初にこの会議を開き、皆さんからの情報を得たほうがいいと考えたのです」とロビン・ターナーが言った。

国務長官の個人的な判断なのか、それとも彼とヘンリー・パーティントンとのあいだに合意があったのかしら？　アマンダ・オコネルはいぶかった。

モスクワにたいし、盗聴がアメリカではなく英仏によるものだという印象を与えようとしている、とレネルはたちまち察した。「今日以前には、情報の点ではアメリカがずっと先んじていました。またそれを熟考する時間もあったでしょう。あなたがたはこの事態をどのように処理すべきだとお考えですか？」

ターナーが居心地悪げに身じろぎをし、アマンダは内心で思った。このストライプ柄のスーツとクラブタイに身を固め、物憂(ものう)げな上品さの陰に隠れた英国人は、ゆめ侮(あなど)ってはならないプロフェッショナルだ。このままではターナーはきっとミスを犯すだろう。

ターナーが答える前に、フランスの科学相であるジェラール・ビュシェマンが腕相撲にくわわってきた。「各国別々に対処することには、ほとんど意味はないと思われますが」

「この先は遠い道のりです、シャングリラ病原体について考えるのは」ターナーはその言葉に乗じて、直接の返答を避けた。

「なんですと！」レネルは信じられないとばかりに叫んだ。

「大統領の命名です」とアマンダは急いで言った。

レネルはそれ以上の反応を顔に出さないように努めながら、記録係とその録音機器のほうをちらと向いた。このまま国務長官を逃すまいと決めて、彼は言った。「では、あなたがたはすでにモスクワとの協議を決定したのでしょうか？」

「あなたがたおふたりが、それぞれのお国の政府と相談されてからのほうがよろしいかと」ターナーはまた逃れようとした。

おのれのアキレス腱をたやすくあらわにする――認める――にもほどがある、とレネルは断じた。「わたしとしては、ロンドンとの協議の必要はまったく感じておりません。どうぞあなたがたの手でモスクワとの交渉を進めていただきたい」

「フランスも同様です」レネルの目論見を察し、ビュシェマンが急いで口をはさんだ。「なんといっても、アメリカは今回の調査のホスト役です。これまでにわかった有益な事柄をわれわれに伝えてくださる立場にある」

もはや情報収集の手段をあえてあいまいにすませようともせず、レネルはロシア語の翻訳とテープから増幅されたものを手にとり、また下に置いてから言った。「こうした情報源や、ユルチン基地の写真をあなたがたが入手したさいの手段から、さらになんらかの情報が得られる見込みはありますか？」

「ほとんどないでしょう」とターナーは認めた。不可能な任務の扱いをいかに誤ってしまったかをさとった彼は、できるかぎり早くこの顔合わせを終わらせたいと願っていた。

「基地から逃げ出したらしい三人の痕跡はなかったのですか？」とビュシェマンがきく。

「何も見つかっていません」

「彼らがまだ建物の外にいたのであればもう見つかっているだろうと、そちらの航空写真の分析家も考えておられるのでは？」とレネルが食いさがる。

「そうでしょうね」とターナーは言い、あきらかに助けを求めるようにアマンダのほうを向いた。

「では、彼らは発見されたと考えるのが妥当でしょうね？　救助されたと？」

「そう思います」

「もちろん、ロシアがこの病気の存在を知っていることもありえますね」大統領のばかげた命名を無視しつつ、レネルは誘いをかけた。「治療法や処置法をつきとめているということも」

「例の通信文から見るかぎり、それはなさそうです」国務長官の嘆願をうけて、アマンダは言った。

「だとすれば、ロシアの代表もこのアメリカに、かの国の科学者ともども招かれるのですかな？」陰気だが顔立ちの整ったビュシェマンが、また新たな腕相撲を仕掛けた。

ターナーが言った。「それはモスクワの反応次第でしょう」

やはり大統領執務室のなかで国務長官とパーティントンとの協議があったのだ、とアマンダは思った。そして取り返しのつかない失敗があった場合は、わたしが生贄（いけにえ）にされるべく選ばれたのだ。それはもう受け入れていたことで、驚きや落胆にはおよばない。ただ注意深く、爪先立ちで歩くことだ。その必要も彼女はすでに受け入れていた。

フランス人が手もとにあるロシアの資料のコピーを軽くたたいた。「パリもこの問題解決のために尽力していることを知らせたほうが、モスクワとの話し合いは容易になるのではないでしょうか」

かまわないだろう、とレネルは思った。「ロンドンも同様です」

「あの国の緊急事態への反応は早くありません」とアマンダは指摘し、彼らのジェスチュアの意味は承知しているということを知らせた。

「まったくそのとおりです」レネルは微笑んだ。女がこのチームの一員であるとは予想外だった。胸の豊かな、すらりと脚の長い三十代の、この場にふさわしく氷のような超然たる態度と遠い目をしたブロンドの女。うまくすれば溶かしてやれるかもしれないが、国務長官ほど簡単には操れないのではないかという気もした。彼女に笑みを向けたまま、レネルは言った。「われわれはどのように働くのでしょう?」

その問いに二重の意味があるとはみなすまい、とアマンダは決めた。同意を求める提案というよりもすでに用意された取り決めとして、自分たちがブレアハウスを仕事場に使うこと、フォートデトリックに詰める科学者グループのための準備、両グループをつなぐ連絡役としてのポール・スペンサーの役割などのあらましを述べていった。

「われわれのことは、どの段階で——またどのように——公にされるとお考えなのですか？」とレネルは国務長官に向かってきいた。

この男はまさしく策士だわ！　不本意ながらもアマンダは賛嘆の念を禁じえなかった。どう返答してもターナーは——アメリカは——窮地に立つことになりそうだ。この話し合いから察するかぎり、はたしてターナーがふたたび表に出てくるという危険を冒すかどうか。シニカルな感想から始まったその思いは、やがて疑問の余地のない確信に変わった。もしもターナーが怖じ気づいて逃げ出すなら、わたしが大統領執務室の内部での判断にかかわる——少なくとも意見を述べる——必要が出てくる。

「その点については、ぜひご意見をお聞かせいただきたい」とターナーは、またしても大統領の指示どおりに言った。ぎごちなくこうつけくわえる。「あなたがロンドンを発たれる前に、なんらかの協議があったのではないですか」

「閣僚レベルではありませんでした」レネルははじめて事実を口にすることで、その問いをいともたやすくかわした。「この段階でわたしがアメリカにいるのは事実関係を知るという任務を超えるものではありませんし、フォートデトリックに向かうわが国の主任科学顧問も同様です」バクストンがあのとき、ただちにコンコルドでアメリカへ飛べ、ジェラルディン・ロスマンはあとから追いかけると言い張ったのも、こちらをおとしいれる手段だったのか？　おそらくそうだ。

「わたしの立場も、いまのお話にごく正確に要約されています」とビュシェマンはふたたびイギリス人のリードに甘んじて従った。

「早すぎる発表は要らざる動揺を引き起こしかねません」とターナーがお題目のように言った。

「ふむ?」とレネルが問いかけるように応じた。

「したがって避けねばならない」

「いつまで?」とフランス人がきく。

「治療法か処置法が見つかるまでです」とターナーが言う。

渋面を作るのを抑えられたかどうか、アマンダは自信がなかった。見とがめられていなければいいが。

「もし見つからなかった場合は?」とレネルがきき、ふたたびアメリカ人の腕を腕相撲のテーブルにたたきつけた。「エイズや……ふつうの風邪にすら、そうした治療法はありません。まちがいなく適切な緊急時対策が必要ではないでしょうか?」

ターナーはようやく笑みを浮かべた。「まさしくその理由からあなたがたをここにお招きしたのです、アマンダといっしょに働いていただくために。緊急時対策の担い手はあなたです」

なかなかの反撃だが十分とはいえない、とレネルは切って捨てた。「わたしはその先を、大統領と英仏双方の首脳が声明を発表するべき時期と場所を考えていました……」と、メトロノームなみの正確な間をおく。「……これだけの重要性をもつ声明は、やはり各国の首脳レベルで、しかも共同で発表されねばならないのでしょう?」ここではじめて、彼は不安がわずかに頭をよぎるのを感じ、相手がしかるべき反応を返してくれるように望んだ。

「そう思います。もちろん」と狼狽した国務長官が認めた。

レネルの内に強烈な昂揚感がわきおこった。裏にまわって肘でつつき、当てこすりをささやくといった戦術にくらべ、これははるかに効果的だ。サイモン・バクストンは黒死病の現代版をも上まわる災厄を告げる先触れのひとりとなる。レネルは記録のうえで――英国大使の見ている前で――そうした事態が避けられないことをあきらかにした。その一方で彼、ピーター・レネルは、その病を打ち負かすために裏舞台で戦う者として登場する。手回しが必要だが、そこはうまくやってのけられるだろう。

ジェラルディン・ロスマンには何もかもがあわただしく混沌としていて、一切の事情をきちんと理解することはとてもできなかった。彼女がすでに誓約している公職秘密法にもう一度署名するようにという腹立たしくも不可解な強要があり、そして内閣事務局の役人とともにロンドン空港へ向かうさらに不可解な道のりのあいだ、その煙草くさい匿名の男は腕を振り振り、苛立たしいほど漠然と疫病の蔓延について話しただけだった。ワシントンへの機内で彼女の頭にあったのは、この唐突な強制をしおに、この二年間の破綻した私生活から文字どおり逃げ出せたということばかりだった。ほかの何もかもと同様にうまくいかなかった手術のあと、服用している薬とともに飲んではいけないとされているジンを三杯あけてから、隣の席の男が怪訝そうな視線を向けるのにもかまわず、「さよなら、マイケル」とつぶやいた。ダレス空港でまたしても匿名の人間に出迎えられることは――今度は立ち振る舞いのせわしない、つややかな顔の大使館員だった――予想していなかったが、少なくともフォートデトリックへ向かう車内でなんらかの事情説明があるものと予想していた。ところがその男も自分は何も知らないと言い、フォートデトリック行きの目的について質問しても、やはりわからないと言下に首を振った。ジンのあと食事といっしょにワインやブランディなど飲まなければよかった、と彼女は後悔していた。だが何よりも強かったのは、ピーター・レネルがあれほど尊大なろくでなしでさえなければ、わたしがあんなパニックのうちに送り出される理由についてのわずかな手がかりすら残さずに行ってしまいさえしなければ、という思いだった。

　ジェラルディンのイギリスでの勤務先は、ウィルトシャーのポートン・ダウンにある微生物学研究所だったが、その場所とフォートデトリックの広い一階建ての隔離された棟とはどこか似通った印象があった。彼女にセキュリティチェックを通過させるために、ジャック・ストッダートという男が待っているという連絡が自動車電話にはいっていた。守衛詰所の右手のフェンスで仕切られた場所に向かって歩いていきながら、ジェラルディンは出迎えた男に向かって言った。「何かの実験が失敗して、そこから災害がひろがったのですか？」

ストッダートが言った。「たしかに災害ですが、ここからではありません」

11

そのぎごちない紹介や学問的肩書きのやりとりを眺めながら、まるでだれが便所の壁のいちばん高いところまで小便をひっかけられるかの競争のようだ、とジャック・ストッダートは感じていた。ただしジェラルディン・ロスマンは女なので、遺伝学と疫学にくわえて病理学の学位を持っているとはいえ、体の構造上まったく不可能ではないにしろ勝つのはむずかしいかもしれない。フランス人の科学顧問ギー・デュピュイは、その修士号と博士号を比較するかぎり、ウォルター・ペラムとはいい勝負だろう。すでに心構えのできていたストッダートには、自分は医学の訓練がまるで足りないのでチャックをおろす資格もないという自覚があった。

ジェラルディン・ロスマンは、あんなに飲みすぎなければよかったと後悔していた。時差ぼけを忘れていたことや、デュピュイの到着を待つあいだに睡眠をとろうとしなかったのも悔やまれた。ずっとまともに眠っていなかったし――すこしうとうとしようとしただけだった――目が覚めたときは痛む頭のなかに綿が詰まっているような気がした。さっきからせっせと飲んでいるコーヒーが助けになってくれと思ったが、この調子で飲みつづけていたら――ストッダートの比喩（ひゆ）を知っていたわけではないが――一晩じゅうか一日じゅうか、とにかくちゃんとベッドにはいれる時がきてもしじゅう用足しに起きることになるだろう。

ストッダートは第一責任者という自分の立場を確立するために、たったいままでユルチンのニュースを故意にペラムに教えずにいたのだが、そのことでごくつかのま不安に襲われた。ジェラルディン・ロスマンとギー・デュピュイには知らなくてはならない情報がまだいくらでもあったので、その重大さは最初のうちよく伝わっていないようだった。

一同が集まっていたのはペラムのオフィスだった。ペラムはその知らせを聞くなり、憤然と両手をひろげて言った。「これからどうする！」

「ただやるべきことを続けるだけだ。そのように努めよう」その問いかけにも準備のできていたストッダートは言った。「ロシアの件はいまのところ、政治にまかせるしかない」

ペラムはその判断に異を唱えなかった。「しかし、あれがロシアにも起こっているとなると、それはつまり……」と所長は口ごもって黙りこみ、その規模をあらわす言葉を探した。だが見つからないとわかると、あらためて信じられないとばかりに言った。

「大流行しつつあるということなのか？　どんどんひろがっているのか、世界規模で

「われわれが食いとめる方法を……治療法を発見できなければ、そうなるだろう」とストッダートは言った。

「じじつまだ発見できていない」ペラムの声は平板だった。

「どんなことがわかっているのです？」とデュピュイがきいた。「出発点から教えてください」

つかのまペラムはためらい、先ほどの紹介のあいだに全員に手渡されていた、調査書類のなかの予備的な検死報告書と病理学的検査の結果に目を落とした。それから顔を上げて言った。「あえて名前を探すなら、成人を冒す典型的な早老症です。これまでは医学的にありえないものと考えられてきました。しかしジェーン・ホロックスの子宮内の胎児は、見たところ冒されてはいなかった。子供における早老症では、身体の成長や発達が限定される……」前においた書類をばさばさと移し替えて、何かを探す。「……もちろんわれわれの手もとには、南極で死んだ全員と救助隊にくわわって罹患した者たちの完全な医学的記録があります。そのすべての例で身長が最低二インチ、あらゆる体のサイズ――胸囲、腰まわり、二頭筋の周囲――がほぼ一インチ減少していました……」

ふたたび間をおく。「……そして、やはりわれわれがデータとして持っている時間の尺度によると、それはほぼ二十日という期間で起こっている……？」

ジェラルディンは言った。「早老症というラベルを貼ることで考え方を限定するべきではないでしょう。ほかの疾患もあります。ウェルナー症候群や、遺伝子の突然変異による先天性角化不全症。それに体の収縮は、高齢になると骨粗鬆症によってふつうに見られるものです」

ペラムがうなずいた。「じっさい彼らのサイズの減少は皮膚の異常をよけい悪くしていますが――最後には体という容れ物が、文字どおり中身より大きくなりすぎてしまったわけです――さらに皮膚の伸縮性の著しい低下も見られました。そして全員の毛髪の色が例外なく失われ、またほとんどの例で毛髪そのものも抜け落ち、ところどころ広い範囲ではげができている……」そこで論点を強調するために間をおいた。「……こうした老化の影響によってひげや恥毛の発育が妨げられる。これまでの成人の犠牲者はみな、体毛と恥毛をすべて失っています」

「動脈や血管に変性は見られたのでしょうか?」とデュピュイがきいた。このフランス人は肥満体のうえに長い巻毛をぼさぼさに伸ばした男で、大西洋を越えてくるあいだスーツのボタンをずっとかけていたらしく、布地が体のまわりで蛇腹のようになっていた。

ペラムはまたうなずき、その徴候があらわれていたことを認めた。「南極の三人とノアタック基地のふたりに、アテローム性動脈硬化症が見られました。南極の四人目の犠牲者であるジョージ・ベダルの場合は末期の動脈硬化症で、アテロームにも脂肪腫にもコレステロールがべったり付着していた」

「あの女性はどうなのです？」とジェラルディンはきいた。次第に頭がすっきりし、痛みは消えつつあった。まだまだ気分が回復しなければアメリカの成果をくわしく調べることはできないだろうけれど、この議論は有益な始まりといえた。

ペラムは笑みを浮かべ、彼女が徴候の問題に気づいたことに注目し、そしてふたりがともにプロとしての能力を早々と発揮したことを喜んだ。「南極で死んだ女性、つまりジェーン・ホロックスの体は硬く凍りついていました。彼女が最終的に老衰のせいではなく凍死したという可能性もあり、その場合は変性が止まってわれわれが誤りを犯すこともありうるでしょうが……」彼は口ごもり、ストッダートを見た。「……救助に向かって病気にかかり、ここで死んだパトリシア・ジェフリーズの場合は違います。われわれは五日間にわたって彼女の集中的な観察をつづけることができました。そして最も早い段階で試みた治療のひとつが、老化防止効果があると知られているプロゲステロンの投与でした。彼女の最終的な変性は、もうひとりの女性の犠牲者であるジェーンと同様、どの男性の犠牲者よりも際立ってはおらず……」

「つまり、女性ホルモンを投与することに老化を遅らせる効果があると？」ジェラルディンが強い調子できいた。

ストッダートは椅子から身を乗り出した。もはやロシアで病気が発生した件を伏せていたことはどうでもよかった。その相手である所長も、いまの話を彼に伝えてはいなかったのだ。「そんなものが治療法となりうるのか？　女性ホルモンのように単純なものが？」

「その線を追って調査することは可能ですが……」とペラムが疑わしげに認めた。

「……必要な投与の量によりけりですね」ジェラルディンはすぐに釘をさした。「かなり控えめな投薬でも、男性に女性的な特徴を作り出しうるし、その実例もあります。最も目につきやすいのは乳房の発達でしょう。男性は死ぬか、両性具有になるかの選択に直面することになるかもしれません」

冗談めかした発言では断じてなかった。じっさい、だれも笑わなかった。

「早老症の原因は知られていません」とデュピュイが簡単に指摘した。

「これまでは、でしょう？」パトリシアの書いた内容を思い出して、ストッダートは言った。「感染のはずです――ウイルスか細菌かが、なんらかの理由で急に姿をあらわし、気温が零下に近い状態で毒性を発揮するようになったのです」

ペラムはジェラルディンが残したごくわずかなコーヒーを飲み干した。「それはわれわれが最初に調査した点です。犠牲者全員の器官や組織、便と尿を、この施設で知られているあらゆる毒性学的検査にかけました。つまり、現時点で科学的に知られ、記録されているすべての毒性学的検査ということです。それでも、われわれに同定できないウイルスや細菌をつきとめられはしなかった……」

「これは未知の病気なのでしょう」とデュピュイが言った。「理論的には、あなたがたが同定できていない細菌やウイルスが原因だということもありうる。それがわかっていなければ、同定のしようがありますか？」

「なんらかの共通の性質がなくてはならないでしょう」とペラムが反論した。「われわれはあらゆる分裂菌を分離しました……」ストッダートを見る。「観測所に腐っているものは……腐敗させるようなものは……何もなかったのだろう……？」

「まったくない。何もかも硬く凍りついていた」

ふたたびストッダートのほうを示しながら、ペラムが言った。「幸運なことにジャックの考えで、彼らの出したごみを持ち帰ってきていたのです。やはり細菌の生育できるような腐敗物はありませんでした」

「南極と……北極だということはわかっていますけれど……」ジェラルディンは前置きを口にしてから、こう問いかけた。「腐生植物はどうです？」

ペラムがまたストッダートのほうをいぶかしげに見た。ストッダートはその問いを考え、理解できたことを喜んだ。ゆっくりと言う。「細菌の餌（えさ）になるような、生物の死体に寄生する植物もありませんでした……南極では植物は育ちません……」

「……でも……？」ストッダートの疑念を察して、ジェラルディンがきいた。

「ジョージ・ベダルは古植物学者で、その実験はジェーン・ホロックスとの緊密な協力のうえでおこなわれる予定でした。ジェーンは試錐機を氷床にできるだけ深くまで沈め、年代決定のために酸素同位体を採取しようとしていました。ジョージが探していたのはノソファグスの化石で――鮮新世に植物が生きていた証拠です――もしジェーンがうまくやっていれば、そうした発見があったかもしれません……」そこで間をおいた。「わたしが日誌で見つけた唯一の異常は、南極だけでなく北極でも、病気が発生したときの気温が通常より高かったということです……」部屋のなかの全員から急に注目を浴びせられ、彼はまた口をつぐんだ。「……ジェーン自身、氷がゆるんでいるおかげで、思っていたより深くまで掘削できるかもしれないと記録している……」

「ベダルのほうはどうでした？」とデュピュイが口をはさんだ。「そのコア標本には……植物の化石にまつわるものが……植物そのものでもいい……あったのですか？」

ストッダートはかぶりを振った。「いいえ。彼らが病気にかかる前に、一本でもコアを掘り出したことを示すものはありません」

「観測所で目についた標本も……実験装置もなかった、と？」とフランス人がきく。

思い出せないことにストッダートは気づき、胃が空っぽになったように感じた。いや、なかった。ほぼ即座にそう判断した。たしかにデータはすべて集めたはずだ。彼とパトリシアとオルセンとで。それにもしベダルがそうした標本を集め、スライドを作りはじめていたのなら、彼個人の日誌で触れられていたろうが、そうした箇所はなかった。

「ありませんでした」

「たしかに？」

「ええ」

「アラスカはどうです？」とジェラルディンがきいた。

「アラスカのほうの資料はまだすべて調べ終えてはいません。しかし生存者のひとりであるダリル・マシューズも、やはり古植物学者です。きっとアラスカでなんらかの植物調査をおこなっているでしょうから、ここに来て質問に答えてもらうことができます」

「それはいいわ！」疲れていたにもかかわらず、ジェラルディンは興奮して言った。

「そこから可能性が出てくるかも！」

「たしかにその線での調査を進めるべきでしょう」とペラムが、もうすこしさめた調子で認めた。

「寄生虫細菌について、まだ考えていませんね」フランス人もあまり過剰な反応を示そうとはしなかった。

「便や尿や腸の残存物を調べたかぎりでは、内部寄生虫は発見されませんでした」とペラムが報告する。

「外部寄生虫はどうです？　ノミやダニ、シラミなど……以前には見られなかったものは？」とフランス人が言う。

フォートデトリックの所長にごく一瞬のためらいがあり、そうした検査やテストが実際におこなわれていたのかどうか、ストッダートは疑った。ペラムが言った。「ありません」

おなじ疑念がデュピュイにも萌したのだろう、彼は言った。「体表にも、なんの上にもなかったのですか——あるいは衣服のなかにも？」

「体表だけです」とペラムが認めた。「衣服はまだ検査中です。すでに肉眼と顕微鏡では調べました。いまは分解され、蛍光透視法による繊維テストにかけられているところです。そのあとは寄生動物から病原体にまで対象をひろげて化学分析をおこないます」

これだけに詳細な回答をするからには、実際にペラムや彼のチームがその実験をおこなっていないとは考えづらい、とストッダートは認めた。「すると、その線から何か出てくるかもしれないと？」

「だとすれば、これまでに兆しぐらいは見つかっていてもいいはずだ」とペラムは言った。

「では、ウイルスということが考えられますね」とデュピュイ。

「あのきびしい環境で」ジェラルディンが平板な声で言った。

「耐性があるか、影響をうけないなんらかの病原体が存在したのです。アラスカとシベリアにも」デュピュイが論破した。「あのような状況下で生きていられるもののことを、どなたか聞いていらっしゃいますか？」

「ええ」とストッダートは短く答え、この議論に貢献できることをうれしく感じた。「一九九九年にモンタナ大学の科学者たちが、プロテオバクテリアと放線菌類を発見しています。これは通常、土と関連づけられる微生物なのですが、彼らが見つけたのは、世界で最も深い湖の十位にはいるヴォストーク湖の氷のなかで、南極東部の氷床の表面からほぼ一万二千フィート下という場所でした。それでも活発に動いていたその微生物は、ざっと五十万年前のものであると考えられています。あるいはさらに古いかもしれません」

「サソリは知られているうちでは最も古い、有史以前からのクモ形綱の種ですが、それを使った有名な実験もあります」とジェラルディンが指摘した。「かなりの数のサソリを、硬く凍りついた氷塊のなかで冷凍したのです。今日わたしが理解したところによると、南極の犠牲者たちの体もおなじように凍りついていたのでしょう。そしてサソリたちはさまざまな期間、一部は一年といった長いあいだ、氷に閉じこめられていました。どれも冬眠を通り越して――サソリが冬眠することはありません――仮死状態になっていた。ところが氷から取り出されてから数分のうちに、何事もなかったように動きだしたのです。毒の強さはむしろ、比較のために凍らされずにいたサソリとくらべて増しているほどでした」

「それで、ウイルスを探そうというなら、ふつうの風邪はどうなのでしょう？　インフルエンザは？」とペラムが言う。

「南極の日誌には、風邪の徴候についての言及がありました」ストッダートは記憶をたぐりながら言った。「チームリーダーのアームストロングは当初、自分が〝インフルエンザ〟にかかっていると考えていた……」ペラムを見る。「わたしといっしょに帰ってきた四人のなかで、風邪やインフルエンザにかかった者はいただろうか？」

「ニールソンとバークに呼吸器の問題が見られたが、ほかにそれらしい徴候はなかった」とペラム。

「日誌の日付によると、南極の観測所にいた最後のひとりが死んだのは、われわれが着く三日前でした」とストッダートは言った。「そのときにはもう気温が氷点下まで下がっていましたが、それでも問題の何物かはまだ、四人の人間を冒せるだけの毒性をもっていたわけです」

ペラムが言った。「その点はわたしもすでに、予備的な医学的評価のとき付箋をつけて示しておきました。皆さんのお手もとの書類のなかにあります。もしウイルスだとすれば、内部で潜伏したあと生体機能によって排出されたものではなく、おそらく呼吸器から吐き出されたもの――咳やくしゃみや、単なる呼気――を通じて媒介されたのでしょう。口から出たウイルスは、最初のごくわずかなあいだは湿っていますが、あっという間に乾いて感染性の飛沫核（ひまつ）になる。これは驚くほど長いあいだ生きていられ、また移動にも耐えます。ウイルスを殺すには湿り気や寒さよりも日光のほうがはるかに効果的で……」

「長距離を移動するというのはどうだろう？」ストッダートは口をはさんだ。「アラスカでの風速についてはまだ調べていませんが、事実としてわかっていることがある。南極の観測所周辺で一週間にわたってブリザードが続いたために、われわれはなかなかたどり着けなかったのです。またブリザードの前ですら強い風が吹いていたことが日誌で触れられている。強風は飛沫核をどのくらい遠くまで吹き飛ばせるのか？」

「その質問にはご自分で答えてください」とジェラルディンは言ったが、われ知らず鋭い口調になった。「地上の風が高層大気にまで吹き上げられることはありえますね？」

「はい」

「そして高層大気の風は強風級になりうる？」

「たしかに」気候学者のストッダートがふたたび同意する。

「でしたら、それが答えですわ」ジェラルディンは微笑（ほほえ）んだ。「ウイルスが高層大気にまで達すれば、何千マイルも飛ばされる可能性はある……」笑みが消えた。「南極と北極とのあいだには規則的な気流があるのでしょう？　大洋をつねに流れている海流のように？」

「ええ」とストッダートは言った。「おっしゃりたいことの根拠はわかります。問題は二点。ウォルトの言葉に従えば、日光はウイルスを殺す。そして高層大気で運ばれるあいだ、ほとんどたえまなく日光に――放射線に――さらされつづける。第二に、風に乗ったウイルスが南極から北極へ行くあいだずっと高層大気のなかにとどまり、その途中に地上まで落ちてきて人間に感染しないということは決してありえない。そうですね？」

「論理的にはそのとおりです」とデュピュイが同意し、ペラムもうなずいた。

ジェラルディンは悪びれずに言った。「かりに風に吹き飛ばされるウイルスだとすれば、世界中の人口稠密な地域まで運ばれる可能性があるということには、皆さんも賛成なさるでしょう？」

つかのまの沈黙があった。「たしかに、また別のリスクが示されましたね」とストッダートは認めた。「これで一周してはじめのところにもどってきました。そこで重要になるのは、仕事をするうえでの共通の理解を得ることです。あなたがたの補助スタッフについてはいかがですか？」

その質問はふたりの科学顧問を驚かせたようだった。ジェラルディンは前においてあった事実ファイルをすこしのあいだ持ち上げると、言った。「あなたがたの仕事は調査です。わたしたちの仕事は——いまの時点でわたしが見るかぎりでは——あなたがたがすでに集めてテストしたデータの解釈でしょう。それを……」彼女は漠然と手を振り、この施設全体を指した。「……わたしたちは経験的に……」

デュピュイが彼女のためらいを引き取って言った。「……わたしもそのように理解しています……」

政治を超える、国際的に認められた科学知識の流布と分析か？　それとも病理学に責任を負わせる逃げ道なのか？　ストッダートは思い、そしてすぐにおのれ自身のシニシズムに苛立ちを感じた。それはワシントンの考え方であり、ここでは用はない。

ラスヴェガスのカジノを思わせるラングレーでの責任のたらい回しや無意味な書類の作成がひと息ついたところで、ポール・スペンサーが意図的に相手を限定したホワイトハウスでのブリーフィングは、ＣＩＡの科学技術部門とロバート・スタンスウェルにとっての重荷となった。だが、広告に応募してきた二十五歳のバークレーの卒業生スタンスウェルは、幸いにも自分に配られた手を持ちつづけ、ゲームに参加していた。

彼が最初に興味を抱いたのは、日本南部の四国にある高知県の海岸にミンククジラの群が、またそのはるか北部の青森県にも五頭のクジラ——ザトウクジラ二頭にホッキョククジラ三頭——が打ち上げられ、その共通の死因がインフルエンザであったという記録だった。コンピューターでクジラとインフルエンザを相互参照して検索をかけたところ、おなじ原因によるミンククジラ、ナガスクジラ、イワシクジラ、ザトウクジラの死亡例が、南太平洋のオーストラリア保護領であるマクォーリー島、インドのベンガル湾沿岸のヴィシャカパトナムとマドラス、そのはるか南にあたるスリランカ東岸のバッティカロア、チリのコンセプシオン、チリとペルーの国境のアリカでも見られることがわかった。また驚いたことに、彼がキャンベラ、ニューデリー、コロンボ、サンティアゴ、リマのアメリカ大使館にあるＣＩＡの支局を通じてチェックをおこなうまで、同地域でのクジラの死と、これまでに人間のあいだで発生したインフルエンザによる死亡者とを結びつけた者はいなかった。千二百人におよぶ死者の大半が高齢者だった。そのうちの、ヴィシャカパトナムとアリカで死んだ十五人は本来の年齢――いちばん上で五十歳――よりもはるかに老化が進んでいたが、そうした場所では早すぎる老衰についてはとくに明記されていなかった。

　クロスワードのペダンティックな愛好家で、水平思考を当然の習慣とするスタンスウェルは、「新たに現われつつある海棲哺乳類（ほにゅうるい）の非海洋性疾患のネット」をサーフィンするためのプログラムを生み出した。そして一週間以内に、グリーンランドのタテゴトアザラシとイングランドの北海沿岸のハイイロアザラシにほぼ疫病（えきびょう）と呼べる規模で起こって多数の死亡例を出している犬ジステンパーに似た病気についての一ファイルをものした。

それと同時に、おなじ任務に呼応した科学財団のデヴィッド・フーリハンが、南オーストラリア沖のクロマグロの大量死についての海洋生物学者の記述と、その原因がヘルペス様のウイルスによる流行病であるという事実を発見した。そして海洋生物学という語を参照事項にくわえてウェブ検索をかけたところ、メリーランド州チェサピーク湾のカキ養殖場に大打撃がもたらされており、原因は海洋生物学の用語集に載っていない新しい病気だということもわかった。インド洋のサンゴ礁(しょう)を冒している白化現象が一カ月足らずでカリブ海までひろがったという記録もあった。そしてさらなる偶然の一致によって、フーリハンの電子メールの報告がポール・スペンサーのデスクに届いたのは、ラングレーのＣＩＡ本部からの報告が届いたのとまったく同時だった。

12

ヘンリー・パーティントンは自分が後手を踏むのを避けることに政治家人生のすべてをついやし、そしておおむね成功をおさめてきたが、いまはそのむずかしい立場に立たされていることを客観的に自覚していた。ロシアへのあらゆる働きかけの方法を考えてリハーサルしてみたものの、モスクワがシベリアの基地を見捨てたという推測——ほぼ的を射た推測だろう——をいくら利用しようが、アメリカのスパイ行為が帳消しになるわけでも酌量されるわけでもない。そのことだけでもまったく、十分すぎるほどの腹立ちの種だ。なのにそのことだけではなかった。いま彼の前にはロビン・ターナーと英仏の科学相との会談の逐語的な議事録がおかれていたが、そのなかで両国の代表はターナーをアマチュア扱いし、またじじつそのとおりであることをターナー自身が暴露してしまっていたのだ。そしてパーティントンはいま、ロシアの大統領と電話で証拠として残る会話をする計画を立てたことを悔やんでいた。もっと早くターナーの大失態の顚末に目を通していれば、アマンダ・オコネルをこの場に呼び寄せることに同意はしなかったろう。もしできるものなら――モスクワに電話の予告をし、話し合いのための通訳を指定するという必要な予備手続きをすでにふんでさえいなければ――この計画一切を中止していたはずだ。

国務長官とアマンダはディック・モーガンに付き添われ、予定された電話がつながる半時間前に来るようにとの指示を守り、きっかり時間どおりに到着した。ターナーのために――というよりも当人に気づかせて不安がらせるために――パーティントンは前日の会議録をこれ見よがしに手にとり、題扉がいちばん上になるようにきちんと折り目をつけると、やはりこれ見よがしにサイドテーブルにほうりだした。

そしてターナーに半分だけ目をやりながら、見下した口調で言った。「あれから――あるいはこの会議で――わたしの仕事を楽にしてくれるようなことはあったか？」この期におよんでターナーに代理で電話させるのはあまりに露骨だろうか？　やはりもう遅すぎる。モスクワにはすでに、電話の相手が自分であると、大統領同士の話し合いだと伝えてしまっていた。ターナーを代わりに立てるのは外交儀礼にもとるだろう。それにどのみち、さっき読んだ内容から考えると、ことの処理をターナーにまかせるような危険を冒すわけにはいかない。

ターナーが言った。「残念ながら、大統領」

アマンダはこの場の緊張を意識し、心地よく椅子(いす)の上でくつろいでいた。時間をかけるのよ、と自分に言い聞かせる。肝心なのはそれ、タイミングがすべてだ。モスクワとの電話の時間が近づくほど、わたしの出番は効果的になる。油断のないモーガンの様子から察するに、この男もいまの空気を感じ取っているのだろう。

パーティントンが言った。「わたしは丸腰でのぞむことになるだろうが、本意ではない。フォートデトリックから何か知らせはないか？」

ターナーはほっとしたようにアマンダを見た。彼女は言った。「モスクワとの話し合いに役立つようなものは、何もありません」言いかえるなら、パーティントンの癇癪をやわらげるものもありはしない。

あからさまな非難口調で、パーティントンは国務長官に言った。「きみの最初の会談にはもっと成果を期待していた」

「両国とも準備された協議事項をたずさえてきたもので」

「われわれの側にもあると思っていたが？」パーティントンが容赦なく問いただす。

あと十五分、とアマンダは時間を測った。モーガンはそこにすわったまま、すっかり殻にひきこもっている。

「アマンダが考え出せるにちがいありません」とターナーが言った。「一回の会議だけでことを進めようとしたのが大きな間違いだったのではないでしょうか」

このろくでなし！　アマンダは苛立ちをこらえた。責めをこちらに押しつけようとするターナーの言葉を聞いたあとでは、もはや彼にはなんの同情も感じなかった。あと十分、と彼女は見積もった。役立たずのロビン・ターナーに、いまこそプロの手並みを見せてやる。「わたしは一切を正しい方向にもどせると確信しています」

三人の男が鋭い視線を向けた。パーティントンが言った。「それは心強い言葉だ」

「モスクワへの働きかけの困難な点についても考えていました、大統領」

パーティントンの注意がすべて彼女のほうに注がれた。「それで？」

「北極には強力な磁場が存在します。そのために予測不能な電気の振る舞いが多く生じるのですが、とくに電離圏ではそれがはなはだしく、しばしば異常な電波状態を作り出します。混信、中断……ときには傍受さえも……」いまや自分に百パーセントの注意が集まっているのを、アマンダは心地よく感じた。

めったに道しるべを必要としないパーティントンの顔に、笑みがひろがりはじめた。

「続けてくれ！」

「その点をゆうべ、NSAの人間たちと論じ合いました。旅客機が外部の通信を偶然に受信するという例は多々あります……」さらにひろがった大統領の笑顔に応えて言う。「アメリカの航空会社のヨーロッパ発着便はすべて北極まわりのルートを使っていますが、その場合アラスカ州のアンカレジに一時着陸します。実際に一部の飛行機はユルチンのほぼ上空を飛ぶのです。その点も昨夜のうちにチェックしておきました……」さっきまでは用意してきた案をどこまで明かしていいものかどうか確信がなかったが、パーティントンの態度から見て、かまわないだろうと判断した。「……聞いたところでは、実際に、ノアタックからの傍受を離陸直後のアメリカの操縦士とアンカレジとの交信とつなぎ合わせてマスターテープを作ることも可能だろうとのことでした。しかも、それが本物の異常交信のテープではないことを技術的に見破ることは不可能なのだそうです。信じられないような話ですねとNSAの局員に言うと、現実に証明できるとのことなので、では進めてくださいと言っておきました……もちろん、単なる実験として」

「もちろんだ」すっかり喜色満面の大統領が言った。「いつごろできると、向こうは言っている？」

「今日の正午ごろには」とアマンダは言った。断固として、ロビン・ターナーやディック・モーガンからの視線に応えようとはしなかった。

パーティントンが言った。「きみはまったくすばらしい女性だよ、アマンダ・オコネル」

「ありがとうございます、大統領」

「それはこちらの台詞(せりふ)だ」とパーティントンは言った。盗聴にたいして安全な電話の受話器を二度目のベルでとりあげると、モスクワとつながっているとの連絡がはいった。

「用意はいいぞ」と彼は言い、くつろいだ様子で椅子にもたれかかった。

アンリ・ルブランは三十二歳の若さで死にかけている。それはだれの目にも、あきらかすぎるほどあきらかだった。骨粗鬆症(こつそしょう)のために背中が曲がり、ほぼはげあがった頭には、髪がいく房かぽつぽつと残っているばかりだった。ストッダートたちが声をかけると、ルブランは大儀そうに目をすがめてガラスのほうに向けた。デュピュイはフランス語で静かに、「信じられない!」と言った。さらにフランス語で彼が自己紹介をすると、それまで机に向かって熱心にペンを動かしていた気候学者は姿勢を正そうとした。

ルブランが言った。「どうか助けてください! わたしはあれにかかっているのでしょう?」ぜいぜい息を切らし、のろのろと鼻をすすりあげていた。

「そのために努力している」とフランス人の科学顧問は言った。

「急いで」とルブランが言った。「早くしてくれないと。ほかの者たちもこんなふうに……」前においてある紙をがさがさといわせる。「何もかも書きました、ここに……」

デュピュイがペラムのほうを向き、アメリカ人が肩をすくめた。デュピュイはふたたび声をひそめて言った。「プロゲステロンは?」

「投与されています」とアメリカ人が答える。

「もっと与えてください。わたしの権限で。副作用ならあとで心配すればいい。とにかく進行を遅らせなくては」声を大きくして言う。「きみに薬を投与しよう、ホルモンを」

「急いで！」と気候学者はくりかえした。そして泣きだした。「わたしは死にたくない。これを止めてくれ。どうかこれを止めて……」

絶望に駆られて肩をすくめたのは、今度はデュピュイだった。「……できるかぎり手は尽くす……いまも尽くしている。あとでまた話そう……」彼の顔は赤く染まり、汗が噴き出していた。

「……行かないで！　ひとりになりたくない……」

「行かなきゃいけない、これの正体をつきとめるためには……また話をしよう。あとでもどってくる……」フランス人は急ぎ足で、逃げ出したという印象を隠そうともせずに外の廊下へ出た。観察用ギャラリーの外で立ちどまり、荒く息をついた。「みんなああんな様子だったのですか……あんなふうに年を……？」

「そうです」おれ自身はすぐに——いともたやすく——順応してしまったようだ、とストッダートは思った。

デュピュイはうつむき、頭を横に振った。ジェラルディンはそれよりも自制を保っていた。「あんなふうだとは予想していませんでした……予想してしかるべきだったのでしょうけど、でも……」彼女もかぶりを振った。

「あとのふたりは幸運だったようです」とペラムが言い、先に立ってつぎの観察用ギャラリーへはいっていった。

防護スーツを脱がされ、いまは無菌の診察衣をまとっているダリル・マシューズは、小柄なほっそりした体つきの男で、三十八歳という年齢よりも若く見えた。何よりもきわだった特徴は――そしてあとに残してきたばかりのフランス人と対照的なのは――ぼさぼさに乱れている、たっぷりした漆黒の髪だった。さっきのフランス人と同様、マシューズも机に向かって書き物をしていたが、ストッダートが声をかけるとすぐに顔をあげた。

「わたしはだいじょうぶです」何もきかれないうちから、マシューズは言った。早口で歯切れのよいニューイングランド訛り(なま)があった。

「そのようですね」とストッダートは言った。

「ほかの者たちはどうです？」

「ルブランはよくありません」

「くそっ！　ハロルドは？」

「だいじょうぶのようです。まだ彼とは話をしていません」

「何かわかりましたか？」

「まだです。だからこそあなたの力を貸していただきたい」

「言われたとおり、書いていますが……」

「特定のいくつかのことで、いますぐ答えがほしいのです」とストッダートがさえぎった。「よろしいでしょうか？」

「どうぞ」

「あなたがたはノアタックに五週間いた。観測や実験の準備をするだけの余裕はありましたか？」

「準備はすんでいました。すでに働いていた」

ストッダートは期待を抱き、深く息を吸いこんだ。「持ち帰ってこられたものをすべて調べました。実験データはまったくなかった……スライドも、そういったものは何も……」

「くそっ！」とマシューズがふたたび言った。前よりも激しい口調だった。

「となると、記憶に頼らなくてはなりません。あなたの記憶に」とストッダートは言った。「あなたがたは植物の標本を採取しましたか？」

「はい」

ストッダートは周囲でざわめきが起こるのを感じた。「どのような？」

「ふつうのものですよ。地衣類、蘚苔（せんたい）、ボレアル期の化石……」

「待って！」とストッダートは命じた。「ボレアル期の化石というのはふつうじゃない。ここのところはじっくりいきましょう、ダリル。どれかのコアから何かふつうでないものを採取しましたか？　植物、化石、なんでもいい、これまでに見たことのなかったものを？　あなたが興奮するようなものを？」

　マシューズはしばらく考えていた。「すぐには思いつきませんね」

「集めたものすべてを分析しましたか？」とジェラルディンがきいた。「こちらには数名います。わたしはジェラルディン・ロスマンです。イングランドから来ました」

の相手の驚きを見てとり、彼女は言い足した。ガラスの向こう
　マシューズはかぶりを振った。「ここに着いたときに言ったと思いますが、われわれは幸運だったんです。いきなりやってきた夏を、わたしは最大限に活用しようと決めました。また天候が悪化する場合に備えて、できるだけのものを手に入れておこうと」

「天候のことはまたあとで、くわしく話しましょう」とストッダートが言った。「しかし、氷は予想よりもたしかにゆるんでいたのですね……？」

「永久凍土もです」

「永久凍土に達したのですか？　土壌に？」ストッダートの問いかけはジェラルディンよりも何分の一秒か早く口から出たので、ふたりとも最後のほうは同時にしゃべっていた。ストッダートはくりかえし言った。「コアが土壌に達したのですね？」

「たっぷり六インチは。そういう意味です。こんなチャンスはもう二度とないと思い、キャンディ屋にはいった子供みたいに夢中でした」

　ジェラルディンが隣のストッダートを見た。「ここに永久凍土の標本があるんです

か？」

　ストッダートは唇をきつく結び、かぶりを振った。ノアタックのチームリーダーであるビル・パーキンズが基地を離れる前にへまをやらかしたせいで、多くのものがあとに残され、失われてしまったのだ。

「もう一度、ゆっくり確認していきましょう」ジェラルディンが隔離室の男に向かって語りかけた。「あなたがはじめて見るような永久凍土の標本もしくは試料は、ほんとうになかったのですね？」

　マシューズは首を横に振った。「もう言ったように、何ひとつ顕微鏡で調べたわけじゃないんです。ただ取り出して、採取場所の番号と日付と時間を書いたラベルを貼り、後々のために保存しただけで」

　ジェラルディンは顔を両手にうずめ、焦燥のあまり目を固くつむった。「保存はどのように？」

「抜き取ったのとおなじ温度で冷蔵したんですよ！」マシューズは憤然と言った。「標本の保存の仕方ぐらいわかってます！」

「けっこうです、ダリル」とジェラルディンは励ますように言った。「では、つぎの質問には答えていただけるでしょう。そうした永久凍土で、温度が氷点よりも上のものはどれだけありましたか？　コアのなかのものが溶けていたという例は？　いくつかあったのでしょう？」

「ええ」と古植物学者は慎重に言った。「正確にいくつあったかは覚えていませんが——もちろん、日誌には書いてあるでしょう——たしかにありました」

「ざっとの数を教えてくれませんか？」デュピュイがやりとりに割りこんだ。

新しい声を聞いて、マシューズはためらった。「四つか五つです。それ以上じゃない」

「すると、そうしたものは冷蔵されなかったのですね？」とストッダートはきいた。

「当然じゃないですか！」マシューズがふたたび憤って言った。「冷蔵なんかしたら、正しい数値が得られなくなるでしょう？」

答えるかわりにストッダートは言った。「では、どのように保存されていたのです？」

「わたしは内部の温度を一定に維持できる試料ケースを五個もっていました」

「つまり冷蔵されてはいないが、密閉はされていたと？」

「そうです」

「外部との換気はまったくないのですか」極地の基地で働いていた経験を生かして、ストッダートはきいた。

「氷点より上のものは外気の温度にさらされていた。それが永久凍土をやわらかくしたわけでしょう。だからその状態に保ったんです」

「濾過はどうです？」とデュピュイがきく。

答えるかわりにマシューズは言った。「それが原因だというんですか？　氷が溶けて、何かが土のなかから解き放たれたと？」

「まだなんとも」とストッダートは認めた。「ありうることです。それで、濾過についての答えはどうなのでしょうか？」

「ありません。空気を清浄にしても意味はなかったんでしょう？」

もしかすると、それで数人の命が救われていたかもしれないのだ。「異常な天候は？」

「もう話したでしょう」

その挑戦的な態度がストッダートは気に入らなかった。「虫にひどく悩まされませんでしたか？」

マシューズは忍び笑いをもらした。「おかしなことをきくんですね。みんないやと言うほど食われてましたよ」

「ビリントンだ！」ストッダートの記憶がよみがえった。「昆虫学者のジョー・ビリントンが、ノアタックでいっしょに働いていたでしょう。虫の異常について何か言っていましたか？　見たことのない虫がいるとか……？」

ふたたびマシューズは直接答えようとしなかった。「ジョーは最初に発病しました。死んだのも最初だった」

観察ギャラリーのなかに、ふたたびざわめきがあがった。「彼は虫の標本を扱っていましたか……もしかして解剖していたのでは？」とデュピュイがきく。

　マシューズは肩をすくめた。「知りません」

　いっせいに落胆のため息が起こった。

「さっきの質問にもどりましょう」とストッダートは言った。「ビリントンが何か虫についてあなたに話したことは？」

「覚えているかぎりではありません」

「あなたの永久凍土の標本はどうです？」とジェラルディンが言った。「そのなかから何か、ビリントンがふつうでないと思うようなものを見つけていませんでしたか……化石や……萎縮（いしゅく）した昆虫を……？」

「言ったとおり、わたしは土壌の標本から自分用の試料を取り出すための作業にとりかかってもいなかったんです。もし昆虫を見つけていれば、その時点で彼に渡していましたよ。彼がわたしのものに、わたしより先に手を触れるはずがないでしょう……」

「生きた植物は採取しましたか？」とデュピュイが言った。「そのどれかに腐敗や劣化は見られませんでしたか？」

「その質問のポイントを聞かせてもらえませんか？」とマシューズが言う。

「細菌もしくはウイルスの温床です」ジェラルディンが平板な声で言った。

　ストッダートはその声にとげとげしさを聞きつけた。彼女の苛立（いらだ）ちは容易に察せられた。マシューズが気づいていなければいいのだが。なんの益にもならない。

「絶対ありません」と古植物学者は主張した。「わたしの採取したものはどれも傷ついてはいなかった」

「表面にあったものは、でしょう」ストッダートは穏やかに指摘した。「しかしコアのなかに――土壌の標本のなかに――あったものが傷ついていないということがあるでしょうか？　堆積（たいせき）のさいの圧力で、潰（つぶ）れたりゆがんだりしていたのではないですか？」

マシューズは困惑し、あいまいに肩をすくめた。「コア標本は、たしかにそうでした。言うまでもないことでしょう」

「われわれがやろうとしていることにかんしては、〝言うまでもないこと〟はありえないのです」ストッダートはきっぱりと言った。「ここのところを完全に正確にしておきましょう、ダリル。あなたは溶けた標本を取り出し、濾過はされないが通気性のある試料ケースに保存したのですね？　そして昆虫が大量に発生していたと……？」

「はい」とアメリカ人が言った。

「しかし自分の標本を整理するひまはなかった……何か異常なものがあったかどうかも判断できず、そのなかに捕えられていた虫をビリントンに見せるようなこともなかったのですね？」

「そんなところです」いまは落ち着いた声で、マシューズは言った。

「年代決定については？」ストッダートは食いさがった。「なんらかの酸素同位体の数値はありましたか？　あなたがたが試錐機でボーリングし……標本を取り出していた場所がいつの年代のものか、その手がかりを示してくれるものは？」

「当然あったでしょうね。しかしどんな数字だったのかは知りません……そのあとどうなったのかも……」

データベースはないのだ、とストッダートは思った。南極のも、ノアタックのも。まったく不思議なことではない。自分も実際に観測基地で働いていたストッダートは、物事が決して原則どおりにはいかないこと、またたとえば、いっとき異常な天候が続くあいだに何もかも採取してしまうといったときのように、環境に適合するためにそうした原則がいかに曲げられ、無視されるかを承知していた。だが、外部の人間には理解できないだろう。彼らは科学者というものがおそらく厳密な科学的原則に従って働いていて、どれだけの数の疑問にたいしてもかならずひとつの答えを出すことができるものと思っている。

ねばり強くジェラルディンが言った。「昆虫学者のビリントンが、予想外の昆虫を見つけたということがなかったのは、ほんとうにたしかなのですね？」

「われわれは親しくなかった。友人じゃなかったんだ！」とマシューズは激した声で言った。「たとえ何か見つけていたとしても、たぶんわたしには話さなかった！」

ペラムがとりなすように言った。「この人はもうかなりの長時間つらい目にあっています。すこし休ませてやったほうがいいでしょう。まだイギリス人がいますから」

ハロルド・ノリスは机に向かってはいなかったが、手書きの原稿はきちんと積み上げられ、回収されるのを待つばかりだった。本人は安楽椅子（いす）のひとつにすわり、頭を背もたれにもたせかけて、目を閉じていた。その姿勢のために顔と頸（くび）が後ろのほうに伸ばされ、あるはずのしわが消えているのかもしれなかったが、それらしきものの痕跡（こんせき）はストッダートには見えなかった。男の髪はブロンドで、色が抜けているかどうかを見きわめるのはむずかしかったが、量はまだたっぷりあった。身長や体重の減少も目にはつかない。椅子にすわって緊張を解いていても、ハロルド・ノリスは、ゆうに百八十センチを超え九十キロはくだらないとアラスカ行きの前の医療記録にあるとおり、ひと目でわかる大柄でがっしりした男だった。

彼はストッダートが話しかけたとたんに目を覚まし、見慣れない周囲の様子にも驚きを一瞬たりとも見せず、ストッダートの名前にもすぐに反応した。

ノリスはすかさずこう言った。「わたしはなんとか免れたようですが、アンリはやられているのでしょう？」

「ええ」とストッダートは認めた。

「救えそうですか？」

「わかりません」

イギリス人の気候学者はじつに用意周到で、ストッダートはすぐに、この男はすでに書きあげた報告書を使ってリハーサルをしていたにちがいないとふんだ。あらゆる返答が簡潔かつ正確で、求められたときにしか意見は口にしなかった。ノリスの記録したデータは残らず基地とともに消えてしまっていたが、数値の大部分を完全に記憶しているようで——誤解や混乱を避けるためによく覚えていないものはとくにそう明記した——彼らがノアタックにいた三十八日のうち例外は二日だけで、体感温度とは関係なく、この間の気温はおなじ時季の平均気温よりも五度から六度高かったと主張した。「『ネイチャー』や『サイエンス』に論文を発表できるだろうとさえ思いましたよ。実のところ、あなた個人あてに電子メールを送って、この点を話し合ってみたいとも考えました」ノリスの測定によると、永久凍土とツンドラの温度はこれまでの記憶にあるよりも三度高く、その予想外の暖かさが昆虫の蔓延(まんえん)という問題を引き起こしたのだと信じていた。

「虫がそこいらじゅう飛びまわってました」デュピュイの問いかけに答えて、彼は言った。「でもわたしの知るかぎり、見たことのない虫はいなかったですね。蚊とかブヨとかでした」これだけ温暖だったにもかかわらず、ノアタック基地の周辺に細菌が繁殖する温床となるほど腐敗あるいは劣化していたものはなかった、とノリスは確信していた。

またデュピュイの質問に答え、だれかの負った傷口が感染して細菌が繁殖するようなこともなかったと断言した。

「役に立つかどうかわかりませんが、わたしは糖尿病なんです。ひょっとするとインシュリンが予防に使えるんじゃないでしょうか」

「それは記録しておく必要がありますね」とペラムが同意したとき、彼のポケットベルが鳴った。その表示窓から目を上げると、彼は言った。「科学相たちが到着しました」


ストッダートはつかのま、アマンダ・オコネルがワシントンからやってこなかったことをいぶかしく感じたが、最初に一度訪れたあとでは実際的な理由がなかったからだと思いなおした。まったく同様に、ストッダートが大臣や科学顧問たちとともに隔離室へ引き返すのも無意味だろう。これは政治的、義務的な訪問で、彼がそのなかにくわわるいわれはどこにもない。ポール・スペンサーはいっしょに行くものと思いきや、このホワイトハウスの連絡役は新しく到着したグループについていこうとする動きを見せず、これはいい機会だとストッダートは見てとった。

すぐにスペンサーが言った。「われわれふたりだけのときに、聞いておくことはあるだろうか？」

ストッダートは眉をひそめた。「まだ着手したばかりです。ようやく救助隊の四人が書いたものを読んで、遺族に引き渡すべき私的な内容のものを選り分けました」

「それは必要なことだと思う」スペンサーがアラスカの生存者に会うまいと決めたのは、二度と見たくもないしその必要もない恐怖にまたぞろ対面するのがいやだというよりも、むしろおのれ自身の自己満足への異議申し立てのためだった。彼の考えるポール・スペンサーとは、つねに事態の中心にいる必要不可欠な人物であって、コピー機を動かしたり書類を準備したり、外国の大臣のツアーガイドをつとめたりするような使い走りではない。なのにあの連中はフォートデトリックへ来る道々、スペンサーの存在をほとんど無視し、自分たちと同等の存在として口をきこうとする彼の厚顔さに侮辱されたような顔を見せていた。それはまさしくアマンダ・オコネルの態度でもあった。あの高慢ちきな女は、あとで考えなおしたというふりをして――たぶんそのとおりだったのだろうが――自分は大統領とモスクワとの話し合いのためにワシントンに残る（「わたしがいるべき場所よ」）と尊大に言い放ったのだ。おれがいるべき場所もあそこだ、とスペンサーは思った。あの女に負けずおとらず。大統領執務室のなかで、かわされる言葉という言葉に耳をすませ、計画を練っていなくてはならないのだ。いまあそこにはディック・モーガンがいて、すべてを聞き、すべてを頭に入れていることだろう。

「そちらのほうで、何か新しいことは？」

「ロシアの状況のために、この件全体が新しいボールゲームに変わった」

「向こうで何が起こってるんです？」

「大統領が今日、なんらかの働きかけをおこなう」

「何かあったらすぐ教えてほしいと、アマンダに伝えてください。いいですね？」

「了解した」とスペンサーは硬い声で言った。

「この私的な文書についても、彼女と話をしなくてはなりません」

「どういう文書かね？」スペンサーは警戒してきいた。

「おおむね、別れの言葉です」間をおいた。「ジェームズ・オルセンが法的な指示を書き残しています」

「すべてわたしが持っていたほうがいいだろう。わたしからアマンダに見せられる」

「親族のほうはどうします？」

「保安上の問題がある」

「ばかな、遺族には知る権利があるんですよ」とストッダートは主張した。「わたしはパトリシア・ジェフリーズの弟と話をしなくてはならない。もっと前にそうするべきだった……」

「ちょっと待ってくれ、ジャック。きみの言うことはわかるが、こんな恐ろしい話を外にもらすわけにはいかない、この準備不足の段階で……」

「準備不足の恐ろしい話だって！　本気なのですか？」

「ジャック！　すでに決定があった……」

たいと「だれの決定です？」

「きみにホワイトハウスの考えを伝えよう。わたしの役目はそういうことになっている、違うか？　われわれがなんらかの決定を下すまで、一切は伏せつづけられる」」

「ひとつ頼みを聞いてもらえますか」とストッダートは言った。「アマンダにこの件で話があると伝えてください、今日じゅうに。パトリシアの弟に電話をする前に、話がしたいと」

「アメリカ側の説明によると、ある民間の航空機によって捕捉された、電波状態の異常による傍受だということだ。テープを作ってワシントン駐在の大使に渡すと言っている」とロシア大統領は言った。「もちろん作り話に決まっているが」

「例の病気については？」とグレゴリー・リャリンがきいた。

「向こうにもわかっていない」イリヤ・サヴィチは言った。「だが、政治と科学の両面で国際的なグループがすでに招集されている。わが国も一員として参加せねばならない。きわめて重要な問題だ、医療上の意味でではなく」

「どのような意味で？」

「ＩＭＦ（国際通貨基金）と世界銀行への申請のために、ぜひともアメリカの支援が必要なのだ」とサヴィチは明かした。「今回の問題についてわが国は全面的に協力する。

最高の、最もふさわしい科学者を選んでくれ。政治的な交渉はすべてきみに一任する」

13

それが唯一にして適当な人選だとわかってはいたものの、それでもだれか代わりはいないものかと、グレゴリー・リャリンは個人的に思わずにいられなかった。ライサ・イワノワ・オルロフは〈研究所〉における彼の第一顧問であるというだけではない。第一線で活躍中の科学研究者であり、そのウイルス学における業績は世界中の尊敬を集めていて、昨年はノーベル賞候補にもあげられ、周囲も――だれより本人が――実際に受賞することを確信していた。三十九という年齢でその希望がかなえられていれば、史上最年少の受賞者となっていたところだ。だがけっきょく賞は、前立腺癌の原因となる三つの遺伝子とその配列をつきとめたアフリカ系アメリカ人のところに行き、そのことは薬理学の分野におけるアメリカの支配のみならず、人種にかんする西側的〝政治的公正〟への迎合を示すものとして、ライサ自身やその支持者からおおいに愚弄された。しかしそのアメリカの治療が九十三パーセントの割合で効果をあげたという事実は、ロシアによる抗議の助けにはならなかった。

さらにそうした事実にくわえ、彼女がこの十日間にわたり、ユルチンの全員の命を奪った奇病の調査チームを率いていたという事情もあった。

ライサは長身で、したがって身体的には堂々たる女性だったが、その彼女が椅子から身を乗り出し、顔をうつむけて、アメリカの旅客機に傍受されたとされるシベリアからの無線交信に耳を傾けていた。テープが終わると、ライサは自分の思いに没頭したまま、嫌悪に駆られたように言った。「アメリカがこれを手に入れた——どうやって手に入れたかはともかく——なのにこちらには録音すらなかったなんて！」

「役に立つだろうか？」

ライサははねつけるように手をさっと一振りした。「国民が怖がり、パニックにおちいるだけだわ。わたしにこんなものから何を察しろというんですか！」

リャリンは理想家で、ロシアにおける改革の信奉者であり、みずからも満ち足りた私的な結婚生活でと同様、職業上の振る舞いでも、できうるかぎり断固として清廉であろうとする個人的な決意を固めていた。「何かわかるかと思ったものでね！」今回の顔合わせがこれまでとは違ってもっとましなものになるなどと、なぜ自分は期待したのだろう？

「何もありません」とライサはまた手を一振りして言った。「それで、どうなのです？」

今度はリャリンが身振りで、いまは無音になったテープのほうを示した。「これは両国の大統領間の話し合いのあとで、国務長官からワシントンのロシア大使に直接手渡された。それと同時に、彼らの調査チームにくわわるようにとの誘いがあったが、もちろんわが国は参加する予定だ」

「あとどのくらいで？」ブロンドの、彫像のような女が言った。

リャリンも知らなかった。「二時間だ」

確証が得られたといわんばかりに、ライサはうなずいた。「大使は、正確にはなんと言っていましたか？」

「南極にあるアメリカの基地と、さらにアラスカでも例の病気が発生した。死者も出ている」この独裁者じみた要求の多い女とともにこれから過ごす時間を自分は楽しめないだろう、とリャリンは思った。絶対にありえない。それは熟考の結果ではない、ただのうんざりするような認識だった。

「何人です？」

「わからない」

気分を害したような、苛立ちのため息が聞こえた。「生存者は？」

「それもわからない。いたとしての話だが」

「わたしは生存者に会いたい。生存者が必要だわ」リャリンにというよりも、自分自身に向かってライサが言った。

血の通った人間として考えているわけではあるまい、とリャリンは思った。この女には単なる実験対象なのだ。「フランスもイギリスもチーム全員を派遣してはいない。政治家と科学顧問だけだ……」

「ロシアがそうしていけないわけではないでしょう？」とライサがさえぎった。

「行くのはきみとわたしのふたりだけだと決まっている」

「あなたが決めたのですか！」

「全体的な状況がつかめるまでだ」

「つまり、わたしがアメリカの病理学に頼ると……向こうから与えられるものだけに従うということなのですね」

「まだ向こうに着いてもいないだろう。何を期待できるかもわからない」

「アメリカから期待できることなど知れているわ！」ライサはまた身を乗り出し、頭を垂れて考えこんだ。「やつらは何もわかってはいない。だからわたしたちに近づいてきたのよ。助けを求めに」

その混乱したシニシズムに不快を感じ、リャリンは身じろぎをした。「われわれのほうも行きづまっているのではないか？」

ライサはうつむいたまま頭を横に振り、答えようとはしなかった。「ユルチンの全員が――逃げ出した者たちも含めて――死亡したことを、向こうには知らせたくありません。こちらが生存者を何人か生かしつづけていると思わせたほうが、向こうもわかっていることを進んで教える気になるでしょう」

交渉の論理としてありえないことではない、とリャリンは思ったが、どうにも気に入らなかった。「きみは犠牲者たちから何をつきとめた？」

非難の含みを感じとり、女の頭がさっと上がった。「もうすぐです」

嘘をついている、とリャリンはすぐに判断した。「何がだ？」

「診断を下せるのが」

「どんな？」

「いまだかつて遭遇したことのないウイルスです」

「どういったウイルスなのだ？　原因になったものは？」

「それをつきとめるために、いまもテストを続けているのです」

「そのことを彼らに伝えれば、役に立つだろう」

ライサはすぐには答えなかった。やがて笑みを浮かべて言った。「かもしれませんね」

はったりにかけては向こうが上手だ、とリャリンは認めざるをえなかった。さらに彼女はリャリンを使ってすでにワシントンにいる者たちにもブラフをかけ、彼らに情報を差し控えることなく譲り渡させようとしている。彼は言った。「恐るべき病気が発生していて、われわれはなんとしてもそれを食いとめる方法を知らねばならないのに、現時点ではまだ実現できていない。きみにはぜひとも、科学的な知識や進歩は自由な意見の交換によって達成されるという原理に従ってほしい。全員がだれにたいしても率直でなくてはならないのだ」

ライサの唇がそれとわかるほど侮蔑(ぶべつ)にゆがんだ。「あなたは政治のことに専念してください。科学のことはわたしが引き受けます」

ふと思い出し、リャリンは言った。「ごく当然の理由から、一切の事情は公表されていない」

すぐにまた新たな疑惑が萌した。「ワシントンの決定ですか？」

「ロシア以外の三つの国が賛同している」

「こちらが向こうに行く。こちらが向こうの病理学に従う。そしていつ公表するかを――公表するかどうかを――向こうが決めるわけね」

すでに今回の件を競争だと決めこんでいる。向こうとこちら、こちらと向こうか、とリャリンは思った。時代遅れの、現状からずれた認識だ。「きみは多くのことを予断で判断しすぎる。ごくわずかな事実的証拠からたくさんの結論をひきだしすぎるのだ」

「もう言ったでしょう、わたしはリアリストだと」

いまの段階では――いつの段階だろうと――おそらく意味はないだろうが、リャリンとしてはこの女の傲慢(ごうまん)さを抑えこむための努力をせねばならなかった。「ではひとつ、はるかに重要な現実を指摘させてもらおう。科学相として、きみをきわめて不確かで困難な状況に引き入れる張本人として言うが、きみには少なくとも科学的に開かれた姿勢でいてもらいたい。われわれがどのような形で働くことになるのか、いまはまだわからない。それがわかるまでは――わかったあとでも――きみにはつねに、わたしが上司であることを認め、指示に従ってもらいたい。米英仏が全面的にこちらに協力するつもりだと判断すれば、わたしは――きみもだ――彼らに協力する。何より必要なのは原因と治療法をつきとめることで、ゴールラインを一番に通過することではない」

憤懣のあまりライサは、すぐに返事をすることもできなかった。やがてようやく言った。「わたしたちが招かれたのが、ほかならぬこの分野でのわたしの名声のためだという思いは浮かびませんでしたか？」

今度はリャリンが返答に詰まり、相手の自惚れに文字どおり息を飲みそうになった。「いや」と穏やかな、しかし熱のこもった声で言った。「そんなことは思い浮かばなかった。それが事実だとも思わない。わずかでもそんな可能性があるとも。われわれが招かれたのは、こちらで向こうとおなじ病気が発生していることをアメリカが知っていて、彼らが最大限の情報を求めているからだ。きみを選んだのはこのわたしだ。そしてきみを――ほかのだれでもなく――選んだ理由は、きみが自他ともに許すこの分野での専門家で、またユルチンの医学的調査を率いていた人間でもあるからだ。アメリカがきみを指名したわけではない。わたしに同行する科学者がきみだということも、向こうはまだ知らない……」

ライサ・オルロフの固く結ばれた唇は、もはやゆがんではいなかった。いまでは薄い直線となって怒りに赤く染まった顔を二分し、手は膝の上で、こぶしが白くなるほどきつく握りしめられていた。

「……というわけだ」とリャリンはしめくくった。「われわれがワシントンでどのように働き、振る舞うべきか、わたしの考えをわかってもらえただろうか？」

「はい」この女の態度すべてがそうであるように、その返事も不承不承だった。

「けっこうだ。われわれふたりのあいだに——今後とも——誤解がないように願っている」ひとりを敵にまわしたことはまちがいない。チャンスがあればこちらの寝首を掻こうとさえしかねない相手を。こんな事態は避けられたのではないかという不安な思いに、リャリンは駆られた。この女を使おうとさえしなければよかったのではないか。だがライサ・オルロフは、まぎれもなくこの分野でのロシアの第一人者である。当然ながら、アメリカにたいして完全に率直であろうと努めることの裏に財政的な理由があるなどと、彼女に告げるのはもってのほかだ。ライサがいみじくも言ったとおり、自分の責任は政治にあるのだから。

彼らはふたたび一堂に——今度はストッダートの仮のオフィスに——会したが、政治家たちが遅れてどやどやとはいってきたせいで、全員がそれぞれに混乱を来(きた)した。ポール・スペンサーとの衝突で苛立(いらだ)っていただけのストッダートにくらべ、ジェラルディンとデュピュイはさらに落ち着きを失うだけの個人的な理由があった。死んだ救助隊員の遺族たちへの私信だと判断したものについて予防措置を講じておいたことに、ストッダートは満足をおぼえた。

もはやなんのためらいもなく、ストッダートは主導権をとって口を開いた。「では、現在の状況について話し合いましょう。すでにあきらかになっていて、この場で役に立つかもしれないことを……」リーダーは先頭に立ち、あとの者は従うのだ。「わたしの立場から、つまり専門分野から言いますと、今回の北極と南極とに共通する特徴はたしかに平年よりも高い気温だと思われます。もしノアタックでも暖かかったことがわかれば、おなじことがユルチンにもあてはまると考えてよろしいでしょう」

「すると、きみの主張が裏づけられるかもしれないわけだな」ペラムがすかさず口をはさんだ。ジェラルディンが眉(まゆ)をひそめるのを見て、彼は言った。「ジャックはわが国における地球温暖化問題の権威なのです。気候の変化による大災害を予言して世間の人々を恐れおののかせているのですよ」

長いあいだ科学畑で過ごし、プロの毒舌にも触れてきたジェラルディンは、その発言の裏にひそむ冷やかしを感じとった。「もしも彼の予測が正しければ、はるかに恐ろしい結果になるでしょう。それがわたしたちの探しているものの直接的な原因だと言うつもりはありませんが、遺伝学的に日光の紫外線は酸化をもたらし、酸化は老化のプロセスを誘発する可能性があります」

「温暖化の事実を示す明確な、実証的な証拠はあるのですか?」とフランス人がきいた。一切を——まったく議論の余地のない事柄まで——記録にとどめようと躍起のデュピュイは、ストッダートとジェラルディンの唖然とした表情も意に介さなかった。

「すでに確認されたことです」とストッダートは平板な声で言った。「イギリスでの調査によると、一九九九年は同国の観測史上最も暑い年でした。世界的に見てもおそらく史上四番目にはいるでしょう。予測では二一〇〇年までに、地球全体の温度は四度上昇するだろうと言われています。その影響のひとつとして南極の氷が大量に溶け出し、結果ロンドンやニューヨークや東京といった沿岸の都市が——事実上すべての沿岸都市が——水没する程度の水位の上昇が見こまれます。実際のところ、原子力潜水艦のレーダーによるデータを利用したワシントン大学の研究では、北極とグリーンランドの海氷が過去四十年間に四十パーセントの割合で溶けていることがわかっているのです」彼は間をおいた。「必要以上に強調すべきだと言っているわけではありません」

「そうしていけないという意味ではない」ペラムは圧倒され、ひきさがった。「くわえて注目すべきは、ルブランの視力が低下し、いまではほぼ失明状態なのですが、それが緑内障ではなくＡＤＭ――黄斑変性――によるものだということです。ＡＤＭは老人特有の、目の内部に死んだ細胞が蓄積する病気です。その発症についてはやはり紫外線が最大の要因とされている……」彼はデュピュイに向かって直接語りかけた。「ルブランには安全な範囲内でできるかぎり大量のプロゲステロンを投与しています。しかし進行を遅らせるという効果は見られません。あと二日というところです。もっと早いかも……」

「インシュリンはどうなのです？」とデュピュイがきく。

「彼は糖尿病ではありません。インシュリンを与えればさらに早く死に至るでしょう。彼を救うことはできない。その方法はまだわからないのです」

デュピュイは目に見えてたじろいだ。死にゆく気候学者とはじめて対面したときの反応といい、このフランス人が客観的な見方を保っていられないことに、ジェラルディンはあらためて驚かされた。彼女はきびきびと言った。「温暖化のことをもうすこし話しましょう。虫の大量発生という共通点もあるようです。伝染病を媒介する昆虫もしくは寄生虫が現われた――突然変異かもしれません――という可能性についてのお考えはいかがですか？」彼女は片手でさっとあたりを払う身振りをした。「たとえば、ガンビアトリパノソーマはアフリカに固有の寄生虫で、嗜眠性脳炎、つまり睡眠病を引き起こします。わたしの理解では、北極と南極はどちらもかつては亜熱帯気候でした。今回の犠牲者たちはみな、極度の疲れを訴えています。凍りついたツンドラのなかで生き延びていた何かが、温暖化によって解き放たれたということはありえないでしょうか？」

ストッダートは言った。「ヴォストーク湖の発見を忘れないようにしましょう。あるいはサソリの生命力を。理由はまだわかりませんが……」とデュピュイを見る。「……これだけ多くの実証的証拠があるなら、かつては熱帯だった南極から、長らく生命活動を停止していた生物がよみがえったと考えるのは不可能ではありません」

「だとすれば、犠牲者の血液から睡眠病に似たものの因子が見つかってしかるべきだろう」とペラムが釘(くぎ)をさした。「われわれはまだその呼吸器疾患を説明するものを見つけていない」

「突然変異の場合には何を探しているのかわかりようがないということで、すでに見解の一致を見ているのではないですか？」とデュピュイが指摘した。

「たしかにそれは、考慮すべき事柄です」と所長は認めたが、実感がこもっていないのはだれの目にもあきらかだった。

ストッダートはこの最初の正式な、印象を交換しあう会議の本質的な部分を評価しようとしていた。そして多すぎる一般論よりもむしろ、ただひとつの印象を基礎にしたほうが成果は大きいのではないかと感じていた。

「昆虫やシラミの大量発生の物理的証拠についてはどうですか?」とフランス人がきいた。「睡眠病の寄生虫はおもにツェツェバエによって媒介されますが」

「やはり何も発見できていないのです」とペラムが主張した。「化学的な繊維テストはまだ終わっていません。それにツェツェバエはイエバエなみの大きさがある。そういったものがあれば、まちがいなく最初の肉眼による検査のときに見つかっているはずです」

「わたしは死亡した人の組織の標本を、生き延びた人のものと遺伝学的に比較してみたいのですが……」とジェラルディンが切り出し、ストッダートに微笑(ほほえ)みかけた。「あなたの髪の毛を一、二本いただいてもかまいませんか?」

ストッダートも笑みを返した。「いいですよ。何を探そうというおつもりで?」

「突然変異体です」とジェラルディンは簡単に言った。「一九九九年にミラノにあるヨーロッパ癌(がん)研究所が、p66shc という蛋白質(たんぱくしつ)の遺伝子をもたないマウスは平均余命が四十パーセント延びることを発見しました。この突然変異はさっき申しあげた酸化へのマウスの対抗力を増すものです。簡単に言えば、体内に自然に存在する免疫(めんえき)細胞の修復や取り替えにたいする障害を取り除く……」

「その突然変異を人工的に作り出すことは可能なのですか!」ストッダートが勢いこんできいた。

ジェラルディンはまた微笑んだが、今度の笑みは悲しげだった。「史上最も丈夫なマウスを作り出したという点では、医学の勝利ですね。わたしの記憶にあるかぎり、ミラノでもその突然変異の原因はつきとめられていません。遺伝学的にいうと問題は、その技術を転換し、動物から人間に移しかえることにあります。ヒトゲノム・プロジェクトへのイギリスの貢献は、ケンブリッジのサンガー・センターによるものです。人間の二二番染色体を完全に解読したあのセンターの分子生物学者たちに、今回の犠牲者と生存者の遺伝子の違いが見つかるか調べさせようと思っています。それからミラノで何か進展があったかどうかもチェックする……この件にかんしての問題は、それが起こることはわかっていても、なぜ起こるかがわからないという点なのです」

「技術的にはどのくらい困難なのでしょう？」ストッダートがさらにきく。

期待に応えられればいいのだけれど、とジェラルディンは思いながら、かわりにこう言った。「こんなふうに考えてください。『ブリタニカ大百科事典』十冊の全ページを一枚ずつ破りとる。それをすべて細かくちぎり、パーティのビンゴで使う箱に入れて混ぜ合わせる。そのあとでだれか英語を読みも話せもしない人を呼び寄せて、その破片をぜんぶまたきちんと、読めるようにつなぎあわせろと言うようなものです」

「そんなことが可能だと考えられているのですか？」

「遺伝子配列解析コンピューターを一日二十四時間、一週間ぶっ通しで動かさなくてはむりでしょう」とジェラルディンは認めた。「二重螺旋（らせん）には二十三の異なる染色体があり、そのあいだには三十億のDNA（デオキシリボ核酸）の塩基があります。二二番染色体を別にすると、わたしたちはそうした三十億の塩基がどのような順序で配列しているのかを知りません――たえず新しい情報がはいってきてはいますけれど。実のところ、機能をもたない役立たずのDNAのほうがちゃんとした働きをもつDNAよりもずっと多いのですが、そのことも足しにはならない。前者が後者に何か影響を与えているかもしれないのです。したがってそうしたDNAの機能や、それらが引き起こしたり影響をおよぼしたりする可能性のある病気や疾患を理解するためには、やはりその配列の順序をつきとめる必要があります」

「試みるだけむだのようですね」とデュピュイが否定的に言った。

ジェラルディンはまたあからさまに驚いた表情をした。「わたしはむだだと思っていたら、最初から口に出したりはしません。それよりもっとましな、時間のかからない案があるとおっしゃるなら、うかがいたいものです。いままでお話ししてきたのは一般的な遺伝学的調査にまつわることで……」ストッダートのほうにうなずいてみせる。「それがわたしが説明を求められている内容だと思ったのですけれど。いまお話ししたあらゆる発見がこれからの出発点になるはずです。あきらかにわたしたちがたどるべき道のりであって、実現不可能な道のりではありません！」

デュピュイは顔を赤らめた。「あなたが勧められるのであれば、もちろん賛成します」

「だから勧めているんです」

ペラムの問いかけ――「リークのほうはだいじょうぶでしょうか？」――は両者の衝突をやわらげようという意図が見えすいていて、これは自分のするべきことだったとストッダートは思い、苛立ちがふくらむのを感じた。

「独立した科学的テストや調査がおこなわれるべきでしょうね！」とジェラルディンはふたたび憤った口調で言った。「遺伝学的情報のリークの危険ということなら、それはゲノム・プロジェクトの原則を受け入れてあらゆる発見をインターネットで公開しているイギリスよりも、むしろアメリカの――そして遺伝子研究の特許を得て商業的利益につなげようとするそちらの科学者たちの問題でしょう……！」もうやめるのよ、とジェラルディンは自分に言い聞かせた。

歯に衣着せぬその発言に気を悪くしたとしても、ペラムは表にはあらわさなかった。

「わたしは南極とアラスカの基地の両方が燃えたことについて考えていました。とくにアラスカでは、氷が薄かったためにツンドラが露出し、感染が起こったのかもしれません。もしそれが原因だとすれば、火によってさらに凍土が溶け、さらに多くの感染の原因が解き放たれていると考えられる。そこであの場所に調査員を――今度はきちんと装備させたうえで――送りこみ、追加の試料や標本を採取し、しかるべき科学的分析にかの気象観測装置、とくに温度計を設置してくるべきでしょう」
「同感です」ストッダートの言葉にも嘘（うそ）はなかった。「さらにどちらの現場にも、自動
「それはすばらしい案だと思います」とジェラルディンはすぐに、本心から言った。
けるというのはどうでしょう？」

「どなたかを怒らせてしまったのでなければいいのですけど」とジェラルディンは言った。彼女とともに残っていたのはストッダートひとりだった。フランス人は瀕死（ひんし）のアンリ・ルブランと話をするために隔離室へおもむき、ペラムは彼女に渡す組織の標本をまとめに出ていった。

「そんな様子はありませんでしたよ」怒っていなければむしろ驚きだ、とストッダートは思った。もしあのふたりとおなじようにつっかかってこられれば、彼自身どうなっていたか。いや、問題はそのことではない。自分たちは私情を排した専門家のグループという建前ではあるが、怒りにまかせての口論が起こるのは当然予想されることだ。名目上とはいえ、これまでのところその資格を問われてはいない議長として、自分がみんなを仲裁する役にまわらねばならない。

「わたしには問題があるみたいで」ジェラルディンの気短さは、マイケルからも聞かされた批判のひとつだった。彼にはほかにもいろいろなことを言われた。いまではあれほ

ど長く続いたことが信じられなかった。あれほど長くあの男に耐えてきたことが。あと知恵だ、と自分に言った。すべては、わたしは恋をしている、彼がありのままのわたしを受け入れることを学んだ、変わらないままのわたしを愛してくれている、という思いこみのなせるわざだった。そう判断できるのも、やはりあと知恵なのだ。マイケルとはずっと恋愛関係にあった。あまりに長いあいだ。それがじつは一方的な想（おも）いであって、向こうにはジェラルディンと結婚するつもりなど——彼女が妊娠したときですら——さらさらないことがわかったあとでも。ジルと別れてきみと結婚すると、彼はいつもセックスの前に約束したが、終わればあっという間に忘れてしまった。彼が口にしたなかでいちばんひどい台詞（せりふ）は、きみはわざと妊娠してぼくに自分とジルのどちらかを選ばせようとしているという、胸を引き裂くような非難の言葉だった。じじつ彼は選んだが、彼女の望んだ選択ではなかった。彼女のアパートにずっと置いていた哀れなほどわずかな自分の持ち物をまとめることもなく（あれほど露骨な警告になぜ気づかなかったのだろう！）そそくさと妻のもとに帰っていった。ジェラルディンはほっとした。ようやく抜け出せたのだ、あの行き詰まりから。彼にとっては金のかからないセックスというだけの関係から。イングランドから。そしてこの、百パーセント熱中できる、いくらでも時間の必要な状況へと投げこまれたのだ。「わたしの問題といえば、あなたのご気分も害してしまったのではありませんか？」

「何がです?」ストッダートは眉根を寄せた。

「あなたが〈大地の友(フレンズ・オブ・アース)〉の信用証明をうけてらっしゃるのを知らなかったせいで」

「わたしはどんな圧力グループの一員でもないし、関心もなければ、スローガンを書いたTシャツを着たりもしません。あきらかな事実を各国政府に知らせたいと思っている、ただの環境科学者にすぎない」

「さっきはともかく、いまお気を悪くされたでしょう」ジェラルディンはふと、場違いな思いにとらえられた。行き先をだれにも告げてこなかったのだ。留守番電話は、できるだけ早く折り返し電話しますという声が録音されたままになっている。たとえ連絡がつかなくても、まさかマイケルは、わたしが自分自身を傷つけたのではないか――もしかすると自殺したのではないか――などと考えはしないだろう。そんなことを考えるとしたら、よほどわたしのことを知らないのだ。でも、あの男は実際にわたしのことをよく知らなかった。それに、自分に捨てられた女が自殺するのではと想像するだけの傲慢(ごうまん)さも持ち合わせていた。

「謝られることはありませんよ」

「とにかく、問題を起こさないようにしたいので」

「われわれの問題は、取り組むための材料がまだ足りないことです」

椅子(いす)の上で姿勢を正すと、彼女は言った。「もう一度感染源に向かうというペラム所長の考えは名案でした」

「あなたのものですよ。例のわたしの試料を、いまお望みですか？」

われながら性的なニュアンスに敏感になっている、ジェラルディンはそう思いながらも、目の前の男からはまったくそれらしい感覚をおぼえなかった。ウォルター・ペラムやギー・デュピュイの場合と同様に。こうでなくては。混乱した感情のはいりこまない、対等な関係を保たなくては。「とにかく取り組む材料が乏しいのですから、あなたがご自分の髪の毛をひっこ抜く価値はあるでしょう」

ストッダートは何本か髪の毛をつかんで引き抜いたが、これほど痛いとは思いもよらず、「あいた！」と声をあげた。どこかしら間抜けな気分で、自分の毛髪を手に持ってすわっていた。「何か処理が必要ですか？　無菌状態にするとか？」

ジェラルディンは立ち上がって毛髪を受けとると、黄色い法律用箋のパッドから一枚破りとって無造作に包んだ。「ほかのものといっしょに、きちんと試料のラベルを貼っておきます。無菌処理は毛髪の場合は関係ありません」

「突然変異は何によって起こるのでしょう？　変化やねじれのようなものですか？」

「完全にはわかっていません。感染で――細菌かウイルスによって――起こることもありうる。遺伝子そのものの相互作用ではないかと思えるときもあります――思えるだけで、確証はありませんが。化学物質や紫外線が関係しているとも考えられる……」疑わしげなストッダートの表情を見て、ジェラルディンは言った。「簡単な話だと申しあげはしなかったでしょう」

「あんな髪の毛の二、三本でなく、せめて目の前にあってつかめる藁ぐらいはほしいですね」

「モスクワから来るかもしれませんわ」

「あれをシャングリラ病原体と呼ぶのは、いい考えだと思われますか？」

政治家たちが訪れてきたあいだに、ジェラルディンはその大統領の命名について聞かされていた。「いえ、とりたてては」

「わたしもです」とストッダートは言った。「そう呼ぶのはやめておきましょう」

もし神を信じていれば、ポール・スペンサーは神に感謝していたろうが、かわりに彼は幸運に感謝した。とはいえ、幸運もそれほど関係があるわけではなかった。その比喩を面白く感じながら――この皮肉な意味合いをいっしょに理解してくれる人間がいてくれればいいのだが――自分が網をひろげ、ただＣＩＡがたぐり寄せるのにまかせたことを思い出した。あの横柄な政治家どもを、そしてアマンダ・オコネルを、予想外の会議に呼びつけてやれる状況も楽しかった。この会議を計画したのはジャック・ストッダートとの対面後で、気候学者から電子メールを受けとったのもそのあとだったのだが、おかげで連中に投げつけてやれる情報がさらに増えた。これをやつらの有能さを見きわめる試験の場にしよう、とスペンサーは決めた。なにしろおれは大統領の目であり耳なのだ。アマンダはそのことをちゃんとわかっているのか？　今日一日が終わる前には、まちがいなく思い知るだろう。このポール・スペンサーは、何も知らないまま生贄（いけにえ）にされるスケープゴートなどではない。あの女がどうやってその役割を避けようとするのか、これは見物だ。

　スペンサーはわざと時間に遅れてペンシルヴェニア・アヴェニューを渡り、ブレアハウスに着いた。連中を待たせてやりたかったのだが、その目論見（もくろみ）は当たった。会議室に転用されたダイニングルームにはいっていくなり、アマンダが言った。

「自分で立てた予定も守れないなんて、よほど大事な用だったのでしょうね！」

「どこからはじめればいいか、判断するのがむずかしいのですが」スペンサーは説明の手順を頭のなかで完璧（かんぺき）に組み立てていた。「コピーをとる時間もあるかどうか怪しいのですが、もちろん用意しますので……。まず最初にその他の、説明のつかない事柄からはじめるべきでしょう……」すでにきちんと並べられた書類をあちこち置きかえるふりをしてから、ＣＩＡのプリントアウトを抜き出すと、海における異変をひとつひとつ長い間をおきながら読みあげ、そのあとでデヴィッド・フーリハンからの報告を明かした。説明の途中に割りこむ声や、読み終えたときのすばやい反応もないまま、ついで彼はロシアの参加を発表し、そのあと最初に口を開いたのがレネルであったことにほっとした。質問の前にスペンサーはこの相手と、フォートデトリックの科学者グループにまつわる詳細――そして判断――について、きわめてわざとらしい会話をかわした。

「あなたが先ほどの情報を紹介された理由は――例の病気とのつながりは――なんなのでしょう？」レネルがようやく質問を発した。

「すべて不可解な病気だということです」とスペンサーはすぐに答えた。「つながりがあるかどうかを判断するのはフォートデトリックの役目です。われわれの仕事はたしかに、関連があるかもしれない情報をひとつ残らず彼らに伝えることでしょう？」

「たいへんけっこう。関連があるかどうかはともかく、科学者グループが判断すべきだという点には賛成します」とアマンダは言った。スペンサーの見えすいたスタンドプレーに――あるいはやはり見えすいた彼の野心に――苛立（いらだ）つのはまちがいだろう。こういった態度は利用するもので、あざけるものではない。ロビン・ターナーの大失態以来、彼女自身もやはり、より高い地位への思いを抱くようになっていた。なんといっても女性が国務長官をつとめたという前例は存在するのだ。

ジェラール・ビュシェマンが言った。「ロシアの科学相であるリャリンのことは知っています。進歩的な考えの持ち主です。女性のほうは知りませんが」

「評価の高い科学者です」ホワイトハウスを出る前に、スペンサーは下調べをすませていた。「受賞こそ逃しましたが、ウイルス研究でノーベル賞候補にもあげられています」

「すると、モスクワは最高の人材を送りこんでくるわけか」レネルは思案げに言った。

「それはフォートデトリックにも伝えるべきでしょうね。ロシアでの調査の方向性を示し、あちらもまだ治療法を見つけていないことを証明する……」

「遺伝子関連の実験の件と、フォートデトリックのグループがアラスカおよび南極の現場でおこなおうとしていることについて、こちらの感触はいかがでしょうか？」とスペンサーはきいた。だれもがただおしゃべりをし、簡単なわかりきった事柄を判断している。そろそろ政治的論議を呼びそうな判断を下す頃合だ。そのためにこの連中は集められたのだから。

「まさしく必要なことだと思えます。われわれの承認を待つまでもないでしょう」とレネルが言い、議論にのぞむ態勢を整えた。ジェラルディン・ロスマンは、彼がフォートデトリックを訪れたときの指示に従い、イギリスの成功を実現する方向へ流れを向けている。それを知ってレネルはほっとしていた。今朝のメリーランドでの印象では、彼女は腹蔵なく意見を交換するタイプの純粋な科学者で、こちらが期待していると言ったことをよく理解して――あるいは認めて――いないのではないかという危惧があった。

アマンダが言った。「名案でしたわね、ＣＩＡとフーリハンにこうした奇妙な海での病気の発生について監視させたのは。ストッダートのグループにもただちに知らせるべきでしょう。あなたから彼に伝えてもらえますか？」

「もちろん」とスペンサーは言った。「これから手配し……」

「……いますぐに」とアマンダがさえぎった。レネルを見る。「保安上の観点から、ポールみずから持っていくのがよろしいかと思うのですが、いかがでしょう？」

これはなんらかの態度の表明だ、とレネルは判断した。こちらもその意図は承知したという意味をこめて、彼は答えた。「それがベストだろうと思います」

「でもその前に、ＣＩＡのあなたの友人たちに――フーリハンにも――すでに入手した情報を厳重に伏せつづけるよう言ってくれますね。それと同時に、監視の範囲をひろげ、強化するようにとも」

「デトリックへ発つ前に、ふたりだけで話したいことがあります」とスペンサーは言い、その十五分後、ジェームズ・オルセンの痛烈な告発の文書を読み終えたときにアマンダがあらわにした不安を楽しんだのだった。


顔を紅潮させたジェラルディン・ロスマンがノックもせずに部屋に飛びこんでくると、ジャック・ストッダートは驚いて顔を上げた。ジェラルディンが言った。「ついさっきゲートの警備員から言われました、この施設から出てはいけないと！　わたしは今夜の大使館の外交用郵袋で、山のような試料や標本を本国へ送らなくてはならないんです。

いったいどうなってるの？」

「手違いだ」とストッダートは言った。「あなたのじゃない。ほかの連中のです」

14

アマンダは、事態がどう動こうとしているかポール・スペンサーが学んでくれることを期待していた。はじめに思い描いていたよりも、それははるかにこちらにとって有益ではあるけれど、このあとも彼がばかなまねを続けようとするなら、もっと直接的な手段に訴えて身のほどをわきまえさせてやらなくてはならない。ディック・モーガンが言うには、大統領の日程には五分の余裕しかないとのことだったが、それで十分足りるだろうし、アマンダ自身みずからに課した余裕のないスケジュールにしばられている身でもある。ピーター・レネルとの夕食はどうなるのかしら、と彼女は考えた。予測どおりであるだけでなく、楽しいものであってくれればいいけれど。ジャック・ストッダートに会うのもまちがいなく有益だろう。

ホワイトハウスには早めに着いたが、モーガンはすでに西棟の入口で待ちうけていた。あいさつ抜きでモーガンはきいた。「問題が起こったのだろうか?」

あまり早く弾丸を撃ちつくしてしまってはだめよ。首席補佐官の熱心な態度に興味をひかれながら、アマンダは自分をいましめた。それどころか、ここではまだ一発も撃ってはいけない。「いいえ」彼女はあっさりとかわし、急いだ足取りで廊下を歩いていった。

「多少の調整があっただけですが、大統領に直接お知らせしておいたほうがよろしいかと思ったもので」

「どのような？」とモーガンははっきりたずねてきた。

「ロシア代表の到着に伴う状況の変化です」

「電話でわたしに話せばすむことではないかね」

「盗聴の恐れがあります」

「ポールでは？」

「彼はいまほかのことで多忙ですから。ロシアの人たちがいつここに着くか、ご存じですか？」

「明日だ」モーガンはいらいらした様子で言った。「われわれはもうあらゆることを話しつくしたものと思っていたが？」

アマンダは周囲の様子を見た。もうすぐ大統領執務室だ。「話はしたかもしれませんね。でも、すべてをきちんと考えつくしたとは思っていません」こちらはこの二時間、すべてを完璧（かんぺき）に考えつくしてきたのだ。

「ポールは何をしていると言ったかね？」

興味深い固執ぶりだ。「まだ言ってませんわ。いまごろフォートデトリックに着いているはずです。なかで説明します」前のほうにいる秘書にうなずいてみせる。秘書はインターコムでヘンリー・パーティントンと短いやりとりをかわし、ふたりの到着を告げた。

大統領執務室を半分まで横切ったところで、首席補佐官の入口での問いかけを大統領がくりかえした。

「とくに問題はないのです、大統領」とアマンダは言いながら、腰をおろした。「ただ、放置しておくとすぐに問題が生じかねなかったので、わたしがその場でいくつか判断を下しました」ほどよい調子だ、と思った。自信に満ちているが、過度にでもない。現状を把握している人間のそれだ。

「どんなことだね？」と小柄な大統領がきいた。

時間の制限を気にしながら、アマンダは急いでジェラルディン・ロスマンの抗議の内容を――またその理由を――説明した。「全員をフォートデトリックに閉じこめるというのは、実現性に乏しい案でした。もしロシア側の到着までにこの措置が改められなければ、きわめてまずい事態になるでしょう。あの国の科学顧問が実質的に監禁されているとわかったときの、モスクワの反応がご想像になれますか？」ふたりの男が視線をかわす様子から、どちらもこの瞬間まで考えたことがなかったのはたしかだった。しかしいまは頭をめまぐるしく動かしていて、しかも自分たちの想像する図を気に入ってはいない。

パーティントンが言った。「あの時点では名案だった」

急いでモーガンが口をはさんだ。「あれはポールの考えでしたね？」

答えるかわりにパーティントンは言った。「ロシアが参加するとわかった時点でターナーが予測しておくべきだったのだ、まったく！」

いよいよ出番だわ、とアマンダは判断した。「わたしは自分の役割をできるだけひろげようとしています。国務長官ならきっとこう考えるのではないかというとおりに、わたしも考えようと。困難な事態を避けるために」自己嫌悪を感じるべきだろうか？　そんな理由はどこにもない。そもそも最初からいまの地位につくべきでなかったロビン・ターナーならともかく、ポール・スペンサーはいつ何時でも彼女をおとしいれる用意と熱意があることをみずから示している。こちらもおなじルールに従っているまでのことだ——まわりがこちらにしようとするとおりのことを自分もしろ、できるものならいちばん先にやれ。

「まさしくきみに期待していることだ」パーティントンは目の前のインターコムのスイッチを入れた。「つぎの会議を遅らせてくれ」

この男が心底憂慮しているのを、アマンダはさとった。彼の前後に体をゆするボディランゲージから、モーガンもそれを察しているのはまちがいない。口火を切ったのは首席補佐官だった。「あなたがそのイギリス人女性にどう話したのか、正確に教えてもらえるだろうか？」

「ストッダートと話をしました。ちなみに、彼にジェラルディン・ロスマンを車でワシントンまで送ってくるように言ってあります――彼女がイギリス大使館にいるあいだ、彼とわたしとで話ができるように。ストッダートには誤解だったと説明するように言っておきました。保安体制が強化されたのはロシア人がフォートデトリックへ立ち入ることが認められたためで、ロスマンやその他の科学顧問への制限ではない、と……」ここはもしかすると危ない橋を渡ることになると思い、すこし間をおいた。そして言った。「警備主任から、彼がうけたはずの指示をわたしが撤回するにあたっての権限はどうなのかときかれたので、ホワイトハウスの意向だと言っておきました」

モーガンが口を開きかけたが思いとどまり、パーティントンの言葉を待った。大統領は言った。「百パーセントそのとおりだ――そのとおりだった」

モーガンが言った。「向こうで何か進展はあったろうか？」

アマンダはいぶかしげな表情で相手を見た。「その点については、あとでジャックの意見を聞いたほうがよろしいかと。いまの時点で理解できるかぎりでは、一般的な論議ばかりです。病気の発生した現場に人員を送りこむ件については問題ないでしょう……」また間をおく。「それも承認しておきました」

「まったく問題ない」パーティントンがふたたび、熱心にうなずいた。

「ジャックにはこうも言いました。死亡者の遺族に事情を伝えるかどうかの判断を下すのはワシントンであって、あなたではない……たとえ彼が個人的に約束したという人物の遺族でも」

「彼はそれを飲んだのか？」とモーガンがきく。

「そのことでわたしと話がしたいと言っています。それも彼をここに来させる理由のひとつです」

「特別な予算が組まれると伝えるのだ。補償のための」とパーティントンが言う。

「彼は清廉（せいれん）さのことを力説していました」とアマンダ。

「大いにその清廉さを発揮して考えてみてくれと、言ってやってもらいたい。もしもシャングリラ病原体のニュースが、われわれに防げるよりほんのわずかでも早く——彼のグループが突破口を開く前に——外に洩（も）れた場合、いったいどんな反響があるものかと」

もはや五分の制限がなくなっていることに、アマンダは思い当たった。「彼はすでに清廉さを示しているかもしれません。それも信じられないほどの。救助隊にくわわって死亡したオルセンという男が、政府とジャック・ストッダートを告発する指示を遺族に書き残していたのです」

予想したとおりの反応はなかった。ふたりの男のあいだでまた視線がかわされたが、どちらの顔も笑っていて、パーティントンの笑みはモーガンよりもさらに大きかった。口を開いたのは首席補佐官だった。アマンダがまだ手ほどきをうけていない〝二重の言語〟に切り替えて、モーガンは言った。「その指示は文書なのだね？」（わたしから行きますよ、大統領。そちらの進めたい方向に誘導してください）

「ええ」とアマンダは言った。

「いまどこにある？」

「ブレアハウスに」

「ここに持ってこられたわけか？」（決定的証拠はわれわれの手にあるわけだ）

「はい」

「コピーがデトリックの者たちに配られていたりはしないだろうか？」

「オルセンの書いたものはすべて手もとにあります」

「ストッダートの明確な立場だが？」この大統領の言葉を、アマンダは修辞的な意味にとったが、モーガンは答えとして解釈した。「メディアの有名人なのだろう？　それにきみのこれまでの話からすると、彼の地球温暖化についての見解が正しいと証明されてすらいるのではないか……？　彼がそれを危険にさらすとは驚きだ」（それがじつに悩みの種なのだ。なにしろアメリカは、京都議定書で合意された二酸化炭素排出量の規制に違反している先進工業国のなかでもトップにいるのだからな）とモーガンは解釈した。

「清廉さの話をしていましたね」とアマンダは指摘した。話の底流は察せられるものの、その意味までは彼女にはわからなかった。

「きみにしてもらいたいことがある、ディック。ジャックがマクマードで働くにあたってとりかわした契約を調べてほしい」（あの野郎に適用される保険がないことをたしかめるんだ、じっさいそんなものがないのはまずまちがいないが）とモーガンは翻訳した。

「おっしゃる意味はわかりました、大統領」

「そしてアマンダ、きみには、われわれのしていることをジャックに伝えてほしい。もしよければ、オルセンの遺族は手厚い補償をうけるだろうと言ってやってくれてもいい。アメリカ人の遺族全員が補償されると。わたしはジャックを高く評価している、まだ会ったことはないが、その業績といまの仕事ぶりにたいしてはさらに尊敬と称賛を惜しまない。そのジャックにいまさしく立証されつつあるプロとしての名声のみならず、経済的な将来まで危険にさらすようなまねはしてほしくない、と」

たとえ通訳がなくとも、アマンダでさえその裏の意味はよく理解できた。「かならずはっきり伝えます、大統領」

「わたしが彼を高く評価していることも、忘れずにな」

「わかりました」

「この会合はじつに有益だった……ロシアの代表が到着したとき、もう一度こういう機会をもつべきかもしれんな。そのときにはまったく新しい不確定要素がかならずはいりこんでくる。ポールがどこかで忙しくしているようなら、ディックに連絡してさえくればいい」（ポール・スペンサーはいなくてもかまわん）モーガンはそう解釈した。

アマンダの理解もほぼそれに近かった。「そういたします」

彼女が出ていったとき、モーガンは外の部屋まで送っただけだった。首席補佐官が大統領執務室にもどってくると、パーティントンは言った。「さて？」（わたしは感心したぞ）とモーガンは解釈した。「アマンダ・オコネルを過小評価していたようですね」

「わたしもそのことを考えていた。いろいろな変化がいつ起こるか、つねに目を離さないようにしよう」（そのあいだあの女のすることをよく見ておけ）「よくわかりました、大統領」

「どんな調子かしら？」

「まあまあだと思います」

もう一杯どうかというストッダートの身振りに、アマンダは首を横に振った。彼女はストッダートと同様、クラブソーダを飲んでいた。あとでまた一からおなじまねをしなければならない。ストッダートのほうもだろう。「いっしょに働くにあたって、何か問題はない？」

「新しい人たちがここに到着したあとでまたお答えしますが、いまのところはありません」ふたりは待ち合わせに便利な財務省ビルの向かいにある〈オールド・エビット〉で落ち合ったが、ほかの席から十分離れていると思えるテーブルがあくまで、バーで一時間待たなければならなかった。

ストッダートは適切な慎重さを示している。それは歓迎すべきことだ。「早すぎる段階で事態をあきらかにして、パニックを引き起こすのは避けたいのよ」

講義の時間か。カクテルでも一杯いかがという誘いには、何か理由があるはずだ。「話をすべき人たちに話をすれば必然的にそうなる、だからしかるべき行動をしろ、という考え方を受け入れるわけにはいきません」

「ほかの人たちは受け入れているわ」

「論点はすべてわかっています」ストッダートは次第にこの混乱に慣れ、楽しみはじめていた。フォートデトリックを発つまではそうではなかったが、車に乗って開けた道路を走りだすと、やがて——まわりじゅうでふつうの人たちがふつうの車に乗って、ふつうのことをしていた——自分の人生がいかに不自然な、非現実的なものになってしまったかがひしひしと実感できた。

「あなた個人への影響については考えたの？」これほど率直なふりをして率直でないことを話すのがいかにたやすいかという思いに、アマンダはとらえられていた。

「ええ」アマンダ・オコネルも〝ワシントンの魔女〟のひとりなのだろうか？　あらゆるものを――セックスや家族、私生活さえも――政治的野心のために隷属させる女なのか？

「まったく迷いはない？」この男はなぜ、まるではじめてこういう場所に来たみたいに、バーやレストランをきょろきょろ見まわしているのかしら？

「ええ」

「あなたはお金持ちなの、ジャック？」

「いえ」この現実の世界にもどってこられてうれしくてたまらないというのに、この会話はなぜ、こんなに非現実的なのだろう？　これが現実だからだ、とストッダートはすぐさま自分の問いに答えた。これこそがおとぎ話とは無縁の、〝サンタを信じちゃいけない〟を基盤とするワシントンの現実なのだ。

「自分のしていることがわかってる？」まるで新種の動物か何かに出会った人間のように、アマンダは問いかけた。これもやはり――こういうことが多すぎる――現在の状況にはふさわしいかもしれないが、ふたりの当面の会話にはそぐわない台詞だった。

「どうでしょうか。ただ、そうするのが正しいと感じているだけです」

「二杯目をいただこうかしら」唐突にアマンダが告げた。「スコッチ・アンド・ウォーター。あればマッカランを」不意をつく作戦だ。揺れている男のバランスをさらに崩し、説得に持ちこむための。

ストッダートは目をそらしてウェイターを探した。彼はまたクラブソーダを頼んだ。沈黙を埋めなくてはという思いに駆られ、彼は言った。「そういうことです。わたしの考えは」

だれにも聞かれないことはわかりきっていたが、それでもその可能性を減らすようにアマンダは身を乗り出すと、声をひそめて言った。その距離の近さがさらに、これから告げようとすることの真剣さを際立(きわだ)たせた。「あなたが彼らを殺したのじゃないわ、ジャック。あなたたちがあの観測所に足を踏み入れたときから、彼らはもう死んでいた――みんな事実上死んでいたのよ。あなたは幸運に恵まれ、ほかの人たちはそうでなかった……」われながらうまいものだわ、と自画自賛した。「あれの正体が何か、どこからきたのか、どうして媒介されるのか、あなたは何もわかっていないのでしょう？」

ストッダートはすばやく周囲を見た。

「あなたとわたしだけよ、ジャック。だれも聞いていない。聞くことはできない」熟考を重ねて、ここ以上の場所はありえないと決めたのだ。

「オーケイ」

「じゃあ、質問に答えてちょうだい！」

「たしかに」とストッダートは認めた。「何ひとつわかっていません」

「では、遺体を持ち帰ったことは——オルセンの告発は——ただの可能性にすぎないわけね？」

「十分見込みのある可能性です」

　アマンダはウィスキーのグラスを、ストッダートのソーダのグラスにかちんと触れ合わせ、ごく個人的な祝杯をあげた。「そうでしょう？」

　アマンダの予想どおり、ストッダートは眉根を寄せた。「理解できかねますが」

　勿体をつけた口調で、アマンダは言った。「あれの正体が何か、どこからきたのか、どうして媒介されるのか、あなたは何もわかっていない」

「まだ理解できません」

「あなたはそうした問いに答えるために調査グループを率いている。と同時に、一般大衆の集団ヒステリーを引き起こす危険を冒そうとしている。それはまた同時に、あなた自身とあなたがこれまで訴えてきた科学的論拠をすべてぶちこわしにすることでもあるのよ。あなたは調査からはずされる。それればかりか経済的にも抹殺される。しかもなんの意味もなく——もしもオルセンの死が、あなたとともに救助に向かった全員の死が、遺体を持ち帰るというあなたの決断となんの関わりもなかったとしたら。あらゆる科学的、医学的見地から、あなたのしたことは疑問の余地なく正当化されるでしょう。わたしの目には、まったくむだな自殺行為としか見えないわ」

〝ワシントンの魔女〟が呪文を唱えている、とストッダートは思った。ただし呪文はおとぎ話だけれど、この氷の女（北の魔女か？　南の魔女か？）が水晶のような明晰さで口にしたのは、彼がついさっき見まわして味わった現実世界の話なのだ。

アマンダは先を続けたくてうずうずしたが、いまこの瞬間につぎの言葉を投げかけるのはやりすぎだと承知していた。

「わたしはただ……どうにも気持ちが許さなくて」とストッダートは答えを探そうとした。「それに、ある人と約束をしたのです」

「しかるべき時機が来ても、それを守ってはいけないと言っているわけではないのよ。その時機を待てと言っているだけ。あなたは世論の反応によって任を解かれ、そのために調査の実務的な中枢が麻痺してしまい、それはいつまで続くかわからない。あなたの約束したその相手の人が、そんなことを望むと思う？」

「いいえ」アマンダの姿勢を推し測るまでもなく、ストッダートは言った。もう一度ウェイターに合図し、今度は自分のためにスコッチをストレートで注文した。

「こうして話し合えたのは有益だったわ。わたしたちのあいだでおなじ結論に達したのですもの」

「わたしたちのあいだで、ですか？」とストッダートはきいた。ワシントンには魔女よりも男の魔法使いのほうが多いのはわかっている、そうアマンダに知らせてやりたかった。

「その時機がどうなるかは、政治的な決定です。もし決定を下さなくてはならないときは、このワシントンから下される。そのときは、あなたがどんな個人的な約束でも果たせるように、前もって知らせることをわたしから約束するわ」この男はほんとうにパトリシア・ジェフリーズを愛していたのか、それとも罪の意識からくる義務感に駆られているだけなのか？　それはアマンダの関知するところではなかった。「あなたがグループを率いていることに、だれか腹を立てている人は？」

ストッダートは肩をすくめた。「とりあえず問題はもちあがっていません。ジェリーが施設から出るのを止められてわたしのところへ来るまでは、ですが。あれで彼女も実際のところを知ったでしょう」

「でも、新しい人たちはもう到着しているのよ」とアマンダはストッダート自身のフレーズを使って思い出させた。「彼女が下位の立場であることをはっきりさせれば、どんな問題も乗り越えられるでしょう」

当然だといわんばかりのその言葉に、ストッダートは大げさに目を見開いてみせた。

「彼女がもしその立場を受け入れなければ？」

「それはこのワシントンから、彼女の国の大臣によって伝えられる。だから受け入れるしかないの。あなたにはわたしからいま事情を知らせているわけ」まだレネルにもビュシェマンにもしていないことだ。

どうやらその考えを汲み取ったように、ストッダートは言った。「ジェリーとギーにもここから伝えられるのでしょう？」

「ええ」アマンダはふたたびぐっと身を乗り出して、スペンサーがフォートデトリックまで届けにいっているＣＩＡの発見のあらましを話した。「何か意味があると思う？」

ストッダートは思案げに口をすぼめた。「状況によっては、ありうるでしょう。ただ心配なのは、あまりに手がかりが少なすぎるせいで手当たり次第に藁をつかみ、何もないところから多くを作り出してしまうことです。そうしたやり方ではいずれ行きづまる。しかし、まさしく手がかりが少なすぎるという理由から、たしかにテーブルにのせる価値はある……」彼はアマンダを不思議そうに見た。「なぜポールはフォートデトリックまで出向いていったのです？　あなたから今夜わたしに渡せばすむことでしょう。彼が足を運ぶまでもなかった」

「わたしとあなたが会う約束をする前に、彼は出発していたのよ」アマンダはすらすらと嘘をついた。片手をひと振りして周囲の蜂の巣のように騒がしいバーを示してみせる。

「それに、〝ホワイトハウスのみ閲覧可能〟というＣＩＡの紋章のスタンプを押した書類がだれかの目をひかないとも限らないし……」そのとき、ストッダートがグラスにぎごちなく手を伸ばしながら、自分の腕時計を見たのに気づいた。「彼女とは何時に会う予定？」

「十五分後です」ストッダートは隣のブロックのほうへ頭を振ってみせた。「すこし観光客のようなまねをして、〈ワシントン・ホテル〉のペントハウスのバーで一杯やってから、ジョージタウンへ行こうと思っていました」

「遺伝子の件でおもしろい知らせはある？」

ストッダートはかぶりを振った。「まだ始まったばかりですから。ペラムは遺伝学には手をつけていませんでした」

「温暖化についてのあなたの意見が正しいと立証されそう？」

ふたたびかぶりを振る。「まだほんの可能性です。それに絶対の確信があったとしても、わたしが望んだ立証のされ方とは違う」

ふたりがすわったベランダの端のテーブルからは、ワシントン記念塔がさえぎるものなく見晴らせ、左手ははるか遠くのレーガン空港に着陸する飛行機も見えた。椅子に腰をおろすのとほとんど同時に、すぐ向かいの財務省ビルの屋上で素早い動きがあったかと思うと、警備員たちがそれぞれの持ち場につき、やがてホワイトハウスの芝生から離陸するヘリコプターの轟音がとどろいた。ヘリはたちまちビル群の上まで上昇して視界にはいると、公園の上空を飛び過ぎていった。

ジェラルディンが言った。「あれは大統領？」

「あなたのためにやってみせるよう、言っておいたんですよ」

ジェラルディンは礼儀正しく笑ってみせた。「どちらへ行かれるのかしら？」

「当然の理由から、前もっては公表されません。ホストのところに着陸できる場所があるなら、あれで夕食に出かけるという話もありますがね。着くときはさぞ大騒ぎでしょう」ごくふつうのことをしているという喜びに、ストッダートの気分は浮き立っていた。自分にはスコッチを、ジェラルディンにはシャルドネを頼んだ。

「そちらのお話はどうでした？」素敵だわ、とジェラルディンは思った。暖かい夜の完璧な舞台装置、ふたりのあいだにはなんの底意もない。抗生物質の残りを忘れたのはまずかった。痛みはまったくないし――イングランドを発つ数日前からなくなっていた――分泌物もない。感染がすっかり治ったのはたしかだ。永続的な損傷がないかどうかをたしかめるために、大使館の医師に頼んで婦人科医の手配をしてもらってきたばかりだった。

ストッダートは周囲を見まわし、盗み聞きされる恐れがないかあらためて確認した。

「CIAが入手した情報によると、海での病気が世界規模で発生しています。海棲哺乳類を冒す通常の伝染病ではないものが」

「魚の病気かしら？」

「クジラがインフルエンザとおぼしきもので死んでいるんです。人間にもおなじ病気の例が見られる」

「確認されたのですか？」

「わたしの知るかぎりでは、まだです」

「すると病原体の同定はなされていないわけですね？」

「ええ」

「では、わたしたちの問題と結びつける理由はないでしょう？」

「まったくありません。現時点ではただの興味深い一致にすぎない。それでも知っておいて損はないでしょう」

ジェラルディンはつぎのグラスワインといっしょに水を頼み、グラスが運ばれてくるとすぐに抗生物質を飲んだ。

ストッダートが言った。「だいじょうぶですか？」

「ちょっと頭痛があって。アスピリンでよくなるでしょう。まだ時差ぼけが残ってるのじゃないかしら」

処方薬のものにしか見えない壜にアスピリンがはいっていようとは、ストッダートには意外だった。「大使館では万事順調でしたか？」

その質問に他意はないとジェラルディンは判断した。「わたしの国の大臣は、ロシアの人たちが来たらどうなるだろうかと言ってましたわ」

「アマンダもです」これはいい機会だろうとストッダートは見てとった。「わたしが議長をつとめていることに、何か問題はあるでしょうか？」

ジェラルディンはジョークでも期待するように、うっすらと微笑んで彼を見つめた。

「あなたが議長だとは予想していませんでしたけど、何もないですわ」

ストッダートは笑みを返した。「政治家グループはロシアとのからみで何かあるかもしれないと考えています。それでロシア人の女性を副議長にすえたがっている」

ジェラルディンは今度は大っぴらに笑った。「まったくもう！　わたしたちは肩書きよりもうすこし大事なことに携わっているのじゃないのかしら！」

「われわれはね。連中にとっては違うのでしょう」さっきまでアマンダと会っていたあとで、ジェラルディンの存在はすがすがしかった。

「ほんとうに率直に言いますと、わたしには興味はありません。わたしの問題はそういった無意味な――なんであろうと無意味なこととは関係なく、調査に邪魔がはいらないかということだけです――わたしやあなたや、ほかの全員に」

「ありがとう」この女性がずいぶん深酒をしているのは、ストッダート個人への苛立ちのせいではあるまい。

「救助隊が観測所に着いたときの様子について、あなたの書かれたものを読みました。もう一度おうかがいしたいのですけど」

ストッダートはいぶかしげに彼女を見た。「二度もですか?」

「あれは読まれることを意図して書かれたものです。考えながら言葉を選んで。ただ話した場合は違う表現になるかもしれません」

「それが重要でしょうか?」

「聞いてみるまではわかりません。いま病理学的なことを考えているので」

ストッダートはまた周囲を見まわした。「ここではまずい」

「夕食をいっしょにというお約束でしたわね?」

〈フォーシーズンズ〉の向かいのフランス料理店で断わられてしまい、予約しておかなかったのをストッダートは悔やんだが、けっきょくMストリートからウィスコンシンにはいってすぐのところにあるメキシカン・カフェにはいった。ジェラルディンは自分のぶんも彼に注文してほしいと言い張ったが(「お隣の文化でしょう、わたしの国は遠すぎます」)、飲み物はテキーラがいいと言った(「じつは大好きなの」)。ライムと塩の儀式のあとで、彼女はわずかに口をつけた。「あの人たちを見つけたときから、ありのままのことを」とうながす。

実際に話してみると、たしかに違った。最初は堅苦しくしゃべりはじめたが——自分で書いたものを思い出そうとしながら——あっという間にそのやり方も意図も捨て、実質的にふたりの対話となった。ジェラルディンが何度か話をひきもどし、彼が説明したよりも——書いた内容よりもまちがいなく——ずっとくわしい点まで知りたがったからだ。

「パトリシアは近い線まで行っていたけれど、気づかなかったのね」ストッダートがようやく話し終えると、ジェラルディンはぼんやりと言った。

「なんです、近い線とは？」ストッダートはパトリシアが書いたものをすべて読み、すべて把握していた。

ジェラルディンはすぐには答えようとせず、つかのまタコスを手に持ったまま宙に止めていた。それからやっと口を開いた。「バックランド・ジェサップはひざまずいて、両腕を持ち上げていた。〝祈りを捧げるように〟とパトリシアは書いていましたね？」

「ええ」

「ジョージ・ベダルは部屋と部屋のあいだにいて、両腕を伸ばして倒れ、どちらの腕も折れていた……？」

「ええ」

「違うわ！」ジェラルディンはきっぱりと否定した。

彼女が無意識にタコスをスプーンがわりにしてグアカモーレをすくっているあいだ、ストッダートは待った。ようやくジェラルディンが言った。「人間はそんなふうには死にません。一見そんなことが起こったように見えるというのはわかります。パトリシア・ジェフリーズも書いていました。それほど明確にではないけれど、モリス・ニールソンも。いまあなたもおなじことを言った。でもそれは不可能なんです」

ストッダートは苛立ちのあまり大声になるのをかろうじて抑えた。「しかし、じじつそのとおりだった！」

「人は両腕を伸ばして、ジェサップのような姿勢でひざまずいて死ぬことはできません。腕が枯れた枝のように、ベダルの腕が折れていたように、きれいに折れることはないんです」

「そうなっていたんだ！」

「嘘(うそ)だとは言っていません――わかっています、あなたがあの人たちを見つけたときそうだったことは。でも、ジェサップがひざまずき、両腕を前に出していたのなら、倒れていたはずです。横向きか、前のめりに。彫像のように直立してはいられない。それにベダルの腕は、検死報告で示されていたように折れはしなかったでしょう。じっさい死体を運ぶためにもう一度折ったときの折れ方とは、まるで違っている……」ジェラルディンはまた言葉を切り、ストッダートよりも自分に向かって言った。「その折れ方を自分の目でたしかめなくては。その違いを……アラスカの死体も見ないと。それからマシユーズとノリスに話をして……」

「考えを交換するというなら、手がかりを与えてくれないと！」とストッダートが訴えた。

「できないわ」ジェラルディンはますます自分だけの思いに沈みこむようだった。「何を言おうとしているか、わたしもわからないんです。あなたがはっきりと見たものになんの不都合があるのか。ただ、そんなふうではなかったはずだと——ありえないというだけで」

彼女の言いたいことがいくぶん理解できたと感じ、ストッダートは言った。「バッキーはその状態で凍りついていました。ひざまずいて、両腕を前に伸ばして」

ジェラルディンはふたたびはっきりとかぶりを振った。「もどって検死報告を調べなくては。もう一度解剖するべきかもしれません。それは誤りです！　あれしきの氷点下の温度で、死体はそんなふうに凍りついたりしない……」指をぱちりと鳴らす。「それに、たとえ氷点下だろうと硬直が始まっていたはずだわ——ジェサップが前か横向きに倒れたあとで——直立した姿勢を保つには間に合わずに……」

「それで、わかったことは？」

ジェラルディンはライムと塩を忘れ、テキーラをひと口で飲み干した。「以前からわかっていたことです。まったく手に負えない謎だということ、それをたったいまわたしがよけいに混乱させてしまった」

コネティカット・アヴェニューの〈ポール・ヤングス〉は、ワシントンではかならず行かねばならない、社交上顔を出しておくべき三つのレストランのひとつである。ピーター・レネルがきっと選ぶだろうと予想したとおりの店だったので、賭けをしていれば帰りのタクシー代ぐらいは勝てていたわね、とアマンダは思った。ふたりが店に着くと、すでにクーラーで冷やされたクリュグが待ちうけ、レストランだけでなくバーの予約もはいっていた。アマンダはレネルがおなじタクシーに乗りこもうとするばかりか、それ以上のことも期待しているものと予想し、二つめの賭けをした。そしてレネルが誘いをかけてくるのを待ったが――六二年もののビンテージ・ワインにまつわる薀蓄かしら――彼はそんなまねはしなかった。アマンダはゴキブリの便所からのロケットなみの急上昇を客観的に意識し、ゆったりと楽しみながら、さらにつぎの賭けをした。レネルが保護者ぶってかわりに注文するという予想はさっそくはずれたものの、彼はアマンダのワインの好みを聞こうとはせず、リストも見ないでピュリニー・モンラッシェとポムロールを選んだ。レネルは牡蠣からはじめ、彼女を見ながらどうですかとすすめた。これまで一度も試したことのないアマンダは断わり、相手があからさまに催淫効果がどうのと言いだすのを待った。だがその予想もやはりはずれると、たとえ自分相手にでも賭けはもうそろそろやめようと決めた。実際に金がかかっていれば、いまごろ大損をしているところだ。もちろん無意味なお遊びではなく、現実に必要なことではあった。自分自身を――自分の予想を――レネルに照らしてテストしていたわけで、最初の推測こそ当たったものの、それ以降はこれまでのところ相手のほうが先を行っていた。

レネルが言った。「ジェラールの都合がつかなかったのは残念でした」

「あなたから彼に声をかけてくださってよかったですわ」これは最初のパスになるかしら?

レネルはフランスの大臣を誘ってなどいなかったが、アマンダがビュシェマンにたずねることはないだろうとふんでいた。グレゴリー・リャリンの評価次第では、今度はつぎの二晩以内に彼を誘い、ピーター・レネルの遠心分離機にかけて選別してやるつもりだった。「もし彼が来られたなら――パリとの協議のために大使館へ出向く用さえなければ――公式の記録に邪魔されることなくわれわれ三人でリハーサルができたのですが」

「三人でリハーサルを?」それはアマンダの予想とはまったくかけ離れたことだった。

「われわれ三人の状態は――すでに――しごく順調だと思っています」

安堵(あんど)のため息が洩(も)れるのを、アマンダはかろうじて抑えた。「わたしもです」

「それをロシア人にかき乱されるようでは困りものだ」

「まだそうなるとはかぎりませんわ」とアマンダは、内心で相手のペースに合わせて言った。こちらが理解していることを、レネルにはつねに知らせておかねばならない——彼のペースに合わせて走っていることを。知られてはならないのは、こちらがいつスパートをかけて先に行くかだ。

「起こりうる事態を予測しているだけですよ」

シャトーブリアンの瓶が示され、栓が抜かれるあいだ、ふたりはしばらく黙っていた。ワインが注がれたあとで、アマンダは言った。「たとえばどういうこと?」

「ひとつだけです。今後の協力関係は、建前で言われているほど完璧にはいかないでしょう」英国大使のサー・アリステア・ダウディングがロンドンへの報告をまとめる前に、レネルは彼を相手にこの遠回しな言い方のリハーサルをすませていたが、三時間前にダウニング街と話したときには、そのことをサイモン・バクストンに伝えるのを避けた。まさしくその日、首相は下院での科学的な質問——仕込まれていたにちがいない——にみずから答え、レネルが政府関連の職務ではなく私用で欠席していることをほのめかしていた。

予想どおりだわ、とアマンダは評価した。予想どおりすぎるかもしれない。「どういうことかしら？」

「われわれのあいだになんらかの境界が——愚かしく無用なナショナリズムが——生じてほしくはないということです」

不審を抱いていたアマンダは、また緊張を解きはじめた。「わたしもそんなことは望みませんわ」

レネルはじつに整った笑い顔を見せた。「するとわたしたちはおたがいに理解しあえたわけだ。すばらしい」

「わたしはどんな裏での取り決めにもかかわる気はありません」とアマンダは、誠意にあふれた言葉とは裏腹の偽りを言った。

「わたしもです」とレネルも調子を合わせた。「もしもわたしに、なんらかの合意を求める働きかけがあれば、あなたに報告します。それは信用してください」

これが始まりね、とアマンダは思った。「ロシア人の過敏さを考慮しておかなくてはいけないでしょう。彼らがこの国にやってくるうえでの。そのことをさっきジャックとも話し合いました」

ここは相手にまかせよう、とレネルは決めた。「正確にはどういうことを話したのですか？」

「ライサ・オルロフが科学者グループの副議長になることを」

ジェラルディン・ロスマンはもうすでに出し抜かれてしまったわけか。「だれの副議長なのです？」

「実のところ、だれのでもありません。向こうがこちらに来るという関係で、結果的にストッダートが科学者グループの議長をつとめることになるでしょうが、彼が今夜話したところによると、デトリックでもここと同様に一切がオープンにされています。全員がいっしょに働いていて、組織のことは気にしていません」

「それは彼らに向けての意思表示になるでしょうね」レネルは同意した。きわめて――何よりも防衛的な意味合いで――理にかなっている。どんなミスや問題であろうと、ワシントンとモスクワの相互不信という説明で片づけられるのだから。

「反対はなさらないの？」

「まったく」

食事はすばらしかったし、ワインはおそらくアマンダがこれまで飲んだなかで最高の味だった。レネルはロンドンの政界スキャンダルや策謀の話を面白おかしく物語り、彼女を心から笑わせたが、性的な働きかけととれるような含みをもたせることは一度もなかった。食後のコーヒーを飲み終えないうちに、レネルはタクシーを二台手配させ、まったく体に触れることなく彼女を一台目に乗りこませた。走りだした車のなかでアマンダは、今夜の成り行きの予想はまったくはずれだったことを認め、もう二度と賭けのようなまねはするまいと決めた。ピーター・レネルについて知るべきことはまだいろいろありそうだ。実のところ、これまで確信できたことはひとつしかなかった。ほかの国の大臣から裏で働きかけがあれば彼女に知らせるというレネルの約束は、真っ赤な嘘であること。そしてアマンダが彼にしたおなじ約束も、やはり口先だけにすぎないということだ。

自分がもうひとりの政治のプロを相手にしていることを知るのは、心強いものだった。

フォートデトリックへの往復には四時間かかり、それはポール・スペンサーの怒りがひととおりのコースをたどるのに十分な時間だった。まずは激怒に駆られて復讐を誓い、さまざまなほのめかしや当てこすりによってヘンリー・パーティントンの脳裏に刻まれたアマンダ・オコネル像を傷つけるという策略がなかば形をとったあと、やがて頭が冷えて明晰な客観性に至った。責めるべきは自分なのだ。彼は計算違いを犯し——アマンダを見くびり——そしてあの女は彼に教訓を与えた。こちらはそこから学ばなくてはならない。そう認めたあとでも、借りはきっと返してやるという誓いが変わることはなく、むしろ強められた。あの女の目にとまる範囲内では、これまでどおり従順に二つのグループとホワイトハウスとの連絡役を過不足なくつとめながら、たえず注意を怠らず来るべき機会に備えつづける。そしていざというときには完璧に調べあげて計画を練り、彼みずからボタンを押して、アマンダ・オコネルを忘却の彼方に吹き飛ばしてやる。またその直前に、実のところこちらを見くびっていたのは向こうだったのだと当人に思い知らせてやれば、最高の満足が得られるだろう。

15

　ジャック・ストッダートはふと、ふたりの競技者をさばくレフェリーになったような気分になり――それぞれの地位からするとさしずめ剣闘士か――同時に自分もそのひとりにならずにすむよう願った。ジェラルディン・ロスマンとライサ・イワノワ・オルロフのあいだでまさしく初対面のときにかわされたやりとりから、それは間違いのないところだった。体格的には勝負にならない。金を賭けるなら重量級のロシア人を選ぶほうが賢明だろう。

　ライサはあらゆる点で剣闘士なみに大きく、ジェラルディンよりもたぶん一フィートは背が高いうえに横幅も広かったが、その体格は身長に釣り合っていた。圧倒的なといようりは、威厳に満ちた女性だった。グレイのウールのスーツは職業がら実用的だがゆったりとして、ほとんど肩まで無造作に垂れた金髪が彫りの深い骨張った顔をおおっている。目はきわめて濃い色でほとんど黒に近く、さっきまでは瞬きもせずにストッダートを見つめていたが、いまはおなじ強さでジェラルディンに注がれていた。

ジェラルディンはまったくといっていいほど、このロシア人の前で臆していているようには見えなかった。しかしストッダートはやがて、ジェラルディンが——ほかのだれだろうと——臆する理由はないことに気づいた。ライサ・オルロフは明るく親しげに笑いかけながら、相手からの求めを待つより先に手を差し出し、訛りはかなりきついものの流暢な英語をしゃべっていた。自分はとうに時代遅れになった善玉と悪玉の図式に毒されているのだろうか。もっと悪いかもしれない。判断まで冒されている。

とはいえ、善玉悪玉という発想が彼に限ったことではないのもたしかだ。アマンダ・オコネルはこの日の早朝、彼がまだシャワーも浴びないうちにワシントンからまったく予期しない電話をよこしたが、そのときはじめてこれとおなじ表現を大っぴらに使うのをやめたほどだった。

ひととおりあいさつがすみ、ライサがさっそく仕事にかかろうと考えていることに気づいて、ストッダートはさらに驚いた。いまは人でごった返している彼の間に合わせのオフィスの片側に、ロシア関連の資料を収めるための会議用テーブルが据えてあり、ライサはそれを怪訝そうに見つめていた。ストッダートは言った。「とりあえず、ゆっくり落ち着かれたいのではと思っていたのですが。長旅のあとでお疲れではないですか？」

おたがいの最新の情報を得るために交換し、目を通すものはいくらでもあります」

「こちらでのわたしの部屋はもう見ました」とライサは告げた。「けっこうでしょう。

いまあるものについて話をしたいのですが」まず最初にこちらの地位を確立することが肝心だ。わたしへの疑念がひしひし感じとれる。とりわけ責任者を自任しているらしいこのアメリカ人からの。

　ジェラルディンが落ち着きなく身じろぎをするのに、ストッダートは目をとめた。ゆうべの会話から察するに、二度目の病理学的検査にとりかかりたい、場合によっては解剖までやりなおしたいと考えているのはまちがいない。この遅れのせいで苛立つのをこらえてくれればいいのだが。

　ペラムが言った。「いますぐわれわれの助けになるものがそちらにあるなら、たいへんありがたいことです」

　みんなわたしをめぐって緊張している、とライサは判断した。こういう態度こそ必要な、さらに強められるべきものだ。自分が第二の地位に追いやられたことは、あえて見過ごしていた。役に立つという点では変わりはないし、あらゆるものを利用する機会を──また要求する権利を──与えてもくれるが、失敗や判断の誤りがあった場合は最終的な責任をこのアメリカ人に押しつけられる。「そちらでの発見は？」ライサの声は深みがあり、ほとんど男のそれに近かった。

「ほとんどありません」とストッダートは認めた。「唯一共通する要素は──たんなる共通項という以上の意味を付与しているわけではないですが──こちらの二つの現場での温度がともに平均よりも高かったことで……」

「……気候はあなたの専門ですね」とライサはさえぎった。この男にこちらの覚悟のほどを知らせてやりたかった。たとえどんな内容であろうと、議論では第二の役割に甘んじるつもりはない。

「われわれの検死解剖の明確な分析結果は、今日わかる予定です」とペラムが言った。

「ユルチンでの気候的な数値はどのようなものでしたか？」とストッダートがきく。

ライサは知らなかった。かりにユルチンの日誌に記録されていたとしても、思い出せなかった。彼女が持ってきたのはその日誌のうち四つだけだったが、それすらも飛行機のなかで読んではこなかったのだ！

「あなたの専門です、わたしのではない」不安が表にあらわれてはいないはずだと思いながら、ライサはくりかえした。不安なんて、考えるのもばかげている。だがたしかに、のっけから不意をつかれはした——それだけだ！　かつて出席したことのある西側での科学会議では、ライサは自他ともに認めるゆるぎない権威であり、全員が当然のように従う存在だったのだ。彼女はふくらんだブリーフケースをテーブルの上に持ち上げた。

「あいにくですが、ここにあるものを翻訳させる時間がなかったので……」

テーブルの周囲でさまざまな動きがあったが、とくに目立ったのはジェラルディンの苛立ちだった。彼女はそれを隠そうともせず、唖然（あぜん）とした口調で言った。「いますぐ読めるものが――比較できるものが――何もないのですか？」

「いますぐには、ありません」向こうにどんな資料があるかを調べないうちから議論をしようと言ったのは間違いだった、ライサはそう認めた。みずから墓穴を掘るような、愚かしいミスだ。

「でも、ご自分の持ってきたもののことはわかっているはずでしょう？」とジェラルディンがきく。「温度についてはどう書いてあるのです？」

これではまるで訊問だ、裁判にかけられているか、試験でもされているみたいだ！

「わたしは医学的調査に専念していたのです……気候の調査は別の者たちにまかせて……」

「しかし、そのなかのどこかにあるのでしょう？」とジェラルディンは食いさがった。このアマゾネスじみた女はいったいどこから来たというの！　対立する向こう側の勢力からだわ、と自分で答えた。きっと仕事をする気がないのだ――いえ、仕事じゃない、これは仕事とは違う、妨害をしているだけだ――こんな態度でのぞむなんてと、心のなかで訂正した。

ライサは内心で当惑していた。この連中はわたしがモスクワでの医学的調査の責任者であることを知らないだろうと思い当たり、つかのま安堵をおぼえた。「すべてを調べる時間的な余裕がなかったのです。空港ではじめて、ぜんぶ揃ったものを渡されたので」

「すると、飛行機のなかで読んでこなかったのですか?」とジェラルディンは問いつめた。大陸間旅行の退屈さに文句をつけないような女にはとても見えないけれど!

本物の腕くらべになりつつある、とストッダートは思った。もしこのロシア人女性にできる貢献が——この先も——せいぜいこの程度だとすれば、ジェラルディンの困惑ももっともだ。その点から判断して、アマンダとさらに詳細な話をしなければならない。高まる緊張をほぐそうと、彼は言った。「では、医学関連の話をしましょう。そちらにはどんな発見が?」

ライサは質問に質問で答えようとした。「そちらはウイルスが原因だと考えていないのですか?」

「それはいくつかある可能性のひとつです」とペラムが、ジェラルディンにおとらず困惑を——そして失望を——おぼえながら答えた。「あなたがたは犠牲者からウイルスと考えられるものを明確に分離したのでしょうか?」

「それが原因として最も可能性の高いものだと、われわれは信じています」ライサは懸命に言った。このグループのなかで経歴にかんする情報をワシントンのロシア大使館から知らされている人物は、ジャック・ストッダートひとりだけだ。リャリンがこの場におらず、この失態ぶりを目撃されなかったのは幸いだった。

　ギー・デュピュイが言った。「もしあなたがたが、病原体とその化学組成をはっきり分離できたと信じておいでなら……？」

「……ＤＮＡが手にはいるわ！」とジェラルディンが引き取って言った。だったらこの女への評価をすぐに変えてもいい。「そこから遺伝学的にインターフェロンを作り出すことができるでしょう。ワクチンすらも！」

　ライサはパニックに襲われた。あまりになじみのない感覚だったのではじめは理解できず、その正体がわかったときは、こんなはずではないと感じた。「明確にウイルスとして分離されてはいません」と前言をひるがえす。「わたしが聞いているのは――モスクワを発つ直前の伝言で、詳細をたしかめるひまはありませんでした――何かウイルス性ではないかと考えられるものがあったということだけで……」みずから口にした誇張を事実にひきもどし、ライサは言葉を続けた。「化学組成については、まだ考えることすら早すぎるでしょう。溶血を示す徴候があるだけなのです。決してそこから何かを培養できるようなものでは――いまの段階では――ありません」

「つまり、病気の原因がウイルスだと言えるような診断は下されていないわけですね？――そう主張できるどんな理由もないと？」とジェラルディンが侮蔑もあらわにきいた。

「いま得られている血液の分析結果は、わたしたちには理解できないものです」不承不承ながら、ライサは事実を認めた。

「そんなものにはいくらも違った説明がつけられますけど、どれも役には立ちません」ジェラルディンは強く言った。まったく時間のむだだわ！　このまま出ていってしまおうかという思いに駆られ、じっさい椅子の上でまた身じろぎをしたほどだったが、ストッダートの怪訝そうな顔を見てすわりなおした。

こちらが望もうと望むまいと、またこのふたりの女が気づいていようといまいと、たしかに腕くらべになってしまった。ストッダートはそう思った。剣闘士としてはともかく、科学のレベルでは――あらゆるレベルで――ジェラルディンのほうが上であることが証明されつつあった。

デュピュイが言った。「そもそも、な、ん、ら、か、の分析結果があるのですか？　ここの――あるいはロンドンやパリの――血液学者と交換できるようなものが？」

なんとかしなければ！　これほど最悪の、これほどアマチュアのように、あるいは準備不足のように見られる状況はありえない！　「自分では何も持ってきていないので……」ふたたび質問から逃れようと、こうつけ足した。「大使館を通じて取り寄せられます。もちろんずっとそのつもりでした、出発前にくわしく調べる時間がなくて……」懸命に立ち直ろうとする。「しかし、そちらの犠牲者はどうなのです？　血液になんらかの異常な発見はありましたか？」

「ありません」とペラムが短く言った。

この場面の幕引きをしなければ、とストッダートは判断した。これが求心力のある対等な関係のグループということになっている以上、不可解にも本人がまいた種とはいえ、ライサ・イワノワ・オルロフひとりに恥をかかせるわけにはいかない。机のそばに積み上げられた書類の山を、彼は手で示した。「われわれの得たものは——これまでの成果は——すべてそこにあります。一見多そうに見えても、実質的な進展とはとてもいえません……たがいに矛盾しているようなものばかりですが、それでも理解可能な説明がつけられる可能性もある……」

「ぜんぶロシア語に翻訳されていますわ」とジェラルディンがしめくくった。当てつけがましく時計を見る。これ以上長引くようなら、ほんとうに出ていくつもりだった。

ライサが言った。「すべて原文のものをもらえますか」

このあからさまな疑念の表明に、テーブルの周囲で新たに動きがあった。いわゆるロシア人の言動という見方からすれば、そう驚くことではない、とストッダートは判断した。この部屋の全員が善玉悪玉の図式を思い描いているとすれば、決してまだ時代遅れとはいえなさそうだ。「かまいませんとも」

「こっちはだれもロシア語が話せませんから、いちいち翻訳がはいるとなると、今後の望ましいやりとりに手間取ることになりますものね」皮肉にさらに上塗りをするように、ジェラルディンが言った。

やはり自分がレフェリーをつとめなくてはなるまい。「たしかに時間の節約になります」とストッダートは言った。「気候の異常と血液関連のことはともかくとして、それ以外に何か、われわれの前進のために役立ちそうなものはあるでしょうか？」

ことあるごとに自分が愚かに映るようにしむけられている、とライサは気づき、内心で燃えさかる怒りが顔にあらわれていないことを望んだ。「いいえ」

「そちらにまだ存命中の人はいますか？」とデュピュイがきいた。

ライサはためらい、モスクワでリャリンに強く主張した欺瞞を見破られることを恐れ、考えなおした。「わたしが出国した時点でふたりいました……」さっきジェラルディンがしてみせたように、当てつけるように腕時計を見る。「ほぼまる二日たっています。確認してみなければ」

「その人たちがいまの時点でまだ生きているとしたら、こちらでの生存期間の平均を超えています」とペラムが言った。「きわめて重要なことかもしれません」

「ですから、確認してみないと」

「時間のむだだわ」ついにジェラルディンが言った。「わたしにはやらなくてはならない大事なことがあるので」

いまにも部屋から出ていこうとする相手の態度と、その屈辱的な言葉に刺激されたライサが、そんなに大事なこととはなんなのかと問いただすのをこらえるには超人的な努力を要した。かわりに彼女は無言で、事実上忘れられたままますわっていた。これほどの屈辱を耐えしのんだ記憶はこれまでになかった。

「われわれの用意したものから、新しい情報をお知りになったほうがよろしいかと思います」ストッダートはもう一度ファイルの山のほうに手を振ってみせた。「あなたが持ってこられたものをわれわれのほうで翻訳し、読んでいるあいだに」

「本国から血液の標本を輸送する時間もできるでしょう。そちらの生存者のことを調べるひまも」とジェラルディンが言った。「それでたぶん、まともに仕事にとりかかれるかもしれませんね——まともな姿勢でのぞむことも」

この災難は決してわたしひとりで作り出したものではない。ライサはすぐに自分をそう納得させようとした。最大のミスはおそらく、ロシア人であるわたしに向けられる生来の反感を、とりわけ、もうひとりの女の敵意を予想していなかったことだろう。遺伝学者だ。ふと思い出した。わたしからノーベル賞を横取りしたあの男とおなじ遺伝学者。わたしは立ち直れる。立ち直らなくては。それだけではすまさない。このグループを支配し、君臨してやる。そのためには、はじめ想像していたよりもグレゴリー・リャリンと密に連絡をとりあい、ワシントンの委員会の連中の政治的な姿勢や策略からできるかぎりの利益を——必要になりそうなだけ——引き出さなければならない。そんな思いが定まっていくうちに、いますぐリャリンに連絡をとる理由はいくらもあると判断した。

尾鰭のついたうわさ話がフォートデトリックから広まらないうちに。

　ライサは苛立ちをつのらせながら何分か待ちつづけ、大使館内に割り当てられたリャリンの番号に応答がないとわかると、一般の交換台を通じて連絡をよこすようにというメッセージは残すまいと決めた。

　ストッダートは自分のオフィスでひとりになったあと、ロシア人女性よりもうまくブレアハウスのアマンダ・オコネルと連絡をつけることができた。つい先刻のライサ・オルロフとの対面が不安な幕開けだったことを報告し、近々あるアマンダとロシアの科学相との顔合わせによってさらに悪化しなければいいがと告げた。

「それは困ったことになりそうですな」アマンダがその話を伝えたとき、ジェラール・ビュシェマンは言った。

　ピーター・レネルはすでに頭がいっぱいで、ほとんどそちらには気がまわらなかったが、それでも本来の熟練ぶりを発揮し、もしもリャリンが自国の科学顧問とおなじ姿勢をとるようであれば、われわれが直面し改めなくてはならない状況だろうと言った。レネルの残りの注意は、ストッダートが急いで警告の電話をかけてくる前にポール・スペンサーが伝えた事柄に注がれていた。

　たいていの名案がそうであるように、それはレネルの頭のなかに、完全な形をとってあらわれた。たしかにリスクはあるとは認めつつも、自分がそれをやってのけられるだけの策士であると彼は確信していた。

フォートデトリックのストッダートやブレアハウスで待ちうけているほかの政治家たちとは違い、ピーター・レネルはロシア人の到着を腕くらべという観点から見てはいなかった。もしもそんな状況になれば、はなから競技場に足を踏み入れようとはしないだろう。だれひとり血を流さず無傷で出てくることのできない、肩と肩をぶつけての闘いは、自分以外の人間のすることだというのがレネルの哲学だった。レネルはゲリラ兵であり、真っ先に直接の闘いに飛びこんだ愚か者たちの骨や肉をついばむ掃除屋なのだ。たえず自分の力を示そうとせずにはいられないサイモン・バクストンは、そうした愚か者の最たるものだったが――彼をワシントンへの流刑に処することでまっこうから挑戦状をたたきつけてきた――レネルはいま、この状況を自分にとって決定的に有利なほうに逆転させる完璧な計画を練りあげていた。

グレゴリー・リャリンの登場ぶりは、冷笑的なレネルでさえじつに印象的だと認めるほど劇的だったが、そんなつもりではまったくないのだというような、どこかためらいがちな彼の態度に、その印象はやわらげられていた。そうした効果をかもしだしているのが、滝のように流れ落ちている白髪まじりのひげだった。この丸々と肥ったロシア人は、無神論の共産主義が終焉するはるか以前からロシアに存在する正統的な宗教心の象徴として、だれはばかることなくひげを伸ばしていた。地味な服装とはまったく不釣合いな、混沌としたそのひげの下に、事務員めいた青のスーツやカラーつきの地味なシャツはほとんど隠されていた。

アマンダはリャリンを見て、クリスマスの翌日に帰っていこうとするサンタクロースそっくりだと思った。握手には非常に力がこもっていたものの、手はやわらかかった。全員に紹介されるときにも、まるで相手の名前と顔を頭のなかに焼きつけようとするように、一心に集中を保っていた。

リャリンは礼儀正しくテーブルの自分の場所を示されるまで待ち、そして席につくなり、前口上に先立ってこう言った。「こちらにいらっしゃる皆さんと、それぞれのかたが代表しているすべての国の政府にはっきり申しあげておきたいのは、われわれが――モスクワが――今回の協同関係を歓迎しているということです。そしてわが国が全面的な協力を惜しまないことを、わたし自身から固くお約束したいと思います」

ストッダートから伝えられたいきさつがあっただけに、この声明はすばやいというだけでなく完全に虚をつくもので、つかのま部屋に沈黙が流れた。

この言明からアマンダは、甘ったるい外交的な空気に多少の緊張感をくわえても早すぎはしないだろうと判断した――というよりも、あらかじめ全員で急遽決めたことだった。「わたしからもその言葉をお返ししたいと思います、ここにいる全員を代表して……」そして居並ぶ書記官たちを——いまはロシア大使館から来たいかにもスラヴ人らしい容貌の男もくわわっていた——示してみせる。「わたしたちの協力の証として、いま手もとにある成果をすべて翻訳させておきました……じつはおなじことを期待してもいたのです、少なくともそちらの医学的、科学的資料にかんしては……」

アマンダとレネルの驚きはさらに持続し、あのひげの下の顔がかすかに赤らむのを見てとったのは自分ひとりなのだろうかとレネルはいぶかった。リャリンはたったいままで、ライサがロシアの資料を英語とフランス語に翻訳させずにいたことを知らずにいたのだ。彼はこう言った。「もちろん、翻訳は用意しておくべきでした。ただちにそのように手配させます……」

掃除屋のレネルがさっそくついばみにかかった。科学相のグレゴリー・リャリンが、みずからの第一顧問であるライサ・オルロフと本来あるべき形でともに働いているのであれば、翻訳ができていないことは把握していたはずだ。これは興味深い、齧りがいのありそうな骨だ。しかし、早すぎるのはまずい。アマンダはこちらが介入するまでもなく、完璧にことを運んでいる。

ポール・スペンサーのほうにうなずいてみせながら、アマンダは言った。「その手配でしたら、すでにわたしどもの国務省のスタッフにかからせています。何よりも重要なのは、科学者グループの全員がロシアの成果にできるだけ早く目を通せるようにすることですので」ロシア人の謝罪を信じてよさそうだとアマンダは思い、また驚きを新たにした。それともこれは罠なのか、メリーランドにいるもうひとりのロシア人よりもはるかに巧妙な芝居なのだろうか？　注意しなければ、と自分に言い聞かせた。小さくなる一方の円を描いて動こうとしているせいで、目が回りそうだった。それでなくとも会議を仕切らねばならず、いつもの〝じっと観察し評価する〟役割をひきうけられないせいで、どうにも落ち着かなかった。しかも個人的な不安材料はロシア人たち——この場にいる男とフォートデトリックにいる女——だけではない。ポール・スペンサーについてもまだ確信がもてず、そのために彼女は、スペンサーが今朝伝えた事柄を記録に入れさせ、あらゆる状況に敏速に対応しなかったと非難される余地を残すまいとしたのだった。こちらにほとんど材料がない以上、リャリンのほうにどんな貢献ができるか考える時間をもつまで彼女が遅らせるだろうと、スペンサーはそう考えていたのかもしれない。

「わたしたちが頭に入れなくてはならない情報はいくらもあります」ときびきびした口調で言った。「ユルチンでの病気の発生に補足なさりたいことは？」

よし、とレネルは判断した。そろそろこちらの出番がきそうだ。

リャリンは相対する顔ぶれを無表情に見まわした。「そのご質問の意味はわかりかねます。ユルチン以外にまだ病気は発生していません、それがご質問の意味だとしてですが」

スペンサーは、ＣＩＡと科学財団の監視網から前夜のうちにはいってきた情報を手もとに準備万端整えていたが、新しくみずからに課した抑制にもとづいて求めのないうちは応(こた)えるまいと決め、アマンダが彼に問いかけることなく話しはじめたのをひそかに喜んだ。そしてじっと耳を傾けながら、アマンダが言い漏らしたことを指摘してやれるのを心待ちにしていたが――彼女にそんな抜かりはなかった――頭のなかでしかるべき訂正の言葉を練りあげるのに熱中するあまり、いざアマンダから今日の最新の情報を伝えるようにその場をまかされたときには、あやうくその合図を聞き逃すところだった。急いで彼は言った。「インフルエンザによるクジラの死亡例が報告されている沿岸各地では、すべて人間にもおなじ病気が発生しています――インド、日本、太平洋の島嶼(とうしょ)部、チリ。そして海棲動物にはまだ感染例が見られない場所でも――ノルウェー、ドイツ、フランスの北部の沿岸部、さらにオーストラリアとニュージーランドの南部。これはもう沿岸部に限られてはいません。イギリスの都市部でも呼吸器の病気がばらばらに報告されています――マンチェスター、ブリストル、ニューカッスル、ロンドン、ヨーロッパ大陸ではブダペストにウィーン、ヨルダンのアンマン。またインドでは、ナーグプル、バンガロールといった内陸に数百マイルはいった都市で……」

「全体の数は何人ですか？」とビュシェマンが、もっと早いうちに発見する時間はなかったという事実をはっきりさせるために言った。

「七千人に足りません」準備おこたりなくスペンサーは答えた。「まだ世界的な保健監視グループに発見されていないのはそのせいです。わたしたちがそれよりもはるかに精密なチェック体制を敷いていなければ、まだ見つからないままだったでしょう。しかしこれだけ多くの場所からの情報が積み重なれば、なんらかの重要性をもってきます」

「そのことと、われわれの取り組もうとしていることとがどうつながるのか、まだわかりかねるのですが」とリャリンが異を唱えた。

　このままではきっと唐突な——関連性のない——割りこみになってしまう、とレネルは気が気でなかった。話の流れを押しとどめ、こちらの思いどおりの方向に誘導するのは至難の業だ。

「科学顧問たちの見解を待っているところです」とアマンダが言った。「現時点では、クジラから人間へと種を飛び越えて感染するように見えるインフルエンザの病原体は——それにわたしがざっと説明したその他の海洋での発生についても——謎(なぞ)のままですし、わたしたちの仲間を老衰死させたものの正体も謎です。謎であることだけが唯一の重要性だといえるでしょう。もしフォートデトリックの科学顧問たちがとくに考慮に入れる理由はないと判断すれば、この件はとりさげます。今日ここで、議論をはじめてまだ間もないうちにこの件について申しあげたのは、あなたが今後目を通される必要のあるものにこれが含まれている理由をご説明するためでした」

「北海のハイイロアザラシがジステンパーで——ふつうの犬の病気で死んでいるのですね？」リャリンがゆっくりと、アマンダの言葉をくりかえした。

「確認された報告の一部です」とアマンダ。

「バイカル湖という湖をご存じでしょうか？」ロシアの大臣がきく。

「シベリアですね」ジェラール・ビュシェマンが口をはさんだ。

「そこで何があったのです？」ようやく主導権を握るための行動を起こすべく、レネルは急いでたずねた。ポール・スペンサーが報告した内容からすると、想像していたよりも望ましい事態なのだろうか？

「そこにネルパという、ほかにはまったく見つかっていない淡水アザラシの種が棲んでいます。ここ三カ月のあいだに、そのネルパが病気で死亡しているという報告が続々とはいってきているのです。わたしがモスクワを発つ直前に確認されたところでは、その病気は犬のジステンパーとおなじ種類のものでした」とロシア人がしめくくった。

「またしても異種間の飛躍だ」ビュシェマンがしかつめらしく言う。

「しかし人間を冒してはいません」とアマンダが指摘した。「フォートデトリックの見解を聞くまでは、どんなことがあっても先入観をもつべきではないでしょう」

「それは賛成しかねます」とレネルが明言し、その反論から攻撃性を取り去ろうとして、アマンダに微笑みかけた。彼女がこちらのリードに完全に従うようになるにはどれだけかかるだろう。「オーケイ、わたしたちはみな保健大臣ではありませんが、まぎれもなく自国の保健問題にかかわる大臣職についています。それにわたしはたったいま、医学上最も恐れられ、また厳重に監視されている病気のひとつが発生したことを知りました。一九一八年のインフルエンザの大流行で何人の人々が死んだか、だれも正確には把握していません。概算によると四千万から一億のあいだだといわれています。わたしの記憶するところでは、あれもまちがいなく異種間の感染によるものでした。一九九七年の末に香港で、人間に発生したインフルエンザは——幸い限られた数でしたが——ニワトリに端を発した異種間の飛躍であることが、医学的、科学的に証明されています……フォートデトリックの見解がどうあれ、一九一八年の規模での大流行となる可能性のあるものを無視するわけにはいきません……われわれの発見がこれまでのところ示しているような小規模なものでさえ、一九九七年の香港よりもはるかに広範囲に、世界規模でひろがりつつあるように見えます」

「もちろん、おっしゃるとおりですわ」とアマンダが急いで口をはさんだ。「すべて忘れ去るべきだと言っているわけではなく……わたしたちが取り組んでいるものとの関連を……」

「こちらとしても、決してそんなつもりで申しあげているわけではありません」レネルもやはり急いで言った。アマンダを怒らせるのではなく、味方に——向こうは何も意識していないだろうが――つけておきたかった。すばやく書記官たちのほうに、彼が言わねばならないことが記録されるであろう場所に目をやった。だが公表はされない、と自分に言い聞かせた。たとえそうなったとしても、彼が成し遂げようとしている一切に影響がおよぶにはもう遅すぎるはずだ。「その関連性がぼやけてしまうような事態にならないよう、厳重に注意を払うことが必要です。老化をもたらす病気を可能なかぎり長く一般にたいして伏せておくという点については、全員のかたに同意していただけますね？」

「はい」とリャリンが、どこか疑わしげに言った。

「それがあきらかになったときには、まずまちがいなく大騒動になるだろうということにも？」

「はい」あいかわらず慎重に、リャリンが言う。

レネルはスペンサーのほうに注意を切り替えた。「有意義な監視網を作りあげてくれたポールに感謝しなくてはなりませんね。現時点でのわれわれは、こうしたばらばらで不可解な事柄をまとめあげることのできた唯一（ゆいいつ）のグループなのですから……」

スペンサーはそのねぎらいの言葉に微笑んだ。アマンダの顔に理解がひろがりはじめた。

「命にかかわる病気であるインフルエンザが、哺乳類から人類へと種を飛び越えて媒介するとは、じつに恐るべきことです……」とレネルが言葉をついだ。

「……まったくそのとおりですわ」とアマンダはうながしたが、確信が生まれるまでは明確な態度を示すまいとした。

「……大勢の人々の注意を独占するであろう、フランケンシュタインなみの怪物といえるでしょう」

投票権のある大衆の目を国内問題からそらせるために、小競り合いの戦闘をはじめるようなものね、とアマンダは認めた。レネルは名誉がほしいのか、それともわたしに花を持たせようとしているのかしら？　レネルは先を続けようとせず、そこで彼女は言った。「インフルエンザの件では、世界的な保健当局の注意をひくようにするべきでしょう……さらに一般大衆の……」

「世界保健機関（ＷＨＯ）そのものがいい」とレネルは主張した。「直接われわれ個人への――われわれがそうした発見をするに至ったいきさつと理由への――注意をひきつけることを断じて避けるために、それぞれの政府を通じて働きかけるのです」まるで台本に合わせて演技しているようだ。いや、サイモン・バクストンとの会話のためにみずから言葉を選んでほぼ書きあげた、はるかに完全な台本のプロローグというべきか。今日やっておくことはほかにあるだろうか？　この場ではない。まだ考えつくしていない有利な材料はいくらもあるはずだ。遠からずその機会はくる。ロンドンへ帰るときのために使えるかもしれない。いまこの瞬間、レネルはそうすることを決めた。「それが責任ある行動というものでしょう」フランスの大臣もこの政治的なカドリールの舞にくわわった。

グレゴリー・リャリンは周囲で踊りまわる人々を意識しながら、奇妙なことに悲しみをおぼえた——それは間違いだと、すぐに現実として受け入れはしたが。彼らが決定しようとしていることは、政治的には百パーセント正当化されうるものだ。じっさいリャリン自身も、彼らとおなじ理由から賛成することになるだろう。だがそれでも、真っ先に個人への反発もしくは政治的な反動を最小限に抑えることに専心するのではなく——そうであることはたやすく察せられた——何よりもまず、医学的観点から見て保健当局に警告を与えることは絶対的に必要だという議論が出てほしかった。だが、そんなふうに勿体ぶる権利がこのわたしにあるのか？　リャリンはみずからに問いかけ、そうした偽善を否定した。どのみちこちらも同意する。現実における政治という観点から見れば、それは不実とすらいえない。必要な便宜主義なのだ。彼自身も自然に思いつきそうな考えではあるし、じじつ彼がこれから協力していかねばならない相手たちの頭にも自動的に浮かんできたようだった。リャリンは言った。「われわれの責務に影響がおよぼうとおよぶまいと、まちがいなく伝えられるべき事柄です」

「今後もごいっしょにいい仕事ができそうで、うれしいかぎりですわ」とアマンダが言った。

わたし以上にうれしく思っている者はいまい、とレネルは考えていた。

すぐに二度目の解剖にとりかかろうと思いながら、ジェラルディン・ロスマンは憤然とストッダートのオフィスから出ていったが、あとからついてきた所長とフランス人との会話を小耳にはさみ、考えを変えた。

「ルブランはあと十二時間というところです」彼女の問いかけに答えて、ペラムは言った。「そこまではもたないかもしれません」

「では、いますぐ会っておかなくては」とジェラルディンは告げた。

「わたしがいっしょでもよろしいですか」デュピュイが眉をひそめた。「わたしも彼のところへ行く途中だったのです。できるだけ彼のそばにいて、支えになってやれるように」

「わたしは彼の部屋にはいるつもりです。自分の手で診察したいので……」デュピュイの眉間のしわが深まり、彼女は言いよどんだ。「……病理学者として……」

「だめです！」デュピュイが何も考えず、即座に言った。

「ほかの医師からうけてきた診察とまったく変わりません。彼に不快な思いもさせないつもりです。いま議論は望みませんし、あなたにわたしを止められるとも思わない。もちろんギャラリーからずっと見ていてくださるぶんにはかまいませんけれど」

「何をしようというんです？」

「質問に答えられるかもしれない病人の診察です。わたしの理解のおよばないことがあったら力をかしてください」ゆうベストッダート相手に持ち出した疑問を、いまはだれにたいしてもくりかえさずにおいた。特定の方向に向けての検査を自分でおこなうことで答えが得られるかもしれないというときに、これ以上新たな謎を作り出したくはなかった。

「われわれのグループのひとりが診察をするのでさえ、わたしには愉快なことではないのです」とデュピュイが言う。

新たな焦燥に駆られ、ジェラルディンは両わきで手を握りしめた。この人が医学の専門家だというなら、いつになったらそれらしく冷静に考え、虚心に振る舞えるようになるの！「わたしの専門や資格はご存じでしょう」

「あなたの能力をうんぬんしているのではない」

「じゃあいったい何をうんぬんしているの？　わたしにはいくつか考えがあって――正当な根拠のある医学的な質問で、その答えがほしいんです――アンリ・ルブランがまだ生きているうちに診察をしなければならないの。お願いですから、邪魔をしないでちょうだい！」

デュピュイは彼女の剣幕にひきさがり、うなずいて言った。「ギャラリーから見ています」

「そうしてください」ペラムのほうを向く。「あなたもどうぞ。参考意見は歓迎します」

その防護スーツは、ジェラルディンがイギリスでエイズ患者の検死解剖をするときに着慣れていたもの――じっさい体の一部のようになっていた――とはずいぶん違った。外被が厚いせいで実際に着てみると動きづらく、とりわけ使いにくいのは手袋で、スーツのほかの部分と同程度に分厚いうえに、外科用手袋とは違って縫い目がある。これではなるべく傷を与えないようにうまく器具を扱うのはむずかしいだろう。アンリ・ルブランにメスを振るう必要がないのはありがたかった。もっともいまのところは、だ。もしもこのフランス人やほかのだれかに二度目の解剖が必要だと判断した場合、メスをもつことは避けられない。でも、そのときはそのときだ。いまから気にしていてもしかたがない。

ルブランはさまざまなカテーテルや点滴につながれていたが、目は覚めていて、滅菌室のエアロックからタイマー制御でしゅっと空気が吐き出されると、ゆっくりにではあるが、すぐに頭を動かした。そしてかぼそい声できいた。「なんの用だ?」

わたしが着替えているあいだに、いまこちらを見ているデュピュイが彼に予告したのだろう。「話がしたいんです。いくつか調べたいことがあって」

「何もかもわかってるはずだ」男の鼻からは洟水が流れだしていた。

「そうだったらいいのですけど」

「あんたらはおれを助けられないんだろう？」フランス人はすっかり瘦せ衰え、白濁した目の焦点は彼女に合ってはいなかったが、それでもドアがあるはずの方向に向けられていた。

「ええ」

ルブランはしゃべろうとしたが、声がしゃっくりのように喉に詰まった。それから言った。「あいつらはなぜ、おれを助けられるなどと言った？」

「そうできればと望んでいたのです」

「くそ野郎ども！」

「たしかに」観察用ギャラリーのマイクを通じて向こうのざわめきが聞こえてくるような気がしたが、やはりスーツのなかで自分の体が動く音なのかもしれなかった。ルブランはまぎれもない、、、、なく衰弱している――つい一日半前まではプロテインと炭水化物を補う固形のサプリメントを摂取でき、それ以降はさらに強化された点滴をうけていたというのに。

「なぜあんなことを言うんだ！」ギー・デュピュイのひずんだ金属的な抗議の声がヘッドセットにひびいた。

ジェラルディンは無視し、抵抗する様子のないルブランのたるんだ手をとった。この手袋ときたら分厚すぎて、ほとんどなんの感触も得られない！ 彼女はごくつかのま、自分の手袋をはぎとってしまいたい衝動に駆られた。

「ひとりにしてくれ！」

「彼の言ったことが聞こえたでしょう」とデュピュイの声が言う。

今度もジェラルディンは姿の見えない男を無視し、もう一方の手でルブランの脈を探った。脈拍は定かではなかったが、手袋の繊維を通じてしみとおってくる体熱が感じられた。バイザーごしに目をすがめて心拍モニターの数字を見ると、一五〇から一六五のあいだで、おおむね高いほうの数値を示していた。さっきたしかに、あなたはもうすぐ死ぬと言った。そのせいで上昇したのだとも考えられる。でも五十パーセントもの上昇はありえない！――しかも一時的な上昇ではなさそうだ。ルブランの心臓は――だれの心臓であろうと――これほどの負担にはもちこたえられない。南極の救助隊のメンバーが死亡する前の心拍はどうだったかしら？ 思い出せないけれど、たしかに記録されているはずだ。アンリ・ルブランの心拍もやはり自動的に記録され、すぐにコンピューターからプリントアウトできるようになっている。もし心拍の速さに共通する要素があったとしたら、これまで彼らは――もちろんわたし自身も――プロとしてここで何をやってきたのか、ということになる。もし南極のほうの数値もこれに一致していたのなら、ペラムのチームも同罪だ――いや、さらに罪が深い。心臓モニターはドラムの音を模しているように鳴りつづけていた。

スクリーンの後ろからペラムが言った。「こんなことに何か意味があるのですか？」

そちらに視線を向けようともせずにジェラルディンは言った。「それはわたしにではなく、あなたの部下たちにする質問ではないのかしら！」彼女はいまあらゆるモニターに目を走らせてほかの数値を探していたが、体温計を見つけると、たちまち困惑をおぼえた。それは通常の平熱――三十七度――を示していた。ありえないことだ。あいかわらず心拍は一分間にほぼ一六五を数え、手袋を通して男の手と手首にははっきりと熱さが感じられる。彼女は言った。「気分はいかが？」

「どういう質問なんだ！」

ジェラルディンはおのれ自身の鈍感さにたじろいだ。「ど、ど、どんな感じがしますか？」

「何も」

「暑いですか？」

「寒い」

これもありえない。なぜいままで、こんなことがわかって――彼らの注意をひきつけて――いなかったの？　ジェラルディンがベッドの掛布を調べるために手を離しても、ルブランの手首と腕はまったく動かなかった。ほかの一切と同様、部屋の温度も自動的に記録されているはずだ。しかもルブランは別々の二枚の毛布に首までおおわれていた。これほど心拍が速まり、しかもこんな厚い布を二枚もかぶっていれば、ふつうは目に見えるほど発汗しているはずだが、彼の皮膚は完全に乾いていた。

「どうしたんです？」とペラムがきく。

その問いかけにルブランがゆっくりと、だがあきらかに注意を向けるのを意識したが、ジェラルディンはやはり答えようとしなかった。かわりにこう言った。「すこし髪の毛を切りたいのですけど。かまわないでしょう？」

「なんだって？」とフランス人が言う。

「もうすこし検査をしてみたいので」とジェラルディンは質問への答えを避けた。

「おれは生きていたい！　頼む、死なせないでくれ！」

「もうやめるんだ！」デュピュイの声がひびく。

ジェラルディンの神経は目の前の男だけに注がれていた。「もし……できるものなら……」とぎごちなく言いかけるが、やがて口をつぐみ、あきらめた。「……むりだわ……」

「やってみてくれ……もしかしたら……」

「ではお願い」

器具のトレーの上にある長い把手のついた鋏（はさみ）は、防護スーツを着用した状態で使える特別な仕様になっており、手袋をはめたまま持てるように人差し指と親指を入れる穴がひろがっていたが、その扱いに不慣れなジェラルディンにはうまくつかむことができなかった。彼女の求めるDNAの標本を採取するのに細かな技量は必要ではないので、なんとか植木鋏のように両手にはさんで持ち上げたが、それが間違いだった。そんな持ち方をしたためによけいに不安定になり、ルブランの胸の上まで持ってきたところで鋏が手から離れ、それを体の上に落とすまいする彼女の動きがさらに事態を悪化させて、傾いた鋏が刃の尖ったほうから先にフランス人の鎖骨の上に落ちた。刃は突き刺さりはしなかったものの、その勢いは皮膚の表面を裂くのに十分で、ぽつんと血の玉がにじんだ。だがルブランは、まったくなんの反応も示さなかった。

デュピュイが言った。「後生だから、そこから出てくれ！」

前のベッドに横たわるフランス人に向かって、ジェラルディンはきいた。「いまのを感じましたか？」

「何を？」

ジェラルディンは鋏を取り上げると、刃の先を男の肩に当て、皮膚をこれ以上傷つけない程度に尖った先端がめりこむよう力をくわえた。「何か感じますか？」

「いや」

鎖骨の上の出血は、ほとんどあっという間に凝固した。彼女は診察衣の上部をルブランの胸からはだけるようにひろげ、さらに四回、刃の先を押し当てた。ルブランは何も感じていなかった。両方の腕をつねっても、やはり感覚はない。彼につながれている管やカテーテルを乱さないように注意しながら、ベッドの掛布をわきに押しやり、やはり感覚のない腹部や脚を試した。そして最後に手早く、二度目の試みでうまい具合に毛髪を切り取った。一刻も早く、必要なほかの検査にかからなければ。裸の指を使えさえすればと思いながら、刺し傷にも反応しなかったルブランの体の皮膚を小さな外科用鉗子(かんし)でくまなくつまんで調べ、最後にメスを使って前腕と腿(もも)から、これで十分だと考えられる量の皮膚をはぎとった。

「死ぬとき、痛むだろうか？」とルブランがきいた。

「いいえ」そのはずだと確信して、ジェラルディンは言った。

「あとどのくらいだ？」

「まもなくです」

「だれも言おうとしなかった」

「あなたには知る権利があります。あなたの尊厳のために」

「それを最後までもちつづけたい」

汚染浄化室のすぐ外でふたりの男が待ちうけており、デュピュイは左右の足に体重を交互に移しかえながら、怒りに顔を真っ赤に染めていた。激怒のあまりはじめのうちは口を開いても言葉にならず、ようやく出てきた言葉もぎくしゃくしていた。「いったいあそこで、何をしているつもりだったんだ？」

そのときジェラルディンははじめて、ふたりの背後にストッダートの姿を認め、彼が呼び出されてきたのだろうと思った。「これまでに当然やっておくべきだったことです！　わたしたちの手もとに、すぐ目の前にあったことに気づき、分析するということよ！」

「いつもきちんと電話を入れてくれてありがたい、ピーター」

「一度そちらに帰るつもりです」とレネルは明言した。一切のタイミングを時計職人なみの正確さで調節しなくてはならなかったが、それができるという自信はあった。肝心なのはこの男の絶えざる先読みに餌(えさ)を与え――そして予測し――彼自身がだれよりも先に答えることで、閣僚会議を首相のひとり芝居にすることだ。そしてまた、レネルの帰英に同意すれば破局に通じる可能性があると、バクストンにそう思わせる必要もある。

すこし間があいたあとで、ロンドン側の驚きが伝わってきた。「すると結局、たいしたことではなかったと？」

相手の過度の深読みに、レネルはにやりとした。「とんでもない。こちらのほうはきわめて深刻な状況におちいるかもしれません。われわれがきちんと反応していたことを記録にとどめておく必要のある状況に」

「それほど深刻なら、帰ってくる余裕があるのかね？　きみはそちらにとどまって、一切を掌握していたほうがいいのではないか。わたしには明日の外交用郵袋で完全なブリーフィングをしてもらうということで？」

こちらがいないあいだに、議会で公にわたしを出しぬく新たな機会をうかがっているのだな、とレネルは察した。種をまく頃合だ。「自分の信用を危うくしかねないことを申しあげているのは認めますが、しかし科学相として——現実には医学の問題になるでしょうが——いったん帰国し、わたしの口から内閣に伝えずにおくわけにはいかないだろうと信じています。この件についてはサー・アリステアとも、ロスマン博士とも話し合いました。ふたりとも賛成してくれています」いま名前をあげたことで、バクストンはまちがいなく、この電話の内容を知る独立した証人が——もし首相の権威を利用してレネルの帰英を拒めばそのことをさとる人間が——いることがわかったはずだ。ジェラルディン・ロスマンに連絡がとれなかったという事実は、このさい問題ではない。

「いったいどういう状況なのだ？」

あからさまな嘘をつかねばならないが、あとで証明はできまい。もしほんのわずかでも計算ミスを犯せば、バクストンに挑戦する最初の明確な動きだと勘づかれかねないところだ。「数百万人が従事するイギリスの農業は、いまもってなお、牛海綿状脳症が人間に感染したクロイツフェルト・ヤコブ病の影響をうけており……」

レネルの確信どおり、バクストンはこのためらいを意図的な、過度の心配によるものと受けとめた。

「狂牛病となんの関係がある。きみはそっちで何をやっているのかね？」と首相が不満を口にした。

「政府の計算違いの一例としてあげているのです。われわれは――あなたは――わたしがこちらに来てから意識するようになったのと同様のリスクを冒すべきではないと考えます。だからこそ、内閣全体を関与させたほうがよろしいかと……」誘いかけは羽のごとく軽く、だ。「……もちろん、内閣から反対があるかもしれないことは承知しています。過剰な反応だと……しかしそのリスクをひきうける覚悟は……」

「だからなんなのだ？」バクストンが苛立ちを抑えきれずに言った。

「伝染病の可能性があります。それも世界規模の」

「たしかなのか？」

食いついたな！「まだ確認されてはいません」

「それほど深刻な事態だときみが考えているのなら、もちろん帰ってきてもらわなくてはな」

「ありがとうございます、首相」クーデターを画策したカールトン・クラブでの会合が失敗に終わって以来、レネルは政府中枢のみずからの支持者を、閣僚の半数にほんのわずか満たないぐらいだと見積もっていた。中立の存在をある程度味方につけるだけで、直接の党首選びでも天秤の針はどちらかに振れる。あと二十四時間で——長くとも三十六時間以内には——その割合を大幅に変えてやれるだろう。

「寂しかったわ、あなた」つぎの電話に答えて、ヘンリエッタが言った。

「文字どおりとんぼ返りになる、せいぜい一日半しかいられない。きみの父上を夕食に招いておいてくれ」

「何か計画があるのね、ピーター？」

「重大な計画だ」

「何かあった？」

ジェラルディン・ロスマンとのそっけない対面のあとで、ストッダートが自分のオフィスにはいっていくと同時に、アマンダからの二回目の電話がかかってきた。「イギリス人女性が何かをつきとめた可能性があります。もっとも彼女が検死解剖の結果を調べなおすまで、わたしたちにはわからないでしょう。あるいは二度目の解剖を自分の手でやるつもりかもしれません。いま当人は死体保管室にいます」

「マクマードでのあなたの契約内容に、第三者賠償責任保険は含まれていなかったわ。

適用されるのはあなた個人の身に何かあった場合だけ」前回会ったとき最後に言っていたとおり、ポール・スペンサーはこちらの意図する教訓を学びとったようだ。それがずっと続いてくれればいいのだけれど。

「なぜそんな話をするんです？」

「すぐに知らせておいたほうがいい、大事なことだと思ったからよ」

「犠牲者の遺族にも知らせたほうがいいのでは」とストッダートは言った。

「あなたが単独で動けば、計画中の特別な財政措置がご破算になることを考えてみた？」

「いいえ」

「考えてごらんなさい。ほんとうに真剣に考えてみて。あなたの良心と、犠牲者の妻子たちの経済的な保証のどちらが大切なの？」

「まずいことになりました」とシェルドン・ハートリーが告げた。医学的配慮という名目のもと、マクマードとアムンゼン‐スコットの保安上の締め付けを合同で組織していた、ペンタゴンの大佐である。

「何があった？」とスペンサーはきいた。

「南極で、一触即発の状況が続いています」と大佐が言う。「なんの証拠もない、医学的に必要なのだというだけの説明では、もう彼らを納得させられません。部下たちもいつまで抑えられるかわからないと言っています。現地の大佐は今朝、武力を行使する必要を口にしましたが、もちろん禁じておきました」

「もちろんだ」

「具体的にそちらの、ホワイトハウスの指示を仰ぎたいのですが」

「こちらから連絡する」唇をかみつつ、スペンサーは確約した。

そのほとんど直後に、直通の個人用電話がふたたび鳴りだした。

「南のほうでまずいことになっています」と科学財団のデヴィッド・フーリハンの声が言った。

「もう聞いている」とスペンサーはさえぎった。

科学的な意味でも常識からも、ジェラルディンは権威に従わざるをえなかった。石のように無表情なフォートデトリックの所長から、医学調査チームにあなたひとりしかいないとでもいうように、特別スタッフのいる実験室や死体保管室でごり押しを続けることはできない、と言われたのだ。だがそれを認めるには、足音荒く研究用セクションに帰ってくるまでの時間を要した。

16

施設の主任病理学者であるバリー・フーパーは用心深い反応をする黒人の男で、あきらかにウォルター・ペラム以外の人間と直接かかわることを予期してもいなければ、歓迎してもいなかった。はげ頭に度の強い眼鏡をかけた実験室長のダンカン・リトルジョンも、ためらいがちにせわしなく瞬き(まばたき)をするその様子から、おなじ思いでいるのはまちがいない。ペラムはさっき彼女が口にした非難への怒りを隠そうとしておらず、張りつめたこの場の空気をさらにぴりぴりさせていた。詫(わ)びを入れたところで遅すぎるうえに場違いだし、どのみちペラムの顔を立てるというだけの意味しかない。実のところジェラルディンは、謝罪の必要があるとも思っていなかった。この施設の所長がおそらくそうしていたように、検査や分析の結果がすべて包括的な報告書にまとめられて自分たちのグループに提出されるのを待っているなんて、ばかげている。警報ベルを鳴らす明白な異常は、それが発見されてから数分以内に――じっさい発見されたとしてだ！――提出されるべきだった。なのに、アラスカの生存者と犠牲者がここに搬送されてくるまで明かされず、さらにライサ・オルロフが到着するまでずっと先延ばしにされてきたのだ。

そもそもあれに意味があるとすればでしょう、という警告がジェラルディンの頭にひびきわたった。そのあとすぐバランスをとるように――ただの釣り合い以上の重みはある――職業的な原則が浮かんだ。誤りだと証明されることへの不安は、科学的には決して、試してみたり質問したりしないことの理由にはならない。ただし同僚への配慮も仕事をするうえでの暗黙のルールではあるけれど、そちらについてはずいぶんないがしろにしてきたようだ。

肩をすくめてそんな内省を追い払うと、もう時間をむだにはするまいと決め、彼女は理由を説明することなくつぎつぎ質問をぶつけていった。あらゆる犠牲者――すでに死んでいた者だけでなく、しばらく生きていた者も含めて――の体組織と血液のグラム染色の結果、未知の細菌はまったく分離されなかった、とリトルジョンは主張した。顕微鏡でも電子顕微鏡でも、なんらかの抗体やその存在を示す抗原は発見されていない。

「リンパ球様細胞はどうでした？」とジェラルディンはきいた。これは彼女よりもむしろライサ・オルロフがするべき質問だろう。体内をめぐっているリンパ腺の細胞は、ウイルスの攻撃を最もひんぱんに、また直接うけるものだ。今朝の顔合わせから、あのロシア人が自分の専門分野のまわりに高圧電流を流した鉄条網を張りめぐらせるだろうとは想像できたけれど、ジェラルディンは断じてそんな線引きを認めてはいなかった。

「リンパ球は犠牲者全員から採取されました……」とフーパーが言った。すばやくペラムのほうを見やり、こうつけ足す。「最も基本的かつ明白な検査でしょう、違いますか？」

相手の押しつけがましく防御的な問いかけに、ジェラルディンは答えようとしなかった。「自己分解は？」

「ウイルスの細胞への侵入を示す異常の証拠は、どこにも見当たりません」とリトルジョンがすぐに答える。

一分あたり一六五の不整脈。ジェラルディンは思い出した。

「あの人たちにはみんな――すでに死んでいた南極の人たちも、アラスカの人たちも――心臓の重い疾患がありましたね？」

はじめて敵意がやわらいだ。リトルジョンからは、ごくかすかな称賛すらうかがえた。フーパーが言った。「わたしが見つけたのは、臓器全般におよぶ重い疾患でした」

プロ同士の生産的なぶつかり合いだ、とジェラルディンは期待をこめて考えた。それでもまだまっこうから異を唱えるわけにはいかない、わたしがこの手で解剖をおこなうまでは。そうしたあとでも、やはりやめておこう。この相手が結論を修正するだけの時間はまだある。より正確に言うなら、わたしが自分でできると予測して——望んで——いることを量化するだけの時間は。「しかし、心臓の疾患は認められたのですね？」

「はい」

「どんな徴候があらわれていました？」

病理学者の顔が、小ばかにするようにこわばった。「ほかに何があるんです？　心筋の変色に、梗塞（こうそく）……」

「……それに軟化」ジェラルディンは食いさがった。「自己分解は？　たとえば、脳ではどうでしたか？」

「当然でしょう。通常の老化ではかならず起こるものです」

「でもこれは通常の老化とは違うわ。脳の軟化はどのくらいまで進んでいました？　液化は？」

「液化は見られました、たしかに」フーパーの不本意そうな態度もやわらぎつつあった。

「膵臓（すいぞう）は？」

「やはり、通常まず最初に衰える臓器のひとつです」

「すべての例でそうなっていたのですか？」とジェラルディンがさらにきく。

今度はフーパーと実験室の科学分析をつかさどる男のあいだで視線がかわされ、答えたのはリトルジョンだった。「すべての例ででではありません。南極で死亡したジェーン・ホロックスの場合、その軟化の程度から、肝臓と腎臓がまず最初だったと判断しました。アームストロングは腎臓が膵臓より早かったと思われます。アラスカで死亡したベン・ジョーダンの場合は、脾臓と胆嚢でした」

ジェラルディンは全身に温かい満足感がひろがるのを感じた。いまの答えにどんな意味があるのかとペラムにきかれたとき、はじめて自分が笑っていたのだろうと思い当たった。「わかりません……どんな意味をもつのかわからない、ということです。でも、重要なことだと思います——わたしたちに進むべき方向性を示し、誤った道に迷いこむのを防いでくれるかもしれない。だからこそ、いま手もとにあるよりも多くの謎のことを話しているのだし、それを口にする前にもっとくわしく調べてみたいんです……」ジェラルディンはリトルジョンに、まだ生きているアンリ・ルブランの体からはぎとった皮膚の一部のスライドを手渡した。「わたしが……」と言いかけ、外交上のミスを犯す前に口をつぐんだ。「……バリーを手伝って二度目の検死解剖をおこなっているあいだに、これの検査をしてもらえるとありがたいのですけれど」

「何をたしかめるんですか？」リトルジョンが眉根を寄せる。

「これが生きた皮膚なのか。それとも死んだ皮膚なのか——死んだ人間のものなのかどうかを」

ジェラルディンはウォルター・ペラムが解剖室までついてくることをなかば予期していたが、彼は隣の部屋にはいっただけだった。南極で死亡したバックランド・ジェサップとジョージ・ベダル——彼らの状態と徴候がそもそも最初にジェラルディンの疑念を引き起こした——の体が、隣り合った解剖台の上に準備されて横たわっていた。ついさっきまで冷蔵されていた名残で、皮膚はまだ白かった。ここがフーパーの領分であることを慮(おもんぱか)って、ジェラルディンは彼に先頭を譲り、数歩あとからついていった。同種のスーツを着こんだ助手がすでに待っていた。解剖台の横で病理学者は、バイザーの奥から問いかけるような視線を向けた。彼女は先にテキサスのロデオ乗りの体のほうから、疑問の答えを早く——少なくともなんらかの答えを——見つけたいと望んでいた。バックランド・ジェサップの死体は、死後硬直も低温で凍りついていた影響も消え、完全に脚を伸ばして横たわっていて、もはやひざまずいて祈るように、あるいは嘆願するように両手をさしのべてはいなかった。

「何を見ます？」とフーパーがきいた。

「脊椎(せきつい)を。ほかの骨もあとで見ますが、まずいちばん簡単なところからいきましょう」

ふたりの助手がさっそく動きだし、すでに一度調べられた死体のカバーをはいだ。胸骨から恥骨にかけて切り開かれたもとの線は、まるで生きた患者の手術痕のようにきれいに縫合されていた。すでに死んでいる人間へのこうした配慮は、ジェラルディンが常々好ましく、すばらしいとさえ感じているものだった。フーパーが縫合糸を抜きとると切り口が二つに分かれ、臓器を取り除かれた胸腔と腹腔があらわになり、脊柱まではなんの障害もなかった。

「それで？」とフーパーがきく。

ジェラルディンは手を伸ばしかけたが、そのときふと、ペラムがギャラリーから見ているはずだと思い当たり、途中で止めた。あとで自分の説を主張するために、彼をはじめとする監視グループに向かってこの解剖の意味を説明しなくてはならないだろう。

「お先にどうぞ」とフーパーに譲った。「胸部が頸部につながる部分に指を押しつけてみてください」

フーパーのぴんと伸ばした指が、脊椎とそれを支える小柱のなかに、おそらく一ミリは沈んだ。「わたしの予想と一致していますが」

「今度は仙骨の、尾骨にいちばん近いあたりに」

病理学者の人差し指が、ほとんど抵抗なしにずぶりと消えた。ジェラルディンは何もコメントせず、自分もおなじことを試してみた。彼女の人差し指はほぼ第二関節のあたりまで、仙骨の骨髄内に突き通った。

フーパーが言った。「局所的な骨格の死滅が認められます」

「おなじ脊椎にこれほどの違いが？」とジェラルディンはきいた。やはり思ったとおりだ！　ふたたび満足感があふれだすのを感じた。それが何かはまだわからないが、もしかすると迷宮への入口を見つけたのかもしれない。

「通常はありませんね」

「あなたがかつて手がけた検死解剖で、これほど海綿状態のはなはだしい脊椎を見たことはありますか？」

「いえ」ようやく相手の男が認めた。

その気乗り薄な態度から、どの犠牲者の解剖でも発見されていなかったことなのだろうとジェラルディンはふんだ。「つぎは大腿骨を露出させてもらえますか？」

「左右とも？」

できるかぎり確信に満ちた態度でいなくてはならない。「お願いします」

大腿骨は筋肉と靭帯に包まれているせいで、はるかに長い時間を要した。やはり左右どちらにも、脊椎の基部におとらず顕著な海綿状態が見られ、いまはすっかり協力的なアメリカ人の提案に従って、脊椎のある腰のほうまで切り口をひろげていった。左右の脚とも膝の部分に、骨粗鬆症による骨質の突起ができていた。右の大腿骨には骨肉腫を示す軟骨質の大きな塊もあった。

「これについてのヒントはどこから得られたんです？」とフーパーが率直にきいた。

「南極で死体が見つかったときの様子から。ただの推測です」

ジョージ・ベダルの二度目の解剖では、左右の前腕におなじ程度の海綿状態が見つかったが、骨はひどく薄く――のちの検査によると本来の厚さの三分の一以下だった――どちらにもそれぞれ二カ所の骨折があった。ひとつはこの古植物学者が観測所で倒れたときのもの、もうひとつはモリス・ニールソンが死体を寝袋におさめるためにわざと折ったもので、どちらもあきらかに鋭く尖った状態で分離しており、やわらかい骨で見られるつながった状態の若木骨折ではなかった。

フーパーが言った。「犠牲者全員をもう一度解剖して、骨を検査しなくてはならないでしょうね？」

「そう思います」とジェラルディンは言った。ようやく背筋を伸ばし、特別に改造されたサポートチェアに体をあずけたとき、五時間もずっと解剖台の上にかがみこんでいたことに気づいた。全身がずきずき疼いていた。背中と肩の痛みをとろうとストレッチをしても、役には立たなかった。

「おめでとうございます」

「まだ何も証明されてはいません」

「わたしのチームがこれまでに発見したどんなものよりも大きな成果です。しかもわれわれは、もう何も出てこないと思っていた」

汚染浄化室でスーツを脱いでいるとき、ジェラルディンははじめて、左手の手袋の人差し指の部分が裂けているのに目をとめた。解剖中はずっとその裂け目には気づかなかったので、まず十中八九、防護スーツの固くて扱いづらい締め具かジッパーをはずそうとしているうちにできたのだろうと思えた。いずれにしろ、滅菌処理を通過して安全になってからのことだ。それでもさらに人差し指をじっくりと調べ、皮膚の裂け目や擦り傷がないのを見て満足した。

ウォルター・ペラムとダンカン・リトルジョンが浄化室の外で待っていた。実験室長がすぐに口を開いた。「ルブランの皮膚の外側の表皮、つまり角質層は、もちろん死んでいました」

「はい？」とジェラルディンは期待をこめてうながした。

「しかもその下にある透明層、顆粒(かりゅう)層、そして発芽層の両方の層も死んでいた！　彼は文字どおり、最後の真皮の層だけでつながっていたんです！」

「すると、変性壊死(えし)が確認できたのか？」とペラムが言った。先刻のフーパーのような新たな認識も、リトルジョンのような驚きの色もなかった。

「外側の表皮の衰えと死は、絶えず続いているプロセスです」この男の頑(かたく)なさに悲しみをおぼえながら、ジェラルディンは言った。「生きているとされる人間でその他の層が死ぬという現象は、まだ知られていないのではないですか？」

ペラムの顔が赤らんだ。「あなたあての伝言がはいっています、大使館にいるお国の大臣に至急連絡するようにとの。それから、ロシア語の資料の翻訳ができあがりました。深夜の会議には差し支えありませんね？　あなたにはだれよりも発言の材料がおありのようだ」

ジェラルディンはシャワーを浴びたあとも、まだ痛みを感じていた。「何時です？」

「あなたこそ新しい情報に追いつかねばならないでしょう。その点を考えて、午前零時に決めました」

それに、やりかけたことがまだ終わっていない。「けっこうです」

ジェラルディンはさらにたっぷり一時間、観察用ギャラリーに陣取り、アラスカの生存者であるハロルド・ノリスとダリル・マシューズにひとりずつ質問をしたが、どちらからも望んでいた答えが得られないことに落胆した。十回やって十の得点を期待するのは虫がよすぎるだろうけれど、そうであればどれほどよかったことか。自室で待っていたロシアの資料はたいしたものには思えず、ワシントンに電話する前にリラックスできればと、熱い風呂(ふろ)にはいった。電話をかけたときには——もうほとんど痛みはなかった

——ピーター・レネルはすでにロンドン行きのコンコルドで飛び立ったあとだった。四

時間後にロンドンの自宅に電話をするように、との伝言があった。

科学者会議の予定まであと一時間というのは最高のタイミングだわ。ジェラルディンは計算し、ようやく腰を落ち着けてライサ・オルロフの資料を読みはじめた。

「なんという愚かな！　傲慢かつ愚かで、自分を貶める以外なんの意味もない！」とグレゴリー・リャリンはなじった。あえて強く侮蔑して、目の前の女の尊大さに風穴をあけようとする狙いだった。「きみが自分を物笑いの種にしたいというのなら、それはまったくきみ個人の問題だ。上官であるわたしを笑い者にするならそうはいかない。国際的な討論の場で、きみが代表しているはずの国を笑い者にするならなおのことだ。きみが持ってきたものから除外されていたあらゆるものを、わたしは至急〈研究所〉から送らせるように命じた。そしていま、直接きみに命じる――いまこちらの大使館で、大使とともにこの命令を記録にとどめている――きみがいっしょに働くことになるすべての人間に全面的に協力するのだ。モスクワでもほぼおなじことを言ったはずだが、今度はもっと深く理解してもらいたい！」

ライサ・オルロフは怒りのあまり、文字どおり身を震わせていた。手から――全身から――汗が噴き出していて、受話器を落とさないように両手を使わねばならなかった。おおかたあのストッダートとかいうアメリカ人の豚野郎が、直接苦情を申し立てたのだろう。あのイギリス女にそそのかされたのにちがいない。あいつらはたぶんいっしょに寝ているのだ。豚どうしで。「ここにはロシアへの敵意があるのです」と反論を試みる。「わたしはこっちで入手したものを調べる時間もないまま、議論の場にひきずり出されました。そうした状況での対応だと評価してください」

「そういう問題ではない」とリャリンははねつけた。「翻訳を持たずに来たこと自体、ばかげた間違いだった。それにアメリカによる翻訳ができあがったあとにわたしが原文で読んだものから、わたしがいまこちらに送らせている資料が抜け落ちていたぞ」

「その除外のことは、どう説明なさったのです？」強いてへりくだった言葉が、まるで喉（のど）が実際に詰まっているように、つかえつかえ出てきた。

リャリンはいかなる逃げ道も許さなかった。「どう説明するのかはきみの口から聞きたい。問題を作り出したのはきみだ」

「用意ができていなかった……」

「もっと大きな声で！　よく聞こえん」

「わたしたちがモスクワを発（た）つとき、まだ完全な文書の資料や標本の用意ができていなかった、と言ったのです」

「あきらかに数日前に採取されていた試料を持ってこなかったことは、どう説明する？」

「まだ調べている最中だった、と」

この屈辱で——そしてこの叱責で——彼女の目を覚まさせられるだろうか、とリャリンは考えた。「とりあえず話を合わせておこう、今度だけは。もし今後も全面的に正当な批判があったら、わたしはきみにモスクワへの帰還を命じ、代わりの者をよこすように指示する。この件については書面にして、フォートデトリックのきみのところまで届けさせるつもりだ」

批判？　ライサはその言葉を耳にとめた。やはり直接の苦情があったのだ！　そしてグレゴリー・リャリンはわたしではなく、アメリカ人の——西側の——肩をもっている。この先注意しなくてはならないけれど、たったいま聞かされた警告を深く考えることはない、と彼女は判断した。国際的な評価を得ている人物はこちらであって、顔から何から毛だらけの、伸び放題の生垣に鳥が巣を作ったようなこの男とは違う。ここからモスクワの研究所に電話をかける危険は冒せないけれど、なんとか連絡をとらなくては。こちらの配下の者たちに単独で接触して、わたしが見捨てられたという話をひろめさせるのだ。クレムリンおよびモスクワのホワイトハウス内部でのリャリンの影響力についても、多少の感触をつかんでおかなくては。だれもわたしをリャリンのように扱いはしないだろう。リャリンがどう思っていようと、このわたしをこんなふうに扱えはしない。ほんの二、三時間後にまた顔を合わせるはずの、あの連中も。今度は百パーセント用意をしてのぞもう。準備万端ととのえて。そしてやつらのだれひとり、自分たちが何に直面しているかの科学的、医学的な手がかりのかけらさえ手にしていないことを存分に思い知らせてやる。そして、だれを敵にまわしているかも。ライサはそう思い、にやりと笑った。

デトリックの自分のオフィスで、ジャック・ストッダートは会議の合間の時間をジェラルディンにおとらず勤勉に過ごしていた。まだ相互に関連づけるべきデータはあるものの、ノアタックと燃え落ちた南極の観測所の自動観測装置の数値からは、温暖化の証拠がたしかに認められた。そして外部から選抜されてきた古植物学者たちは、そのおなじ場所で採取した永久凍土のコアの少なくとも予備的な調査結果を、午後十一時までに提出すると約束している。ジェラルディンがいったい何を見つけたのか、ストッダートは知りたくてじりじりしていたし、議長としてあらかじめ話をしてかまわないのではないかとも思ったが、やはりしばらく待ってほかの全員と同時に聞こうと決めた。いまは人間のインフルエンザの発生と、電話でアマンダ・オコネルから聞かされたバイカル湖での感染が、ＣＩＡと科学財団の監視網に発見されたほかの現象と一致するものかどうかを評価するほうが先決だ。例の病気との直接の関連はないかもしれないが、両者をつなぐ糸はあるかもしれない。もしかすると二本の糸が。そう彼は考えはじめていた。

ヘンリエッタは仰向けになり、ただ伸ばした両腕をレネルの頭にまわして支えているだけで、完全に悦びに没頭していた。「もしセックスのほかに前戯がオリンピックの種目にあったら、あなた、どっちでも金メダルをとれるわよ」レネルが動こうとしかけたが、彼女は狂おしく手に力をこめ、彼の頭をいまの場所にとどめようとした。「だめ！……いく……いくわ…………ああっ！」

レネルはベッドの上でずりあがりながら、舌を彼女の腹から乳房にはわせ、やがて彼女と頭を並べた。何分かして、ヘンリエッタは言った。「電話で話してた相手はだれ？」

「科学顧問さ、まだワシントンにいる」

「もう寝たの？」

「どうして女だと決めつけるんだい？」

「わたしをがっかりさせないでちょうだいね、あなた」

「これまでそんなことがあったかい？」

ヘンリエッタはその言葉の裏の意味には答えなかった。「パパがすごく興味津々よ。わたしもだけど」

「先に閣僚会議のほうを片づけたいんだ」

「インフルエンザですって！」一時間前の会話の断片を小耳にはさんでいたヘンリエッタは、信じられないという声で言った。

「だれが熱を出してうなることになるか、きっと驚くだろうな！」レネルは自分の冗談に喉を鳴らして笑い、ヘンリエッタがその意味をもっとよく理解できるようになったときにもう一度言ってやろうと決めた。「今度は、わたしがお帰りなさいをする番だわ」とヘンリエッタは言い、ベッドの下のほうへすべりおりていった。

17

この日の朝の芳しからぬ出だしと、その後アンリ・ルブランの隔離室の外で起こった不穏な一幕を、ジャック・ストッダートは学習曲線だと考えることにした。アマンダから聞いた話では、厄介なロシア人はライサ・オルロフひとりだということで、となれば彼が解決すべき問題は一部分のみに限られてくる。つまり、あの女性がモスクワの筋書きに従っているのではないということで、アマンダの判断もやはりおなじだった。もしライサ・オルロフが今夜も今朝のようなまねをくりかえすなら、たとえさらに気まずい場面になるリスクを冒してでも、ストッダート自身が正面からぶつかり、くだらない善玉悪玉の図式を拭い去らなくてはならないだろう。

あのロシア人女性が、最もあきらかな難題を作り出したことはまちがいない。しかし彼の主たる役割は（全体的な役割はいったいなんだというのか？）つねに客観的であることだ。客観的であるためには、ライサひとりを分裂の素と決めつけてしまっては公正を欠く。ジェラルディン・ロスマンの不満や焦りは、彼にも理解できた。通常の科学調査の基準からすると、彼らはまさに光速で突き進んでいるのだが、ストッダートもジェラルディンと同様、自分たちが時間をむだにしているという印象をもっていた。何か予期しないものにすぐ反応するのではなく、集まったあらゆる数値がその他の結果と合わせて分析、照合調査、相互参照されるのを待っているのは、いかにもまだるっこしい。しかし結果を急ぎすぎれば、必要なレベルの職業的手続きを無視することになりかねない。われわれは確立された——国際的に認められた——医学的調査の方法論に従っているのだ。だとすればジェラルディンの無思慮な、だれにでもつっかかっていくあの短気さは、ライサ・オルロフの当初の期待はずれな勿体ぶりにおとらず困りものだといえるだろう。すると円をまたひと巡りして、ウォルター・ペラムの苦情が正当化されることになる。あのイギリス人科学者はアンリ・ルブランの部屋を出たあと、フランス人から採取した試料のみならず死体から取り除かれた臓器についても実験室で検査をおこないたいとして、高圧的な要求をつきつけてきた、とペラムは申し立てたのだ。

これだけのことがあっという間に、わずか一日のうちに起こったのはありがたかった。いままでストッダートが知り、認識していたのは、望みもしないまま政治的に押しつけられた役割にまつわる困難だけだった。たしかにこれは、ごく個人的な学習曲線——新しい発見——ではある。

今回は記録担当の書記官が必要になるはじめての正式な会議ということで、彼らはペラムの部屋と隣り合った小さな会議室にずらりと並んでいた。ストッダートは一番乗りできるよう――この場をあずかる者の心理として――かなり早めに出向いたものの、ペラムよりも数分早く着いただけだった。ペラムのスタッフのひとりが、完了した実験室での検査のコピーを出席者全員に配るために同行していた。ストッダートはそれに救助チームにまつわる自分の評価と、アメリカの二カ所の現場に設置された観測装置の数値もつけくわえようかと考えたが、ほかのデータに埋もれてしまうのを避けるために分けておくべきだろうと判断した。さらに分厚いファイルをすばやく繰っていくうちに、ブレアハウスがグレゴリー・リャリンを迎えたときの会議録を見つけた。そこでは翻訳ができていなかったことへのロシア側の謝罪のみならず、バイカル湖のアザラシに病気が発生したことも明かされていた。

ストッダートが報告書に目を通すのを眺めながら、ペラムが言った。「そのなかで欠けているのは、ロスマン博士の最新情報だけだ」

外交の時間らしい、とストッダートはすぐにさとった。ジェラルディンではなくロスマン博士と言った。しかもこの男自身と同様に堅苦しい声で。「われわれみんな、いささか混乱しているようだね、ウォルト。できるだけことをスムーズに運ぶために、あなたの助けが必要だ。一切が正しい方向からはずれることのないように。すこしおおらかにやるのがいいのではと思う」

「同感だ」と堅苦しく、無味乾燥な男が言う。

「できるだけみんながリラックスできるようにしよう。あなたの部下は、彼女が今日何をしているか近くで見ていたのだったね。彼女は何かつきとめたのだろうか？」

「かもしれん」

こうした姿勢はストッダートには気に入らなかった。他人の貢献を認めようとしないのは――とりわけおなじチームに参加して働いていながら――科学者同士の儀礼からは最もかけ離れた態度だ。「これほど早く成果があがったのなら、今後の見通しはよさそうだね」

「そのようだ」

アマンダの提案によって、ポール・スペンサーがワシントンだけではなく、ここでの会議にも同席することになっていた。連絡役のアメリカ人はギー・デュピュイとほぼ同時に到着した。デュピュイがすでに席に着いていたふたりの男に交互に目をやり、ペラムに向かって言った。「彼には話したのですか？」

所長は言った。「ルブランが二時間前に死亡しました。われわれの予想よりもはるかに早かった」

誤診を認めたくないのか、それとも不機嫌が尾を曳いているのか？　ストッダートは、もし必要ならばあの女性たちと――どちらにでも――向かい合うことはできると感じていたが、この施設そのものを統轄している男に異議を唱えるわけにはいかなかった。もしペラムの態度が問題になるようなら、自分が期待どおりにうまくグループをまとめられないことを認め、ワシントンから警告を出させる必要があるだろう。

　ふたりの女性の登場もほぼ同時で、ライサが一分ばかり先に現われた。どちらも予定より早く来たことにストッダートは気づき、全員が心理的に先手をとろうとしたのだろうかと首をひねった。もしそうだったとしても、ジェラルディンに――実際はいちばん最後になったのだが――動揺した様子はなかった。疲れの色がたしかに感じとれる、そのせいでこれ以上気短にならなければいいが、と思った。着ているものは朝とおなじくしゃくしゃのシャツとジーンズだった。ライサはゆったりしているがしわのないスモックとパンツに着替え、薄く化粧をしていた。ジェラルディンはその手間をはぶいていた。彼女の顔は人工的な光の下でつややかに輝き、うっすらと雀斑が浮いていた。

　さっそくこの会議における自分の権威を印象づけるべく、ストッダートは口を開いた。

「今回がはじめての、全員参加による実質的な会議です……」と、前においた医学的な調査書類をかるくたたいてみせる。「吸収すべき事柄はここにあり、話し合うべきことはさらにたくさんあります。われわれは先へ進まねばなりませんが、そのためには個々人からの意見や情報が建設的なものでなければならない……」ここで間をおき、周囲の無表情な顔を見渡した。「……意見の衝突もやはり同様でなければなりません。対立するのではなく、建設的であるべきです。得点稼ぎのためではなく、要点をあきらかにするために、ともに働きましょう……」

この豚野郎は直接、個人的にわたしを攻撃しているのだ。ライサはそう思った。ほかの連中の前でわざとらしく振る舞い、おおかたみんなで笑いながらリハーサルした茶番を演じているに決まっている。ジェラルディンはストッダートの叱責が適切なものだと思ったものの、そんな言葉が彼の口から聞かれるとは予想していなかった。とくに意識したわけではなかったが、このときまでストッダートは説得力にあふれた人間ではないと感じていた。無関心ではないけれど――どうして彼が無関心でいられるだろう！――動揺のあまり集中できずにいるのだと。こうした新たな一面は興味深かった。

一般的すぎる、とペラムは判断した。この会議はテストであるべきなのだ。あの女がどう考えていようと、もう二度とこのわたしを――ここの全員を――あんなふうに扱わせるつもりはない。もしストッダートがことをうまく運べないようなら、この問題は隣にいる連絡役の男ではなく、直接ワシントンに申し立てなくてはならないだろう。問題を提起し、解決する。フォートデトリックはわたしの施設であり、わたしはここでは最高の権威なのだ。ストッダートを中立的なとりまとめ役にするというのは、名案ではなかったかもしれない。言葉そのものが矛盾している。いまのストッダートは中立すぎて、全体をまとめて支配する存在ではありえない。

ギー・デュピュイは、ルブランの死によってもたらされた疑念にとらえられていた。医学的所見では、あの気候学者は十二時間生き延びるはずだったが、実際は八時間で死んだ。自分にあのイギリス人女性の検診を拒否する権限があったかどうか、その点にもあいかわらず確信がなかった。あのときはもうルブラン自身が、まともな判断のできる状態ではなかったのだ。現在おこなわれている検死解剖によって、たとえわずか数時間でもルブランの死がロスマン博士の介入によって速められたという証拠が見つかったとしたら、それを止めなかったこの自分もきっと責任を免れられないだろう。

ポール・スペンサーは、不摂生がたたってオール・ユニバーシティに選ばれた当時の筋肉の張りが失われた腹に両手をあて、ワシントンでは必要のなかったあけすけな物言いに驚きながらも、どうやら何かひと口旨味(うまみ)を味わえるかもしれないと感じていた。だからこそあれほど強硬に主張し、南極での不穏な動きの件を明日まで棚上げにして――どのみちこれまでのところ解決策は見いだせていなかった――この会議に駆けつけてきたのだ。翻訳の不備にかんしてすでにひと悶着(もんちゃく)あったことはわかっていたが、さらに何かが起こったのだろうか？　またしても適切な時に、適切な場所に居合わせたようだ。

「……皆さんの前の資料には、検死解剖の試料と、南極とアラスカから回収された有機物および廃棄物の分析結果が含まれています。分析はすべてここフォートデトリックでおこなわれました」ストッダートが話をつづけていた。「では、よろしければ口頭による要約からはじめましょう、ウォルト」わざとくだけてファーストネームを使ったのだが、たちまちストッダートは不安になった。自分たちがこのペラムの領分に招かれた客であることを強調するために、ちゃんと所長の肩書きをつけるべきだっただろうか。もう遅すぎる。なぜこんなつまらないことを気に病まねばならないのだ？

「細かな点にかんしては、ロスマン博士の本日の仕事に追い越されたかもしれません」すかさずペラムが答えた。「まずそちらの結果から先にうかがったほうがよいのではないでしょうか。われわれはまだ、検討や比較や全体像を得るための説明を文書にしてはいませんから」

「それでは先に進むというよりも、前後関係からはずれることで、無意味な混乱を引き起こしかねない」とストッダートは拒否した。「あなたからはじめましょう。それからロスマン博士に移り、そのあとでわたしから気象観測の数値について話すことがあります。また、海棲動物の病気の発生と媒介されたインフルエンザについての議論からも、何か得られる点があるでしょう。この件についてわれわれはなんらかの見解を求められて……」彼はすぐに訂正して言った。「ワシントンの政治家グループがこのインフルエンザの発生の件を世界保健機関に通告したという事実にかんして、われわれで考えてもよいのではないでしょうか」

「わたしの国の科学相がそのために、一時ロンドンに帰っています」とジェラルディンが言い添えた。

連絡役であるおれの役目はどうなのだ、とスペンサーは思った。インフルエンザの発生の件は――もしスペンサーが地球規模の監視網を張りめぐらしていなければ、まだ確認されてもいなかったろう――この会議にたいするおれの貢献ではないか。

ライサは、なぜグレゴリー・リャリンがインフルエンザにかんする決定を自分に知らせなかったのかと考えていた。ストッダートとジェラルディン・ロスマンはあきらかに、それぞれの国の大臣から聞かされていたというのに！　こちらとの意思の疎通を拒否しているのだとすれば、あの男についての苦情をモスクワに提起するうえで役立つかもしれない。

意見を却下されたことで、ペラムは内心穏やかではなかったが、傍目には頬にごくかすかな赤みがさしただけで、その兆しもまたあっという間に消えていった。手がわななな震えることもなく、基本ファイルを開いた。あらかじめ準備されたこの総論にはいま、アンリ・ルブランと南極での犠牲者ふたりの検死解剖から得た最新情報のメモが走り書きされていた。やがて話しはじめたときには、もう声にも震えはまったくなかった。すでに死亡した犠牲者たち――ジェーン・ホロックスの胎児も含めて――のすべての臓器、組織、血液が、既知のあらゆる病理学的検査および評価にかけられた。細菌の存在を示すグラム染色への陽性反応はなし。血清学的検査でウイルス感染への人体の抵抗力を示す免疫インターフェロンが分離されることもなかった。南極とアラスカの両方からたっぷり回収された尿と便は、貯蔵システムの消毒薬に汚染されていたが、それでも細菌やウイルスや寄生虫は検出されなかった。検死解剖のために搬送されてきた死体から排泄されずに残っていた大小便も同様だった。生ゴミの缶や容器などにあったものもひとつ残らず、あらゆる細菌学的検査にかけられたが、何も見つからなかった。五人の体に見られた医学的な不調——胆石、初期の糖尿病を示す血糖値、十二指腸潰瘍、性交によるクラミジア感染症——のどれも、死因となった老化現象とはなんら関係がない。各人が呈していた外的な身体の衰えと内的な臓器の衰えは極度の老衰と一致しており、最もあきらかな外面的徴候は、毛髪の退色あるいは脱毛——計三人に見られた——皮膚のしわ、角化症による褐色の斑点、手指と足指の爪の角質化である。四人に緑内障もしくは黄斑変性、三人に関節炎が見られた。すべての犠牲者の体内で最も共通する予想どおりの徴候は、骨粗鬆症による骨の減少だった。

思いがけずペラムが言葉を切り、横目でジェラルディンを見やった。「きっとこのあたりで、あなたが登場なさりたいのではないですか？」

ジェラルディンは驚いた様子だった。「いいえ」と言い、わざとらしい誘いをはねつけた。「そんなことはありません。とても興味深いお話です。脳のほうの、髄質の海綿状態の程度はどうでしたか？」

ペラムの顔にまた、つかのま赤みがさした。「どのケースでも、著しく軟化が進んでいました――胎児ですら。南極の救助機のパイロットだったバークは、死亡する前に進行したアルツハイマー病の徴候を示していた」彼は間をおいた。「この異常もやはり指摘しておくべきかもしれません。バークはまちがいなくアルツハイマー病にかかっていましたが、この病気は生命の実質が失われることで表にあらわれるものです。子供に起こる早老症は医学的に認められていますが、それ以外にも年齢に関連のある病気はいろいろあります。パーキンソン病、ハンティントン舞踏病、多発性嚢胞腎、下垂体炎、シャイ－ドレージャー症候群……」ペラムが頭のなかでリストを読みあげ終えたと確認するあいだ、ふたたび間があった。「検死解剖の結果、どの犠牲者もこうした病気にかかってはいませんでした……」

ほかにもいくつか共通点がある、とペラムは続けた。入手できた詳細な医療記録から犠牲者全員の死後の比較をおこなうことができたが、やはりどの死体も――通常よりも大きくなっていた胎児をのぞいて――サイズ、体重、身長が減少しており、それは場合によっては三インチにもおよんだ。ふたたび誘いかけるようにジェラルディンをちらと見やり、彼女が首を横に振ると、また言葉を続けた。フォートデトリックに到着した時点で生きていた者たちは全員、最後の三十六時間は脈拍数が恐ろしく増大していた。ジェームズ・オルセンの心臓は一分あたり一七〇だったが、医学的にこれほど長いあいだ持続するのは不可能な数値である。

「われわれの手もとにあるのは」とペラムは、意外な告白とも思える言葉でしめくくった。「きわめて広範ではあっても、われわれが知らないことにたいして知っていると主張できることが、あまりにも微々たるものであることを示す記録でしかない……」そしてまたジェラルディンのことに触れた。「皆さんもご存じのとおりロスマン博士には、とくにDNA分析にまわすための標本がすでに提供されました。ほかの方々にもそうしたものが必要になる場合を考えて、ここでおこなわれるすべての血清学的、病理学的検査のための試料を用意させ、それぞれのお国の分子および医学研究施設で独自に調べられるようにしてあります」

ストッダートはその賭けに驚いたが、ペラムはどうやらこの施設での調査によほど自信があり、ロンドンでもパリでもモスクワでも何も見つかりはしないと思っているようだった。それでも、どこかの国が重大な発見をするリスクが消えるわけではない。スペンサーが垣間見せた驚きの表情にもたしかにおなじ思いがうかがえたものの、その顔色の変化はやはりあっという間に消え、さらにすばやいロシア人の反応にも救われた。

「わたしはDNAの試料が提供されたことなど知りませんでした！」とライサ・オルロフは言った。

「あなたがまだここに来られる前のことです」とペラムが言った。「あらゆる試料および標本の記録が保存されているでしょう。よろしければすべて複製できます。そちらにもう一度、独自に遺伝子実験を——いかなる実験でも——おこないたいというご要望があれば」

さらなる譲歩と思えるその言葉を、ポール・スペンサーは頭にとどめた。

ジェラルディンが言った。「イギリスの研究センターにあるものもすべて——どんな情報でも——自由に提供されるでしょう」

ペラムの声と同様、ジェラルディンの声にも挑戦的な響きはなかったが、ストッダートは議論を科学的な方向へもどしたくてじりじりしていた。じつに皮肉なことに、そのきっかけを与えたのはライサだった。

新しく提供される医学的データの話題から離れて、彼女は言った。「このなかに培地での培養にかんする内容が見当たらないのですが?」

「まだなんの培養にも成功していないからです」とペラムが言った。「すでに申しあげたとおり、われわれはどの犠牲者からも、いかなるウイルスの細胞への侵入や突然変異の例も発見できていません。そういったものがあればもちろん、孵化鶏卵培養法をおこなっていたでしょうが。それでも全犠牲者のリンパ球から培養を試みました。しかし何ひとつ育たなかった」

「ロスマン博士の本日の仕事について、まだうかがっていませんね」とギー・デュピュイがうながした。たとえわずかなりとも、ルブランの死にまつわる過失から気をそらせてくれるものが、いまの彼はほしくてたまらなかった。

「その件はたしかに――あきらかに――わたしがすでに略述し、さらにくわしくこの医学ファイルのなかで説明している内容との関連性をもっています」とペラムが言った。ジェラルディン・ロスマンの勢いに部下の病理学者たちが飲みこまれてしまったことから、彼女の告げる内容のほうが医学的に刺激的に聞こえるのではないかと疑い、ぜひともその関連性を書記官の手できちんと記録させておこうと考えたのだった。

ペラムの説明は結論の出ないものだったとはいえ、そこからもっと議論が展開することをストッダートは期待していたのだが、双方に共通する要素があるのなら、いまの時点でジェラルディンの貢献を考慮し、だれかが意見を主張したいときに両方を行き来して話し合うのは理にかなっている、と考えなおした。それでも前後関係に従うという彼の主張は保たれるだろう。これまでのところはまあまあ順調だ。ジェラルディンは許可を求めるようにこちらを見ていた。「では、よろしいですか、ジェリー?」と彼はうながした。

ジェリーね、ライサは耳にとめた。やはり、あの女のファーストネームの愛称だ!もしこの男がもうあの女と寝ているのでないとしても――たぶん寝ているのだろうが――そのつもりなのはまちがいない。さっきまでの怒りがほとんど消え、わずかな名残も固く抑制されているいま、それは突き放した、批判とは無縁の思いだった。両性愛者であるライサの欲求はその体格に見合ったもので、それを満たすのにどこのベッドサイド・テーブルででも盛大に楽しむだけでなく、みずからのキャリアを推し進めるために必要とあれば——ときには必要でなくても——科学的能力のみならず性的能力も進んで利用するのにやぶさかではなかった。今日の朝に衆目の前で彼女を愚弄した女をきわめて個人的に愚弄しかえすこととはまったく別に、職業的な意味合いでも、ジャック・ストッダートをこの両脚のあいだに受け入れる理由は十分にある、とライサは思った。あの木の枝のような所長や、起き上がりこぼしの人形のような大統領の側近や、たるんだズボンに屁をたっぷり詰めこんだうえにボタンをかけた上着がはちきれそうなフランス人とくらべれば、候補になりそうな男はたしかにストッダートだけだ。

「バッククランド・ジェサップは南極の観測所で発見されたとき、ひざまずいて両手を前に伸ばした姿勢で死んでいましたが、それはありえないことでした。死体は倒れているはずだったのです」とジェラルディンは切り出した。「またジョージ・ベダルの両腕には、一カ所ではなく二カ所も折れた痕がありました。一度目は彼が倒れたときのもの、二度目は救助チームの医師が死体を運ぶためにやむなく折ったものですが、あれほどきれいに折れるはずはないのです。腕という部位がベダルの腕のようにはっきり二つに分離するのは、外部からの強い一撃がくわわったときだけで、その場合でも端から端まできれいに分かれることはありません。強い一撃は破片を——ひび割れを——作り出しますが、その死体がここに運ばれてきてから一時間以内に撮影されたX線写真には見られませんでした……」

自分の説明をこんなふうに、最初に頭に浮かんだ不条理から論理的にはじめることには十分な理由があったものの、それでも客観的な詳述というよりは、何かのフィクションのように結末に向けて盛り上げようとしているみたいだと、ジェラルディンは意識していた。自分の医学的推論をだれかに印象づけたがってでもいるみたいで、滑稽だった。その一部はすでに——少なくとも最初の部分は——ジャック・ストッダートと話し合ったのだから……そこでふと、とりとめのない連想を止めた。だから……なんなの？　だれかに印象づけようとしているという思いのなかに、どうしてジャック・ストッダートが登場してこなくてはならないの？

なぜか落ち着かない気分で、急いで先を続けた。「今朝の段階でわたしの頭にあったのはそれだけで、つまり理解できないということでした。その点をさらに、二度目の検死解剖で調べようと思ったのです……」つかのまペラムのほうを向く。「ところがその途中で、アンリ・ルブランの容体が危ないという知らせを聞きました。そのとき起こったことは——そのときわたしたちが知ったと思えることは——新しい発見がままそうであるように、偶然によるものでした。わたしは器具を尖った先端から先に落とし、ルブランの肩の皮膚にごく小さな穴をあけてしまったのです。ところが彼は何も感じませんでした。ほぼ全身の皮膚を突いてみても、やはり感覚はなかった。反応があったのは、手と足の裏でした――後者は神経学で体の感受性を検査するのに最もよく使われる場所です。わたしは発芽層に至るぐらいまで深く、皮膚の標本を採取して調べてみました。すると皮膚は死んでいた。体温はまったく通常の、三十七度弱でしたが、彼は寒いと訴えていました。なのに脈拍は平均一五八で、ピーク時にはしばしばそれよりも多く……」

「ありえないわ！」とライサが異を唱えた。「測定の数値がまちがっているのです！」

「ありえないことだとはわかっています」とジェラルディンはうなずいた。「でもそうした機械の数値は正確なものです。さっきウォルターから、この場所でしばらく生きていた人たち全員におなじような――さらに高い一七〇という――数値が最後の三十六時間ずっと続いていたことを聞かされたでしょう」

「あなたはルブランに、彼がもうすぐ死ぬと伝えた」とデュピュイがなじるように言った。

「ほかの人たちには伝えませんでしたが、やはりおなじ心拍数を記録しています。それにルブランのモニターのプリントアウトは、わたしが彼の部屋にはいる前の十二時間、ずっと一五八平均だったことを示していました。ショックによる反応ではありえません」

「では、いったいなんなのです？」とストッダートがきいた。

「心臓が仕事をまっとうし、彼を生かしつづけようとしていたのだと思います」とジェラルディンは言った。効果を求めて話を盛り上げるまでもなかった。だれかに印象づける必要も。全員が——そろって訓練と経験を積んだ、さまざまな分野の理性的な科学者たちが——程度の差こそあれ、それぞれの不安を胸に彼女を注視していた。「わたしはバックランド・ジェサップとジョージ・ベダルの二度目の検死解剖に立ち会い、とくに、なぜジェサップがあのようにひざまずいていたのか、またベダルの腕が枯れた枝のように折れていたのかを調べました。すると、硬直の消えたジェサップの脊椎下部、大腿骨、脛骨は、防腐保存されていたにもかかわらず、髄質の海綿状態が進んだ段階にありました。ベダルの腕も同様です。試料を採取してきました……」ライサのほうを向く。

「……皆さん全員にいきわたるでしょう……わたしはその試料を遺伝子検査にかけようと考えていますが、アンリ・ルブランのすでに死んだ皮膚の標本についてもおなじ検査をおこないたいと思っています。そして犠牲者全員の骨を再検査することで、おなじことが整形外科的にもたしかめられるのではないでしょうか。ジェサップが直立し、両腕を伸ばしていたのは、彼の脚と腕がすでに死んで硬直していたせいです。彼はドアのほうへ自分の体を懸命にひきずっていき、やがて力尽きた場所で息絶えた。そして硬直が消える前に体が凍りついた。それであのような姿勢のまま、発見されたのです」

ライサが否定的に首を振った。「局所的な変性壊死のことを言っているのですか？」

「ずっと局所的だというわけではありません」とジェラルディンもやはり否定的に言った。「わたしの考えは——器質的な証拠だけでなく遺伝学的な証拠も得られると期待しているのは——この病気が臓器や組織を徐々に冒し、ひとつずつ殺していくということ……」

「いいえ！」とライサが言ったが、それは客観的な否定の言葉だった。「もしそうだとすれば——ひざまずいた姿勢で発見された人の場合はまちがいなく——壊疽が起こっていたはずです……」自分の前の調査書類をたたいてみせる。「ここには壊疽のことは何も書かれていません」

「たしかに壊疽は見られませんでした。変性は主として、血液供給と血流がとだえるために起こります。これまでに二度の検死解剖を終えた死体では、どの部位にも血流の遮断はありませんでした。臓器や組織や四肢は死んでいるというのに、血液はあいかわらず循環していました——完全に異常を来した代謝に心臓が追いつこうとして次第に過度の負担を強いられながら、体じゅうに血液を送り出していたのです」

つかのま不信に満ちた沈黙が支配した。科学的思考に必要なABC的進行を否定されたせいで、おぼつかなげにペラムが言った。「理論としては、それでさまざまな異常が説明できます。しかし一般に認められた分子の法則とは相容れない……」

「……まったく矛盾しています」とライサが主張する。

どちらの発言も、ジェラルディン・ロスマンへの個人的な反発からくるものではない。ストッダートはそう判断した。原則からの逸脱を受け入れられないのだ。今朝の一件のあとで、このロシア人女性はなんとしてもみずからの地位を確立しなければならないという心境でいるだろう。「わたしとしてはすこしくわしく説明していただけるとありがたいのですが。どうでしょう、ライサ」

「わたしもです」意外にもデュピュイから助け舟があった。

今度はファーストネームね、とロシア人の女は聞きとがめた。案の定こいつらはわたしを目下の者のように扱っている。はらわたが煮えくり返る思いだったが、当面は受け入れざるをえない。気づいていないふりをするのだ。科学の講義をすることで、かわりにやつらを目下扱いしてやろう。

「血管を——動脈を——血液が体じゅうをめぐるための通路であると考えてください。血液は酸素を運んで、体の各器官を生かしつづけます」とライサは説明をはじめ、自分自身の楽しみのために、学生に書き取らせるスピードで言葉を区切りながら話した。「血液中に感染——ウイルスや細菌による——がなければ、血液が流れるかぎり、器官は生きています。逆にいえば、血流の遮断、つまり梗塞が起こると、器官は死ぬということです。あるいは直接傷ついた場合に……」

ストッダートとデュピュイはほんとうにこんな初歩的な説明を望んでいるのかしら、とジェラルディンは首をかしげた。それともこのロシア人が……？　ジェラルディンは彼女の言葉をさえぎり、検死解剖によって——まずまちがいなくアンリ・ルブランの解剖で——自分の正しさが証明されたのだと言ってやりたい誘惑に駆られたが、なんとか思いとどまった。

「……というわけで、医学および分子科学に合致した——矛盾しない——説明が必要なのです」とライサは続けた。「論理的に考えれば、やはり感染に立ちもどってくるでしょう。グラム染色に反応しない細菌をわたしは知りません。すると残るのは、既知のいかなる染色法によってもこれまで検出されなかったウイルスということになります。かつて存在を知られずにいたウイルスだとすれば理にかなっていますし、じじつわたしはそう考えています。そしてさらに、より論理的に考えてみましょう。ナノメートルは一メートルの十億分の一にあたりますが、ブドウ球菌には千ナノメートルという小さなものがある。ウイルスは通常、キャプシドという蛋白質の外殻に包まれています。なかには第二の殻に守られている場合もあり……」と、直接ペラムを見すえる。「……あらゆる分野でこれまで発見されてきたよりも、さらに小さなウイルスの存在を考えたほうがよろしいのではないでしょうか？　第三の蛋白質の膜のなかに隠れていて、さしあたってはわれわれの目をあざむいているウイルスを？」

　ペラムはふたりの女に交互に視線を向けた。自分が選択を迫られているのを彼は意識していたが、どちらを選ぶのも気が進まなかった。「われわれは未知の領域に足を踏み入れている。仮説です。どちらもまだ仮説でしかない」

　これは発展させられそうだわ、とジェラルディンはプロらしく考えた。「現時点でわたしたちには、血液が供給されていたにもかかわらず臓器や組織が死んだことを示す――その意味はまだわかりませんが――科学的、医学的な証拠があります。あなたの言う犠牲者の血液中にあるものが細菌か抗原か抗体かインターフェロンだとわかれば、そこからウイルスに結びつきます。まさしく量子的な飛躍ですね。わたしがアンリ・ルブランにおこなったような検診を、生存中のそちらの犠牲者たちにおこなってみたらどうでしょう。その人たちはまだ生きているのですか？」

　このあま！　ライサは内心で毒づいた。「いまワシントンの大使館を通じて、生存者についての回答を待っているところです。血液の標本は、再度ここで検査をおこなうために輸送させています」ユルチンで死んだふたりの血液中には、たしかに何か
がかあった。だからわたしが正しいはずだ！

「ウイルスには遺伝子構造があります」とジェラルディンは明言した。

「たしかに、だれでも知っている事実ですね」とライサが言う。「ウイルスが見つかっ

たときには、あなたのその専門知識がきっと役に立つことでしょう」

なんてことを！　ストッダートは不安に駆られた。

「わたしの主張したい論点がそのときまでほうっておかれるべきだとは思いません」ジェラルディンは平板な口調で言った。「議論を進めるために、ひとまずウイルス説をとることにしましょう。もしそれにDNA――デオキシリボ核酸――があれば、わたしたちにとっては幸運です……」相手に見合った傲慢さを自分に許して、彼女は言った。

「もうひとつのだれでも知っている事実は、ウイルスは細胞に侵入し、その細胞を食べてさらにウイルスを作り、体を感染させるということです。DNAはみずからに歯止めをかける。もし突然変異が起これば、それを修復する。そのウイルスはひとつのウイルスでありつづけ、そしてあなたの説が正しく、わたしたちがそれを分離できたとすれば、ワクチンを作り出せる……」

「そちらの論点はなんなの？」とライサがさえぎった。

「リボ核酸です」とジェラルディンは言い、口をつぐんだ。このロシア人は自分がすわってふんぞり返ろうと決めた枝を自分で切り、すべてをだいなしにしたのだ。

ウォルター・ペラムがライサを救った。「われわれはもうすでに怯えています。これ以上怯えさせられる必要があるでしょうか？」

「話の腰を折る気はないのですが、あなたがたは分子生物学についてよくご存じだ。わたしは知りません」とストッダートが言った。「わたしがついていけるよう、できるかぎり簡単に説明していただけると、たいへんありがたいのですが」

「リボ核酸――RNA――はウイルスのもうひとつの遺伝的構造です。インフルエンザもそうしたウイルスのひとつにあたります」とジェラルディンは説明をはじめた。「RNAは自分を修復することができない――できないのです。そして宿主細胞のなかで自分の複製を作っているうちに遺伝子の突然変異が起こると、まったく新しいウイルスが作り出されることがあります。つまり最初のウイルスに――もしそれが見つかったとして――たいして培養されたワクチンは、その第二のウイルスには効果をもたない……」

「……さらに第三や第四、第五のウイルスができる可能性もある」とペラムが言う。

「なんてことだ！」とポール・スペンサーが言った。

「まだウイルスだと確認されたわけではありません」ペラムが急いで釘を刺す。

「では何が確認できるのです？」デュピュイが悄然とした声で言う。

「温度があります」ストッダートが短く言った。

ほかのだれよりもライサ・オルロフのために、ストッダートは短い文書による資料を配布したが、南極とアラスカの観測装置はまだ数日間しか作動していないので、一カ月ぶんの数値がそろうのを待ったほうがいいかもしれないと言い添えた。もうすでに燃え落ちた観測所は去年の冬にはまだ存在しておらず、そのために直接の日もしくは週単位の比較対象はなかったが、近くのアムンゼン＝スコット基地で前年のおなじ期間の記録に照らしてみたところ、気温が二度上昇していた。これは気候学的には著しい差だが、それよりもはるかに著しいのは、直接の比較対象のあるノアタックで記録された五度という気温差だ。南極では冬の訪れとともにオゾン層の穴はふさがったが、北極ではまだ夏が始まったばかりで、この季節のあいだに同様の穴がはじめて北極の上空にもできるのは、あらゆる兆候から見て確実である。もしオゾン・ホールが形成されれば、すでに異常なほど高くなった初夏の気温がますます上昇し、さらに氷床とツンドラの溶解を引き起こすだろう。

「そうした理由から、われわれがすでに知っているその他の出来事についても話し合うべきだと思います。海棲動物の病気の原因については、海洋汚染もひとつの要因であるかもしれませんが、妥当な仮説としてわたしが考えているのは、海になんらかの有機体、微生物が……」彼はふたりの女性を見くらべ、肩をすくめた。「とりあえずは病原体と呼んでおきましょう……南極と北極の氷のなかに閉じこめられ、ずっと休眠状態にあった病原体が海洋に溶け出したというものです……」

ポール・スペンサーは椅子に体を沈みこませ、顔を胸の上にうつむけながらも、一心に耳を傾けていた。そしていま、彼は大統領に迫る危険を察知し、背筋を伸ばした。もしこの考えが受け入れられれば――たとえ問題の病気とは関連づけられなくとも――アメリカは国際的な条約で合意された温室効果ガス排出量制限を無視してきた国として容赦ない批判を浴びることになる。「しかしそれは、確証のない仮説なのだろう？」とスペンサーは期待をこめてきいた。

ストッダートはその割りこみに驚いたが、スペンサーには説明を求める権利があることを思い出した。もっとも彼とアマンダ・オコネルのあいだには直通の情報ルートが開かれているようだが。「まったく確証がないわけではありません。四日前にノアタックで掘り出された永久凍土のコア標本から、今回の調査のために出向してきている古植物学者がカリシウイルスを発見しました。腸に寄生して下痢を引き起こす微生物です。そのコアは二千五百年前のもので……」

「きみが言っているのはつまり、老化をもたらす例の病気もそうしたものだと……何千年も氷のなかに閉じこめられてきて、いま解き放たれたものだということなのか？」とスペンサーがきいた。

「この説をワシントンに申し立てるだけの、地球の温暖化と氷床の溶解を示す証拠があるということです」

「媒介だわ」とジェラルディンが言った。ほとんど自分自身に向かっての言葉だったが、頭ではロンドンのピーター・レネルとの会話を思い出していた。

「なんだって？」とデュピュイがきいた。

「老化をもたらすウイルスが地球の両極に現われたことについての、あの議論です。風で運ばれたのではないかという」とジェラルディンは指摘した。「わたしたちはあきらかに、クジラから人間へと、種を飛び越えて感染するインフルエンザに直面しています。その病気はすでに沿岸地方から離れ、かなり内陸部にまで進んでいる。すると経路として考えられるのは、あきらかに風よりも海鳥でしょう。それと掃除屋の鳥――汚染した死骸（しがい）を食べ、糞（ふん）を介して病気をひろめる鳥です」

「では、もしも海棲哺乳類（ほにゅうるい）が例の老化をもたらす病気に感染したとすれば、おなじ経路でひろがることもありえるのだね？」とペラムが言う。

「ええ」とストッダートが言った。「ほかにもいろいろな考え方はあるでしょうが、それがわたしの説です」

ジェラルディンは腕時計を見た。三時だった。ロンドンでは八時だ。まだレネルに電話できる。もしこの会議で何か重要なことがあれば連絡するようにと、科学相から念押しされていたのだった。

ロバート・スタンスウェルはいくつかのコンピューター・プログラムを書き、とくに世界中で起こっている異常な、もしくは不可解な病気や事件についてのばらばらな報告を分析していたが、いまスクリーン上にあらわれているものはあきらかにホワイトハウスへ転送すべきものだと判断し、あらためてそのさまざまな情報源に向かった。彼がそのとき見ていたのは、少なくとも一週間前のニュースだったからだ。問題の情報がもたらされたのは日本の静岡、インドネシアに近い元の合衆国信託統治領であるパラオ、ヴェトナムのダナンからで、現地の住民たちが突然つぎつぎに診断の下せない原因不明の衰弱に襲われているというものだった。

18

ピーター・レネルは、綱渡りの連続でありながらめったによろめくことのないその政治人生のなかで、今日が最も困難な一日になるだろうと意識していた。一歩でも足を踏み出す判断を誤ったときの釣り合いポールや安全ネットはなく、しかもサイモン・バクストンをはじめとする選びぬかれた大勢の観衆が、おそらく彼の墜落を待ちうけているのだ。それでも自分がまったく孤立無援で深淵の上に浮かんでいるとは思わなかった。うわさ話に敏感なヘンリエッタがゆうべ、有益な情報を明かしてくれていた。首相があるヨーロッパ首脳会談の場でみずから言質を与えすぎ、彼をただのお飾りと考えていた連中を激怒させたのだ。朝食時にジェラルディン・ロスマンがよこした電話も、専門的な与太話につけくわえられる余得だった。

塀にずらりと止まっているあのハゲタカどもに、バクストンはこの短い期間を利用して影響をおよぼそうとしただろうが、そのうちのいったい何人がバクストンの考えている事態を見越しているだろうか？　あるいは——より適切な言葉で言うなら——バクストンが災難との遭遇だと想像しているものにたいして備えができているのだろうか？ヨーロッパでの大失態のあとで、まちがいなく支持層を固めようとする動きがあったはずだ。その動きが派手であるほど、バクストン自身への反動も大きくなり、人形遣いである連中の目にはこの男の無能ぶりや判断ミスをさらに示す証拠と映るだろう。

サイモン・バクストンはみずから進んで糸をつけられることを受け入れ、党の黒幕たちの従順な操り人形になることで、国民から疑問をもたれることなく首相になるという歴史的な栄誉にあずかった男である。レネルもやはりおなじように従順な存在になることを、ヘンリエッタの父親を旗持ちとする彼の後ろ盾が予想しているのはまちがいなかった。あとになって連中は今日という日を振り返り、レネルがランリー卿に助言を求めまいと決めたこの瞬間を思い返すかもしれない。あれは彼がだれの糸にもつながれず、だれの曲に合わせて踊る人形でもない、おのれ自身の人形遣いになったことを示す最初の兆しだったのだと。

これから出くわしそうなあらゆる動きや落とし穴を想定し、何度も考えつくしたと信じてはいたが、それでもレネルはロード・ノース・ストリートを出るときに、下院の落とす影のなかをダウニング街へと続く短い道のりを利用できることを期待して、ほかの閣僚のちょうど中間ぐらいに——自信なげに早く行きすぎるのでもなく、無頓着に遅く行きすぎるのでもない——向こうに着けるよう時間を測った。

ダウニング街のなかではごく慎重に振るまい、全員に会釈(えしゃく)しながらも、どれかのグループの前で足を止めて同盟関係を作ろうとするのは避けた。真っ先に確認しなければならないのは、レネルの件が予定された協議事項のリストにあるかどうかだった。それがないとわかると、レネルはまず自分に一ポイントを与えた。先取点ではあるが、いまのところまだ最少得点だった。いずれこの先、科学大臣の提起しようとする問題は正式の議題に入れるほど重要ではないとして、バクストンが切り捨てたという事実がほのめかされるかもしれない。

バクストンの会議の進め方から見ても、まさにそのとおりだとレネルは判断し、次第に自信を深めていった。彼が出席していることにはほんの申しわけ程度にしか触れず(「ピーターがもどってきてくれてうれしいね」)、そのあとはヨーロッパ首脳会談の詳細な分析なるものがバクストン自身の口から切り出され、本人によって進められていった。それはおのれの大失態を、すべて承知のうえで長期的利益のために払われる犠牲であり、次善の譲歩であるということを示そうとするものだった。しばらく不在だったせいで——とくに関連のない大臣職だということもあり——積極的に参加することなく自由な立場でいられるレネルは、その議論を利用して首相に向けられる支持、不支持のバランスをはかり、すぐに大蔵大臣と外務大臣——両者ともバクストンの最も強力な支援者で、レネルにとっては最も強力な敵である——の距離を見きわめた。彼らのどちらかひとりの態度でも変化させられれば、結果的にレネルの党首就任はとどめようがなくなるだろう。バクストンの説明にたいする最終的な是認はあやふやなものだったし、水を向けられた外務大臣があからさまな弁明にくみするのを嫌い、バクストンの説明に補足することを拒んだことで、レネルはさらに好感触を得た。

バクストンはたとえ風向計がなくとも、寒風がどの方角から吹いてくるかを察せられる程度の政治的鋭さをもつ男ではあったが、ふだんにもましてその風をそらせようと躍起になるあまり、予想された三つの論点でミスを犯し、そのつど訂正されるはめになった。一度目に指摘したのは、苛立ちをほとんど隠そうともしていない外務大臣で、二度目、三度目のときは保健大臣のロイ・コックス——バクストンの隠れた支持者ではないかとレネルが疑っている人物——だった。これではマキアヴェリとチェーザレ・ボルジアをそろえて選挙事務所長に任命したとしても、バクストンに勝ち目はあるまい。レネルはそう結論を下した。

レネルはずっと、バクストンがこの会議から逃れようとするあまり、細長いテーブルのいちばん遠いカーブのあたりにいる自分のことをほんとうに忘れているのではないかと疑っていたが、内閣秘書長が横向きにうなずいてみせるだけで、首相は彼の存在を思い出した。レネルの頭にすぐに浮かんだのは、それが見せかけであろうとなかろうと問題ではないということだった。バクストンがうながされなければならなかったことが、そして首相が忘れていたとこの部屋の全員がおそらく考えるに至ったという事実が、こちらの有利に働くだろう。

「ああ、ピーターか！」と首相は言って、今度はみずからレネルのほうにうなずいてみせ、テーブルに集った一同のほうに向きなおった。「予定にはなかった事項がひとつあるようだ、諸君」

この傲慢な物言いはあまりにわざとらしすぎる。やはりこの男はびくついているのだ。言質を与えすぎるバクストンの神経を、さらにできるだけたわめてやらねばならない。レネルは言った。「首相、わたしはその重要性をふまえて、この件をリストに載せるよう希望していたのですが……」

「きみの出番だよ、ピーター。考えなおすつもりはないのだな？」

バクストンが最初の一言だけで収めていれば、重圧はこちらにかかってきていただろう。しかしこの男は愚かにも、どういう話であるかを自分が知っていることを——あるいはそう思っていることを——示さずにいられなかったのだ。「考えなおすことなど、まったくありえません……」レネルはまっすぐ保健大臣のほうを見た。「それからロイ、あなたには申しわけないが、前もってお話しする時間がなかったもので。ゆうべ遅くワシントンから帰ってきたばかりなのです。明日の朝一番でまたもどらなくては……」

レネルが一か八か無関係な保健大臣に話を振ったことで、バクストンの見せかけの熱心さにひびがはいった。「ではこれから、みんなで謎の病気の話を聞くとしようか！」

レネルは全員の注目のなかで、その浮ついた言葉に眉をごくかすかにひそめたが、首相への非難がはっきり示される寸前でやめておいた。「もはや謎の病気とはいえなくなったようですが、大災厄をもたらす可能性があることには変わりありません。その突然変異や媒介の仕方から見ても恐るべきものです」

「いったいなんなのかね？」と保健大臣がきく。

「インフルエンザです」とレネルは告げた。バクストンのほうを向いてその顔に浮かぶ表情をたしかめずにいるのはひと苦労だった。かわりに彼は、ジェラルディン・ロスマンが朝食時によこした電話の内容を最大限に利用しつくし、前もって決めてからひげ剃り用の鏡の前でリハーサルしておいた医学的な与太話を披露しはじめた。現時点で医学的に知られているインフルエンザの変種は十五あり、その外被を形づくる赤血球凝集素とノイラミニダーゼという蛋白質のイニシャルと数字であらわされる、と彼は説明した。何かにつけ話を誇張しがちなことで知られるバクストンとは対照的に、レネルは事実のみに従う冷静な観察者の役割をひきうけ、一九一八年のインフルエンザの死者を一億人ではなく四千万人とするほうを選んだうえで、その感染源をアメリカ軍が一時滞在したフランスのあるキャンプだと訂正し、〝スペイン風邪〟という濡れ衣のラベルが貼られる理由となったサンセバスチャン説を否定した。この病気は当時もいまとおなじ、異種間でも媒介され、宿主の豚からたやすく人間に感染するように、ほぼあらゆる鳥類からも人間に感染する、とレネルは講義を続けた。

「一九九七年には香港(ホンコン)で、インフルエンザＨ５Ｎ１が発生し、ニワトリから人間へと媒介されました」とレネルは続けながら、ようやく首相の血の気のなくなった顔を見た。「ご記憶かもしれませんが、この病気によって当時のイギリス領のニワトリは全滅したにもかかわらず、死者は多くはなかった――幸運にもごくわずかでした……」そろそろ多少の誇張をはさんでやろう、とレネルは決めた。「……感染したニワトリは内側から溶けだし、感染力のある血まみれの塊と化したのです。話を現在にもどしますと、新たに感染をもたらしている変種は、現時点ではクジラによって媒介されていますが、すでに突然変異によって人間にとっても致死的な病気となっているものと思われます……」

世界各地での発生を列挙して勢いをそぐかわりに、レネルは確信に満ちたしぐさでブリーフケースから、前日にポール・スペンサーから渡された報告書を適当にコピーしたものを取り出し、書記官のひとりに合図して出席者全員に配らせた。「これは現在の、全世界におよんでいる感染の範囲を示すものです。いまの時点ではきわめて限られており、国際的な規定に従うための施設や知識が欠けている場所もいくつかあります。そうした国際条約上の義務にもとづければ、インフルエンザの発生は世界保健機関に通告しなくてはなりません。アメリカ、フランス、ロシアは本日、ＷＨＯに通達をおこなう予定です。わが国もそれに倣（なら）うべきではないでしょうか——とりわけイングランドが世界各地に四カ所ある通告センターであり、われわれがすでにこの国でいくつかのケースを確認しているからには」こうして罠（わな）のあごを開けるだけ大きく開いているにもかかわらず、バクストンはなぜ——いつになく——黙っているのか！　レネルは危険を冒して、たったいま自分がはじめてあきらかな反対行動をとった相手の男をふたたび見た。バクストンはこわばった表情のまま、瞬（まばた）きひとつせず、レーザーで刺し貫こうとするような強烈な視線をこちらに向けていた。レネルはぼんやりとそれを見返した。

　配られた資料から突然顔を上げ、反応を示したのは保健大臣だった。「もちろん通告しなければならないでしょう。言うまでもないことです。しかしいったいなぜ……？」

「……わたしにもわからない」とバクストンが割ってはいった。とにかくこのさんざんな一日から立ち直らなくてはと、いつもの癖で先回りをしたのだ。

　この男は反応の仕方を選べたはずだというのに！　レネルは信じられない思いで反論した。「わたしはすでに首相の許可を——さらにいえば信任を——得て、いま申しあげた三カ国の科学相からなるグループに参加し、大多数は海洋に関連する不可解な事件の調査にたずさわっていました。さらに首相の決断によって——ほかの三カ国のリーダーによる決断でもありますが——この調査は一般大衆が恐慌（きょうこう）を来（きた）すのを避けるべく、最高度の機密性を保った状態でおこなわれています。今回のインフルエンザの発生はまさしく、一般大衆の安全のために公にされるべき事件だとわたしも思います。しかしわれわれがワシントンでおこなっているほかの活動に注意が向けられるのを避けるために、各国の首都を通じて通告をおこなうべきだという決定がワシントンで下されました」

　テーブルの文字どおり末席に位置しているせいで――バクストンの差し金にちがいなかった――レネルの視界に全体の反応ははいらなかったが、最初の怒りの声は彼のはるか右手の、ほとんど見えない位置にいる外務大臣からあがった。

「国民が恐慌を来すのを避けねばならないほど重大かつ秘密の国際的調査について、閣僚が何も知らされずにいたのはどういうわけなのです？」とラルフ・プレンダーガストは言った。外務大臣であるこの鷲鼻の男は、言語障害を見事に克服した過去があるために、言葉を発するたびにそれを味わっているという印象がどうしてもぬぐえず、そのせいでこの質問は必要以上に憤りに駆られたもののようにひびいた。

「アメリカ大統領から働きかけがあったのだ。まだひどく漠然としているので、内閣に伝えるほどではないという事柄についての」バクストンがつかえがちに言った。

「世界的大流行の恐れのある伝染病が漠然とした話だとは、わたしには思えませんが」とコックスが言う。

「世界的大流行の恐れなどという話は、わたしも今朝まで知らなかった！」とバクストンが異を唱える。

レネルはあえて心外だという表情をつかのま――だが周囲の目にとまる程度には長いあいだ――浮かべてから、前においた閣議の議題のリストに注意を集中した。プレンダーガストはバクストンの一派で、コックスは中立だった。もはや両者ともそうではない。矢継ぎ早に異議が飛び出しているところを見ると、内務大臣と大蔵大臣もだろう。その大蔵大臣のゴードン・アダムズから、ワシントンで何が起こっているかをもっとくわしく説明してほしいと要請があり、レネルはふたたび議論にひきもどされたが、内心では強い満足と昂揚感をおぼえ、もうバクストンにたいして一ミリたりと譲る必要はないと思いさだめた。

「わたしは困難な立場に立たされているのでしょうか、首相?」レネルは誘いをかけた。罠のあごがついに、この勿体ぶったうわべだけ温厚な男のまわりで閉じるのが聞こえたと思った。

バクストンの顔はもはやこわばってはおらず、蒼白でもなかった。真っ赤になって瞬きをくりかえし、今回ばかりは彼がいつも話しはじめるのに必要な浅知恵すら奪われていた。「そうだ」と、つじつまの合わない言葉をもらす。「だから、一切を話し合うときだろう」

「一切を?」レネルが容赦なく問いただした。

「ああ」バクストンが混乱して言った。「そう思う」

ここまではレネルも予期していなかった——自分にとってどれだけの益になるかを考えた場合、最高にとっぴな空想のなかでも、いまの半分か四分の一ぐらいだった——もののの、あらゆる不測の事態に備えようとしていた彼は、ＣＩＡと科学財団がこれまでに発見したもののコピーに、グレゴリー・リャリンが明かしたバイカル湖の情報もくわえて差し出した。資料が配られるのを、テーブルの周囲で起こる反応をじっと見守り、油断なくタイミングをはかる。きっかけをもたらしたのは保健大臣だった。コックスが頭を上げて口を開こうとしたとき、レネルは言った。「これですべてではありません。そればかりか、インフルエンザの世界的流行にはとどまらないような事態も想像できます」

最後にレネルは、南極とアラスカで死んだ犠牲者たちの写真を配布した。麻痺（まひ）したように静まりかえった部屋のなかで、彼はだれにもさえぎられることなく、たっぷり三十分にわたって説明を続けた。百パーセント自信に満ち、ときおり自分の声に耳を傾けているような感覚に襲われながら、みずからの完全な支配を意識し、楽しんでいた。「わたしが今日この会議のために帰ってきたのは、新しいインフルエンザの展開それ自体に議論する理由が十二分にある、と信じていたからです」と彼はしめくくった。「その他のあらゆる件、とりわけ最も重要な老化をもたらす奇病の問題を提起することを許してくださった首相に、感謝を申しあげたいと思います。すでにお伝えしたとおり、わたしはまた明日にはワシントンに発ちますが、首相の許可を得てなるべく折に触れて帰国し、こちらの閣僚の皆さんに最新の情報を――医学的なものだけでなく政治的な情報も――お知らせすべきだろうと考えています」

「けっこう」とラルフ・プレンダーガストが言った。「わたしも同感です」

「驚くべきことだ！」とランリー卿が言った。言葉を浪費することはないが、服装はそれとは対照的で、エドワード七世時代風のしゃれたスーツを好んで身につけ、仕込み杖ではないかとうわさされる銀線細工をほどこしたマラッカ杖――じじつそのとおりだが剣ははずしてある――をつねに手放さず、顔には羊肉型の頬ひげ、そしてイングランドでは珍しい祖先の幽霊まで完備した個人所有の城に三十人の従者を抱えられるだけの財政的独立を有する人物である。

「まさかこれほど早く、いろいろな話が広まるとは思っていませんでした」とレネルは言った。召使たちは引き取らされたあとだったが、ヘンリエッタが席をはずす理由はなく、いまディナーテーブルのまわりには三人だけが残り、手の届くところにポートワインがおかれていた。しかしまだそのデカンタに手は触れられず、どちらの男も煙草を吸おうとしていなかった。

「ウェストミンスターじゅうの廊下や、ロンドンじゅうのディナーテーブルで話題になっているぞ」としみだらけの顔の貴族が言った。千年期の変わり目の改革によって上院での世襲議席を失ったとはいえ、その党内での黒幕としての力はいささかも傷つき損なわれることはなかった。

「どういった話なの？」とヘンリエッタがたずねた。

「実際のところは、ひとつの話だけだ」と年輩の男が言った。「バクストンが今日の閣議で、ローマの首脳会談をさらに上まわる大失態をしでかし――おおむねローマでの失敗がたいしたものでないと全員を納得させようとしたせいだが――そのあとのピーターとの議論で、ますますおのれの阿呆ぶりをさらけだしたのだ」

「しかし、その議論の内容までは出ていないのですね？」とレネルはきいた。

「まさしくそのことを話そうと思ったところだ」とランリーは微笑み、ようやくポートワインに手を伸ばした。「だれもたしかな事情を知らんせいで、よけいに憶測があおりたてられておる。疫病の恐れがあるとかいう話だけでな。わしらが今日からことを進めるのであれば――わしの得たあらゆる感触からすると、たしかにそうすべきだろう――正確な情報を知っておかねばならん」

レネルは首を振って、差し出されたデカンタを断わった。「大流行の恐れがあります。哺乳類から――人間に感染するインフルエンザです。内閣はＷＨＯに通告することに同意しました」

ランリーはポートワインのグラスを宙に止めたまま、続きを待った。レネルが何も言わないとわかると、彼はきいた。「ほかには?」

「海棲動物に予想外の感染がひろがっており、原因が地球温暖化にある可能性が大です」

ワインはまだ口をつけられないままだった。「それから?」

この男は知っている、とレネルは判断した。すべてをではないが、ほかにもより重要な――つまり論理的に考えて、さらに悪い――情報があるということを。これはテストとなるだろう。おそらくカールトン・クラブの一件も、挫折にたいするレネルの反応を見るテストだったのだろうが、さらに重要なのは、政権打倒の見込みにたいするバクストンの反応を判断することだった。それがあのローマでのパニックにつながったのだ。だがこの自分は違う、ここロンドンでは。「医学的にきわめて深刻な事態になる可能性を秘めた状況です。いまのところ疫病や世界的流行といった危険はなくとも、原因をつきとめて解決しなくてはならない病気が発生している。わたしからお話しできると思われることはそれだけです。内閣が今日、厳重に情報を伏せつづけるという決定を確認しました」

ランリーは信じられないとばかりに鼻を鳴らした。「ピーター! わしはきみの将来のことを話しとるのだぞ。望みうるかぎり最も高い、すべての頂点に登りつめる将来のことを！　このままでは連中にわたしを支持するよう――きみを支持するよう――説得することはできん。きみが閣議でいったい何をして、バクストンを即刻お払い箱にするべきだとあの部屋のほぼ全員を納得させたのか、それを知らないかぎりは」

ランリーはたったいま、自分があきらかに内閣の大多数を握っていることを明かした。これは向こうのミスなのか、あるいは引き換えにこちらからもっと情報を引き出そうとする策略なのか？「どういうお話かはわかっています、あなたやその他の方たちがわたしのために行使してくださっている影響力のことは。ほんとうに心から感謝していますし、決してそれを忘れたり、あなたがたを裏切るようなまねはしないとお約束します。けれども、いまわたしが自分の清廉さを完全に捨ててしまえば、結果的にかえってあなたがたを裏切ることになるでしょう――かつてバクストンが自分の後ろ盾や支援者たちをたびたび裏切ってきたように」おまえも自分の味方を見捨ててきただろう、この老いぼれの策略家め。このわたしに立ち直れる力があるかどうかを見ようとして、カールトン・クラブで窮地におとしいれたように。

「本気で、このわしには話せんと言っているのか？」ランリーの不信はまったく純粋なものだった。

「この時点でなんらかのリークがあれば、いずれその源は、わたしかあなた自身であるとつきとめられるでしょう――それに党の古参政治家としてのみならず、わたしの義父としても、あなたの名は否応(いやおう)なくわたしと結びつけられる。そのことを片時も忘れないようにしなくてはなりません——そうなればわれわれのめざしてきたもの一切が、たちどころに水泡に帰します」

「どうしてそんなことが起こりうるのだ?」面目をつぶされた老人が、憤った声できいた。

「ただバクストンが——あるいはバクストンの一派のだれかが——何よりも自分たちの政治生命を優先させようとして、疫病にまつわる情報の出どころがわれわれであるように見せてメディアにリークすればすむことでしょう。わたしは自分だけでなく、あなたの清廉さも守ろうとしているのです。のちのち調査委員会なり法廷で調査がおこなわれるとしたら——そうした調査によってリークの源をあきらかにすべしと主張できるだけの支持が、われわれにはあります——あなたは宣誓のうえ、わたしがワシントンで何をしていたかはまったく知らなかったという事実を証言できるでしょう。同様にわたしも、閣議室の外では一切だれにも話さなかったし、そうすることで記録に残っているバクストンの指示を守ったと、嘘(うそ)いつわりのないところを証言できます」

ランリーの怒りは徐々に退(ひ)いていった。「きみが今度のことにかかずらっているうちは、わしらにはなんの手も打てん。首尾よく事態を収拾できる可能性があるとしたら、その手柄は現職のバクストンのところに行くぞ」

「承知しています」とレネルは認めた。

「乗りきれるか？」

「それはなんとも」ほんとうに正直なところを口にするのは、奇妙にたやすかった。

「毎日話をしよう、ピーター」

「わたしもそのつもりです」

政治の場での権謀術数に欲求を刺激されたのか、ヘンリエッタは前夜にひきつづいて、誘いというにはあまりに強引にレネルをベッドにひきずりこみ、彼のほうはその要求に応えるのが精いっぱいだった。三度目の絶頂を迎えたあと、彼女はぐったりと体を横たえて言った。「今夜のあなた、最高に素敵だったわよ。ここでのことじゃなくて――もちろん素敵だったけど――パパといたときのこと。あなたはきっとすばらしい首相になるわ」

「きみを隣においてね」とレネルは忠実に言った。

「わたしがついていないと勝ち目はないわよ、あなた」


「絶対たしかなのか？」とヘンリー・パーティントンがきいた。

「地球温暖化との関連性が、あの場でごくはっきりと結論づけられました」とスペンサーは言った。

「ではきみの言うとおりだ、ポール」と大統領は同意した。「まだ法令集にないのなら、意味のある追加の法律を立法化する措置を急がなくてはならん。それから方針を明確にする計画を立てるのだ、キャピトル・ヒルから議会のリーダーたちを呼び寄せてわれわれの委員会に迎えるといった手立てを……」

「明日では早すぎるでしょうか、大統領」

「いくら早くても早すぎることはない。押さねばならないボタンは山ほどある。それにジャック・ストッダートだ。彼を最初からスタッフの一員にくわえよう」

「もうひとつ問題になりそうなことがあります、大統領。軍の考えでは、南極の基地をこれ以上隔離状態に保つのはむずかしいとのことです」

「だがそうせねばならんのだ、ポール」

「承知しています、大統領」

「だったら、できるだけ早くその方法を見つけるんだ。わたしをがっかりさせんでくれよ、ポール」

Title : ICE AGE (vol. I)
Author : Brian Freemantle

Japanese translation rights arranged with Brian Freemantle
c/o Jonathan Clowes Ltd., London
through Tuttle-Mori Agency, Inc., Tokyo

シャングリラ病原体（上）

新潮文庫　フ－13－45

Published 2003 in Japan
by Shinchosha Company

平成十五年三月一日 発行
平成十五年三月二十日 二刷

訳者　松本剛史
発行者　佐藤隆信
発行所　株式会社 新潮社

郵便番号　一六二―八七一一
東京都新宿区矢来町七一
電話 編集部(〇三)三二六六―五四四〇
読者係(〇三)三二六六―五一一一

価格はカバーに表示してあります。

乱丁・落丁本は、ご面倒ですが小社読者係宛ご送付ください。送料小社負担にてお取替えいたします。

印刷・凸版印刷株式会社　製本・加藤製本株式会社

ISBN4-10-216545-2 C0197